名与身随

叶兆言⊙著

时代文艺出版社

图书在版编目（CIP）数据

名与身随 / 叶兆言著 . —长春：时代文艺出版社，2020.8

ISBN 978-7-5387-6373-7

Ⅰ. ①名… Ⅱ. ①叶… Ⅲ. ①散文集－中国－当代 Ⅳ. ①I267

中国版本图书馆CIP数据核字（2020）第055901号

出 品 人	陈 琛
产品总监	邓淑杰
选题策划	李天卿
责任编辑	李天卿
	李鹏飞
装帧设计	孙 利
排版制作	毛倩雯

名与身随

叶兆言 著

出版发行 / 时代文艺出版社

地址 / 长春市福祉大路5788号　龙腾国际大厦A座15层　邮编 / 130118

总编办 / 0431-81629751　发行部 / 0431-81629755　北京开发部 / 010-63108163

官方微博 / weibo.com / tlapress　天猫旗舰店 / sdwycbsgf.tmall.com

印刷 / 三河市万龙印装有限公司

开本 / 710mm×1000mm　1 / 16　字数 / 310千字　印张 / 19

版次 / 2020年8月第1版　印次 / 2020年8月第1次印刷　定价 / 68.00元

图书如有印装错误　请寄回印厂调换

目　录

写 在 前 面

1974年高中毕业，我得到了一台苏联查尔基4型相机。这是托母亲朋友从上海的旧货店淘来的，价格204元。在当时，是一架很不错的相机，镜头是F2，据说与德国莱卡的某款机型完全一致。我的堂哥告诉我，这相机搁在20世纪50年代，基本上就是顶级产品，因为它的核心技术，它的原材料，都是来自战败的德国。

以今天的眼光看，它已经算不了什么。在当时，我是说在当时，起码周围的人，没有谁能拿出比这更高档的玩意。那年头常见的是一种双镜头反光机，是120的，镜头只有3.5，只能拍十二张照片，不像我的这台135机器，每次可以拍三十六张，而且因为镜头大，成像效果极好。我的堂哥是摄影爱好者，尤其擅长拍人像，我从他那里学到了最基本的拍摄和洗印技术。

家庭成员和周围的人，成了我拍摄的模特。也许从来就没有真正地拍好过什么照片，可是有一段时间，我耳朵边，常听到有人表扬我的作品。祖父表扬的一句话就是："这张照片不错，我要放到我的相册里。"我在玩照相上花了很多时间，南京新街口有家摄影图片社，那里的放大纸论斤卖，可以买回来自己放大照片，成本要相对便宜许多。我自制了放大机、上光机，用脸盆配制了药水，躲在暗房里，一干就是一个通宵。记不清我拍了多少照片，相对于今天，根本算不上什么，可是在当时，一干活就是一脸盆，一出手就是厚厚一叠照片，还真有些吓唬人。

我很快成了一名小工人，会摄影的名声很快传了开来，经常有人要我拍照。我把有限的时间和金钱，投入到了无限的摄影之中。说起来荒唐，那年头拍了那么多照片，现在要想找回当时的痕迹却很困难，除了父母影集留下了一些证据，大多数照片已无处可寻。你为别人拍了照，冲洗放大成照片，把照片给了别人，事情就完了，就结束了。

　　1976年9月9日，在南京绣球公园，我正为一位电工师傅的儿子拍照，那孩子才三四岁。大广播里说有重要新闻要广播，让大家耐心等待。我们一边拍照，一边等候。终于把一卷胶卷拍完，从树林里走出来，我们听到了毛主席他老人家去世的消息。

　　当时并没有想到这件事会对自己前程有什么影响，一切都是不知不觉，爱好摄影的年代突然中断，我渐渐淡忘了这门技术，开始去夜校读书，读机械制图，读高等数学。和摄影一样，我仍然没有把它们学好，很快，高考恢复，赶时髦似的跟着别人去了考场，第一年没考上，第二年考上了，成了一名大学生。

　　本书的照片，是否珍贵很难说。我一向不喜欢被摄影，站在镜头前面，非常尴尬。真到了要出书的时候，才意识到自己具有历史意义的照片，实在太少了。很多老照片已不复存在，一次次的搬家，随便地送人，报刊拿去刊用以后再也没归还。也许，把它们放在书里，这是最好的保存方式。

名 与 身 随

　　阿成兄来信，命令抽空做一篇"随笔"，两三千字即可，写什么都行。古人说，正欲清谈闻客来。清谈乃一大快乐。我喜欢清谈，所谓随笔，不过以笔代嘴，瞎七搭八，想到哪就写到哪。

　　就说我的名字。很多人都说好，说是再也用不到取笔名了。我的名字仿佛生来就准备当作家的。同名的概率非常小，兆和言本来是取名常用的字，可放在一起，当真就有了些独特性。

　　其实我的父亲从来就没想过自己儿子的未来会是个作家。我生于1957年，这一年父亲被错划成"右派"，此后的二十年中，他的生活一直是灰色的。虽然我们家出了三代作家，写东西在我们家却是一个犯忌的词汇。老实说，我从小最看不上眼的人，就是作家。父亲当了"右派"以后，对写作已没激情，命里注定却不得不继续写东西，写那些自己毫无兴趣的文字。很长一段时间内，他是剧团的编剧，好不容易胡编乱造一个戏，请了大大小小的文艺官员来审查，听一番似是而非不关痛痒的指示，然后开夜车，硬着头皮按照指示改，改得脸发青，改得一支接一支烧香烟，房间里烟雾腾腾，谁进去了都喊受不了。

　　我的名字只不过是爱情的产物。父亲给我取名的时候，采取的拆字先生的伎俩，我的母亲姓姚，姚的一半里面有个兆，父亲名至诚，繁体字的诚有一个言字旁，父亲和母亲拿自己的名字开刀动手术，一人给了半个字，便有了如今的叶兆言。

父亲为我取的名字曾得到了祖父的称赞。要得到祖父的称赞并不容易，尽管祖父自己替人取名字一向不太认真。祖父取名字的特点是随意。伯父叫至善，姑姑叫至美，父亲最小，本来应该叫至真，可是祖父故意闹别扭，改成了至诚。祖父晚年和父亲闲聊，曾笑谈给父亲取名时的想法，他觉得至真是什么人顺理成章都能想到的，于是偏偏改成至诚，让大家的想法都落空。我堂哥的名字也都是祖父取的，大堂哥叫三午，因为祖父属马，大伯属马，大堂哥也属马的缘故。二堂哥一直懒得取名，小时候人长得胖，小名就叫大块头，这是南方对胖小孩的一种叫法，叫顺口了，干脆找了音近的字，大奎。堂姐也是如此，都叫她小妹，叫惯了，再找个形状相近的字，小沫。最小的堂哥生于国际争取持久和平年，这一次更省事，就叫永和，是一个最普通最常见的名字。

我自己对取什么样的名字，在一段时间内，很在乎。十二年前刚开始发表作品的时候，我想自己无论如何得有一个响当当的笔名。当然，作为一个大作家，仅仅只有一个笔名远远不够。我最初发表三篇小说，用了三个名字，一是真名真姓，一是邓林，用的"夸父逐日"的典，一是孟尼，是梦里的谐音。年轻气盛，我想自己每一种风格的小说，都应该有一个笔名。

和著名作家余华、苏童合影（中为余华，左为苏童）

起笔名是一种自恋。我想到自己用过的笔名就想笑。读研究生的时候，因为已经成家，又迫不及待添了个很可爱的小女儿，囊中羞涩，于是写文章，用的笔名和钱都沾亲带故。用的很多的是刘克，本来想用德国的货币单位马克，后来想想，自己不嫌俗气，用稿单位恐怕受不了，便把马改成牛，再借用一个谐音字刘。类似的用货币单位为笔名的还有梅元。

　　我用一个女孩子的笔名，写了一组关于女孩子的文章。这个笔名就是萧菲，萧菲是小费的意思。

　　此外，我用过的笔名有叶言，有舒书，用得最多的是谈风。谈风是父亲的笔名，我不管三七二十一，和他打了个招呼，拿过来就用。用谈风这个笔名，我在报纸上发表了四十四篇关于过去中学生的随笔，我做出很有学问的样子，在文章里大谈过去的中学生，从吃喝玩乐，到当时流行的时尚，从轶闻趣事，到当时学生的向往和理想，真所谓无所不谈，什么都敢吹。很多中学生都以为我是个从旧社会过来的老先生，他们写信给我，把我当作了和他们爷爷差不多的老人。

　　我所起的最不成功的名字，是我女儿的名字。当时和父亲商量来商量去，结果给女儿起了个名字叫叶子。理由是女儿生在甲子年，属鼠，子丑寅卯甲乙丙丁，都排在第一位。女儿出生时，正是半夜，医生出来报讯，有气无力地对我说："姓叶的，是个女的!"她那样子就好像是她有什么过错，或者是我有什么过错似的，和她前一次出来报讯别人生了个儿子时的喜气洋洋理直气壮，完全判若两人。我当时就有些憋气，时代不同了，男女都一样，而且真要是只允许生一个小孩，我更情愿要女儿。

　　因此叶子的子，也有谁说女儿不及男的意思。因为有些赌气，女儿的名字就显得欠考虑。结果我的想法和三流电视剧的编剧不谋而合，电视上常常可以见到叶子这个名字。女作家们也常常用叶子做笔名。过去是不曾留心，现在突然发现竟然会有那么多的人叫叶子。

　　给人起名字不能注册商标申请专利，同名同姓反正谈不上侵权。女儿去上小学，同年级果然有了三个叶子，两个女的，一个男的。在我犹豫之际，另一位女叶子的父亲已为其女儿改成叶梓，这种换字法只省去了一部分麻烦，老师喊起来，不得不加上一年一班的叶子，或者一年四班的叶梓。比这更麻烦的是男叶子和我女儿在一个班，我提议就在叶子前面加上姓氏识别，可老师觉得别扭，于是按出生年月，男叶子大一些，叫大叶子，我女儿小，自然只能屈居小叶子。

男叶子的父亲比我更耿耿于怀，他不止一次向我，或者向我的妻子抱怨，说他所以为儿子起这么个名字，完全是因为他的儿子属鼠，生于甲子年，言下之意，是嫌我们僭越。况且老子孔子孟子都是男的，女孩子子不子的，只有日本人才这样。

怎么也不会想到给女儿起名字会惹出许多麻烦。本来是人都应有个名字，叫什么说穿了也没必要太较真。然而同名同姓的确是个大问题。朝鲜人仿佛不是姓金，就是姓朴，姓李，姓崔。瑞典的七百万人口中，有一百万人只用三个姓，这就是安德逊，约翰逊，尼可尔逊，同时被三百万瑞典人使用的还有六个男名和六十个女名，因此聪明的瑞典人不得不考虑用电子计算机来组合姓名。最早用电子计算机取名字的还有丹麦。事实上，我们的身份证号码就是这么回事。中国的人太多了，譬如我就不知道自己的身份证号码是多少。好多人合用一部电话机，每个城市的号码簿便是厚厚一大本。用数字来给人取名肯定是一种浪漫主义的念头。雷同似乎注定不可避免，甚至叫阿猫阿狗，也能撞车撞出一大堆来。

话越说越远，远得再扯下去，就有些对不起阿成兄了。总之起名字是一件十分尴尬的事。名正言顺，谁都想起得完美一些，熨帖一些。人既然已有了个名字，想再改，也难。名与身随，一旦注定了那么几个汉字，人也就变成了那个符号。好在符号毕竟是次要的，关键还要看货色。无论在过去、现在或者将来，光一个名字响亮，并没有什么意义。

记忆中的"文革"开始

　　"文革"开始的时候，我刚九岁，上小学二年级。常听人说自己小时候如何，吹嘘童年怎么样，我是个反应迟钝的人，开窍晚，说起来惭愧，九岁以前的事情，能记清楚的竟然没有几桩，很多记忆都是模糊的。一些掌故和段子，是经过别人描述以后，才重新植入了我的大脑皮层。往事是别人帮着我一起回忆才想起来的。记得有一天课间休息，一位美丽的女同学突然站到了我面前，用很纯真的口气，问我母亲是不是叫什么。我说是呀，她就是我母亲。接下来都不说话，有那么短暂的一小会儿，大家都哑了，然后女同学眼睛一闪一闪地说，昨天晚上她去看戏了，是我母亲主演的《江姐》。

　　永远也忘不了这位女同学的表情，圆圆的眼睛红润的脸色，让人神魂颠倒，让人刻骨铭心。我似乎是从那时候才开始知道事，才开始有明确的记忆。那年头，孩子们心目中的明星，不是漂亮的名演员，而是故事中的英雄人物。我们满脑子都是黑白分明的好人坏人，个个向往烈士和革命者，人人痛恨叛徒和反革命。女同学的羡慕表情，仿佛我真是江姐同志的后人，真是烈士遗孤。也许只是自己有这样的错觉，为了这错觉，我得意了好几天。我觉得那女孩子爱上我了，当然事实的真相应该是，我爱上了那个女孩子。

　　我的小脑袋瓜里乱七八糟，时间和空间都发生了错位。课堂上读过些什么书，老师在说什么，已经记不清楚，我成天陶醉在革命后代的得

母亲与周恩来总理的合影

意之中，享受着一个烈士遗孤的幸福感觉。母亲的光环笼罩着我，她在舞台上的走红，伴随着我的童年。我的耳边反复回响着"这是谁的儿子"的絮语，她和她所扮演的英雄人物融为一体。母亲的女弟子对我宠爱有加，见了我，谁都会发出一两声惊奇的尖叫。她们抢着抱我、哄我，带我出去玩，在我的口袋塞糖果，塞各种各样好玩的小玩意儿。那是个忙乱的年代，我没有多少机会和父母在一起亲近，印象中，他们很少有时间跟我亲近。英雄人物的光环只是一种错觉，我的父母整日愁眉苦脸，总是处在这样那样的运动之中。负责照看我的保姆，常常为整理他们的行李抱怨，因为父母要不断地出门，要上山下乡，要去工厂煤矿，去社会的各种角落，参加"四清"，参加社会主义教育运动。在还不懂什么叫"体验生活"的时候，我已经先入为主，无数遍地听到了这四个字。

"文革"运动，只是一系列轰轰烈烈的运动中，最大最漫长的一个。"文革"并不是在某一天突然开始，也不是突然就结束。它像一段源源不断的河流，和过去割不断，和以后分不开。我有意义的记忆，恰恰是从"文革"开始的，它开始变得清晰起来，成为生命中不可分割的一部分。

也就是在九岁的时候，我突然发现母亲并不是什么英雄人物，她的走红已变成了一个巨大包袱。现实与想象，有着太大的距离。那年夏天，大家在院子里乘凉，我听见大人们正用很恐怖的口吻，谈论着刚开始发动的"文革"。我们的院子里住的都是名人，都是所谓的"三名三高"。我从来就没弄明白什么叫"三名三高"，只知道"名演员"和"高级知识分子"这两项。街上不时传来敲锣打鼓的声音，隐隐的有人在呼喊口号，我听见母亲说，她已经准备好了一双布鞋，革命群众要让她游街示众的话，就穿上布鞋，这样脚底不至于磨出水泡来。我的父亲照例是在一旁不吭声，有一个邻居说谁谁被打死了，谁谁被打折了腿，他们小心翼翼地议论着，已经预感到大难就要临头。一个个惶惶不可终日，七嘴八舌，最后得出了共同结论，那就是造反派真冲进来揪人，绝对不能顽抗，要老老实实地跟着走，有罪没罪先承认了再说。

我不明白学校为什么突然可以不上学了。对于一个孩子来说，这可是一件天大的好事，想怎么玩儿就怎么玩儿，天天都跟过节一样。我们的小学成了红卫兵大串联的集散地，外地来的红卫兵小将安营扎寨，在教室里打起了地铺，把好端端的学校糟蹋得跟猪圈一样。他们临走的时候，桌子掀翻了，板凳腿卸了下来，电线和灯头都剪了，说是那里面的铜芯可以卖钱。"文革"在我最初的记忆中，就像是狂欢节，痛痛快快砸烂一切，稀里哗啦打倒一片。这个城市里到处都是外地的孩子，而比我们大的一些本地孩子，也都跑到别的城市去革命串联了。那些兄弟姐妹多的同学，没完没了地向我吹嘘哥哥姐姐们的冒险。外面的世界实在太精彩，我记得当时最痛苦的，就是恨自己岁数太小，因为小，很多好玩儿而又轰轰烈烈的事情都沾不上边。

在我印象中，"文革"除了革命，没有任何文化。那时候街面上热闹非凡，到处生机勃勃，到处阳光灿烂。最喜欢看的是游街示众，被游街的人戴着纸糊的高帽，胸前挂着牌子，敲着小锣，打着小鼓，一路浩浩荡荡地就过来了。我们欢天喜地迎过去，跟着游街的队伍走，走到很远很远的地方，再跟着另一支游街的队伍回来。我已经记不清楚那些被游街者的面孔，甚至也记不清楚他们胸前牌子上写的字，看上去都差不多，是些什么人在当时就不在乎，现在更没有必要回忆。我们跑到南京大学去看大字报、看漫画，看毛泽东思想宣传队表演节目。这里是"文革"的中心，是各种激烈运动的策源地，是地方就挂着高音喇叭，是地方就有批斗会，没有白天黑夜，没有春夏秋冬。十多年以后，我成为这所大学的一名学生，当时最深刻的印象，就是这个学校怎么变小了。在我的记忆中，人山人海的南京大学，广阔得像森林一样无边无际。

我们经常跑到我父母的单位去玩，家属大院与那里只是一墙之隔。

有一天，我看见满满一面墙，铺天盖地都是我母亲的大字报。仿佛今天街头见到的那种巨幅广告牌一样，我和小伙伴站在大字报前面，显得非常渺小。母亲的名字被写得七扭八歪，用红墨水打了叉。记得当时自己非常羞愧，恨不得挖个洞，立刻钻到地底下去。小伙伴们津津有味地看着，我逃不是，不逃也不是，硬着头皮在一边陪看。大字报上的内容早已记不清楚，只记得说到母亲有反党言论。

抄家是很多人都会遇到的。有一天，突然来了群气势汹汹的红卫兵小将，把我父母押到了角落里，袖子一挣，翻箱倒柜抄起家来。要说我一点没有被这大动干戈的场面吓着，那可不是实情。我被带到了厨房，小将们用很文明的方法，十分巧妙地搜了我的身。她们如数家珍，强烈控诉着我父母的罪行，然后一个劲表扬夸奖，说我是好孩子，说我是热爱毛主席的，会坚定不移地站在共产党一边。她们一点也没有把我当作外人，知道我身上藏着许多毛主席宝像，说仅仅凭这一点，已足以证明我是无产阶级司令部里的人。

这些话说到了一个小孩子的心坎上，在那年头，没有什么比这种认同更让人感到贴心，感到温暖如春。天大地大，不如党的恩情大，爹亲娘亲，不如毛主席亲。我身上确实收藏丰富，当时抢像章很厉害，害怕别人来抢，我把所有的像章都反别在衣服上。结果就像变戏法一样，我掀开这片衣服，亮出了几块宝像，撩起另一块衣襟，又是几块宝像。小将们一个个眼睛放出光来，惊叹不已。好几位造反派是我母亲的得意弟子，原来都是极熟悉的，她们在我身上摸来摸去，把我哄得七荤八素，目的却是想知道母亲有没有把什么东西，偷偷转移到儿子的口袋里。我对她们不无反感，只是觉得有些不好意思，因为那时候已经有了些性别意识，被这伙女造反派弄得很别扭。一个造反派摸索完了，另一个造反派又接着过来摸索，上上下下里里外外，都让她们给搜寻遍了。突然，一个小将跑过来报喜，说是找着罪证了，这边的几位小将顿时兴奋起来，一副大功告成的样子，也顾不上我了，扭头都往那边跑。

我隐隐约约听说是抄到黄金了，这在当时，就是个了不得的罪证。在我少年的记忆中，黄金绝对不是个什么好东西，只有地主资产阶级才会拥有，只有反动派才会把它当作宝贝。拥有黄金意味着你与人民为敌，意味着你是万恶的剥削阶级。听说那些被抄家的"坏人"，常把黄金藏在枕头芯里，埋在地板底下，既然是从我们家抄到了黄金，我确信自己父母像红卫兵小将说的那样，肯定不是什么好东西。我们家有很多书橱，听说抄到黄金的时候，我首先想到的，是那几根镶在书橱上黄灿灿的金属轨道。我至今都不明白，当时为什么会这么想，为什么会有这样自以为是的误会。也许是保姆和别人说过，我们家的书很值钱，也许是小人书和电影里的阶级斗争教育，让我产生了高度的革命警惕。反正当时确信不疑，认定那些金属轨道就是黄金。我的父母把黄金镶在书橱里，以为这样就可以蒙过别人的眼睛，可是他们没有想到，狐狸再狡猾，也斗不过好猎手。革命群众都是孙悟空，个个都是火眼金睛。

后来才知道，所谓黄金，不过是我奶奶送给母亲的一根金项链。我听见了母亲挨打的惨叫声，造反派此起彼伏地训斥着，显然并不满意只有这么一点小小的收获。他们继续翻箱倒柜，继续恶声恶气，动静越来越大，收获越来越小。我一个人待在厨房里，心里七上八下，不着边际地胡思乱想。不时地有造反派跑到厨房来，这儿看几眼，那儿摸几下，连油盐酱醋的瓶子，都不肯放过。在旧作《流浪之夜》里，关于抄家，我曾经写过这么一段文字：

> 一直抄到天快黑，大失所望的造反派打道回府。除了厨房，所有的房间都被贴上了封条。我的父母就在这一天进了牛棚，保姆也拎着个包裹走了，只留下我孤零零的一个人。
>
> 我整个地被遗忘了。我的父母把我忘了，造反派也把我忘了。
>
> 天很快黑了下来，肚子饿得咕咕直叫。一个人待在宽宽大大的厨房里，真有些害怕，于是便跑到大街上去。

那天晚上，我在大街上流浪了一夜。或许也可以称作是一种出走吧，自记事以来，还从未一个人离家这么远过，更没有深夜不归的经历。我为自己生长在这样的反动家庭感到羞愧，决定离开，决定跟与人民为敌的父

母亲与越南领袖胡志明的合影

母彻底决裂。夜色降临，我不知道自己要去什么地方，身无分文，茫然地在街上走着，哪儿人多就往哪儿去，哪儿好玩便往哪儿钻。这一夜，遇到的稀奇古怪，要一笔一笔说清楚，还真不容易。大街上灯火通明，在市中心的广场上，毛泽东思想宣传队正轮番演出活报剧，给我留下最最深刻记忆的，是一段轻松活泼的天津快板书。在当时，再也没有什么比快板书更适合街头宣传。快板噼噼啪啪地响着，听众一边听，一边乐。

不远处，造反派正慷慨激昂辩论，你一句，我一句，没完没了。革命不是请客吃饭，革命就是斗嘴吵架。那时候，大规模武斗还没有开始，辩论者唇枪舌剑，不时地听见有人在高喊"要文斗，不要武斗"，文斗就是讲道理，可是讲着讲着，就都不讲道理了，袖子捋了起来，拳头举了起来。眼看着要打起来，不知怎么的，又突然不打了，双方握手言和，然后又接着与第三方大吵，吵得不可开交。一方说什么好得很，一方就大喊好个屁。广场上"好得很"和"好个屁"此起彼伏，谁都不肯示弱。我一直没弄明白"好得很"和"好个屁"的争论焦点是什么，"好得很"这一派后来被称之为"好"派，它的对立面就成了"屁"派，"好"派、"屁"派是南京两大造反组织，都出了一些了不得的大人物。

那漫长的一夜可以分成两部分，上半夜都和革命有直接的关系，下半夜与革命就有些距离。随着夜越来越深，要猴的、卖狗皮膏药的、要饭的，都形迹可疑地冒了出来。要猴的一个劲数落一只老实巴交的猴子，就像教训自己的孩子一样，好几个大人围在一旁津津有味地看着，边看边笑。卖狗皮膏药的开始推销自制的肥皂，吹得天花乱坠，把机油和泥土往一块白布上揉，然后现场清洗给观众看，引得看的人赞叹不已。要饭的在数自己挣的钱，把硬币一枚枚摊在空旷的台阶上，数了一遍又一遍。在树荫深处，竟然还有一个男人在手淫。我当时并不明白是怎么回事，只是奇怪他尿个尿，干吗要那么复杂。

重新回忆这一夜，总有一种荒诞之感，连我自己都觉得它不真实，然而又确确实实都是亲眼所见。一群小流浪汉合起伙来，不费吹灰之力，就骗走了我脚上的新塑料凉鞋。他们是我新结识的伙伴，我们一起在广场上玩，从东窜到西，又从南玩到北，很快变成无话不说的小战友。夜深人静，广场上的人群渐渐散去，喧嚣的热闹劲过去了，我仿佛找到了组织，自然而然地成为他们中的一员。这伙小流浪汉郑重其事地接纳了我，开始对我天花乱坠，哄得我这个九岁的孩子心荡神移，对未来产生了太多美好的想象。五颜六色的肥皂泡在空中飞舞，我很轻易地就相信了他们的许诺，相信他们真能带我去北京，去见伟大领袖毛主席。为首的家伙是个瘸子，是个能说会道的语言天才，他自称是老红军的后代，曾经被毛主席亲自接见过，还跟他老人家握过手。我对这家伙的故事深信不疑，他说的每一句话都能打动我，说什么我都敬若神明。最后他对我下达命令，让我像其他的小流浪汉一样，在银行门前的大平台上躺下来睡觉，他让我把凉鞋脱下来，当作枕头垫在脑袋底下，理由是这样不容易被偷走。

我困意蒙眬地当真把塑料凉鞋脱了下来，搁在脑袋下面，美美地进入了梦乡。在蜜一样的梦中，我梦到自己和成年的红卫兵一样，跋山涉水，终于到了世界革命的中心，见到了人们心中最红最红的红太阳毛泽东。人山人海，一片欢呼声，我的鞋子被挤掉了，大家都赤着脚向前涌去，一直冲到了最前面，街面上到处躺着被挤掉下来的各式各样的鞋子。

醒过来的时候天已经大亮。一时间我不明白自己怎么会躺在大街上。我已从平台的这一头滚到了另一头。我的鞋没有了，我的那些新结识的流浪汉小战友也无影无踪。

最后，我是光着脚走回家的。我被那些新结识的小流浪汉给耍了，刚建立起来的革命情谊，转眼间被糟蹋得干干净净。他们偷了我的凉鞋，兴高采烈逃之夭夭，像沙滩上的水一样蒸发了。我的失踪惊动了当地派出所，也让造反派感到不安，他们对我的失踪负有责任。我的父母还关在牛棚里，一个半大不小的孩子就这么不明不白地没有了，造反派显然意识到问题的严重，正分头在找。他们担心我被人贩子带走，落入坏人之手。我的出现让大家喜出望外，尤其是那些女弟子，虽然已经与我母亲决裂了，毕竟还有些残存的师徒情谊。她们像对待英雄回归一样的欢迎我，让我先饱餐了一顿，然后围着我七嘴八舌，一个劲地追问我把鞋子丢到哪去了。我结结巴巴说着自己的遭遇，多多少少有些添油加醋，她们听得一惊一乍。对于她们来说，这只是有惊无险，只是弄丢了一双鞋子，鞋子丢了，孩子还在，已经是不幸中的万幸了。

吃饱喝足，一个年轻美丽的女演员英姿飒爽地走过来，把我从母亲的女弟子手中接走了。她是造反派的小头目，是兵团的什么司令，穿一套草绿色军服，系一条地道的军用皮带。那时候，造反派全是这身打扮，真能穿上货真价实军服的人并不多。她身上是一套真正的军人制服，仅仅凭这套行头，足以让人刮目相看。在当时，有各式各样的军服，大多是仿制的，有的甚至是用土布自己染的，绿得莫名其妙，水洗以后，因为褪色，像迷彩服一样肮脏不堪。一套真正的军人制服，在那个特殊的年代，有着不同寻常的意义，它代表着一个人的身份，代表着一种地位。

造反派小头目正和一位现役军人在谈恋爱，她身上的军服就是那个男人的，穿在身上大了一些，可是仍然是很好看。我觉得最能给人带来视觉上的冲击，最能引起人们回想起"文革"开始的场景，莫过于绿军装与红袖标的配合。民间有"红配绿，丑得哭"的说法，南京方言里"绿"和"哭"搁在一起，不但押韵，而且朗朗上口。红和绿在颜色对比上，既尖锐冲突，又十分和谐。在一片绿色的海洋中，红袖标像鲜花一样灿烂。身穿军装，戴着红袖标的小头目神情严肃，径直走到我们面前，神气十足地宣布："好吧，你们现在可以把这小家伙交给我了，我有话要对他说。"

女弟子们立刻都不说话，似乎已经明白她要对我说什么，看看我，又看看她。

我不知道她会说什么，只是预感到会有些不幸的事情将要发生，依依不舍地看了女弟子们一眼，乖乖地跟她走了。接下来的谈话，对于一个九岁孩子产生的强烈冲击，丝毫也不亚于抄家。她把我带到了一个没有人的地方，看了看四周，既兴奋又神秘地向我宣布，说你并不是现在的父母生的。她说，你只是一个被领养的孩子，你和现在的父母根本就没有血缘关系。我不敢相信自己耳朵听到的话，对我来说，这简直就是晴天霹雳。没有什么比这更严重的了。看着我吃惊的神情，她有些幸灾乐祸，和颜悦色地安慰我，说这其实是一件天大的好事，你应该高兴才对，为什么呢？因为你并不是坏人的孩子。龙生龙，凤生凤，老鼠的儿子会打洞。老子英雄儿好汉，她接着说出了一个更让人吃惊的秘密，她说："事实上，你是一

母亲的八十大寿

位革命烈士的后代，你的父亲是久经沙场的老革命，为了人民英勇牺牲，已经长眠于地下。"

我不相信造反派说的话，又没办法不相信。突然，她的眼睛饱含着泪水，仿佛被什么事情感动了一样。我目瞪口呆地看着她。二十多年以后，在美丽的西湖附近，在革命烈士陵园，我看到了亲生父亲的墓碑，这个困惑了自己几十年的秘密，终于解开了答案。我无法形容当时的心情，是高兴，还是不高兴，是痛苦，还是麻木。对于一个九岁孩子来说，眼前所发生的一切都过于极端，极端得不可思议。你根本无法理解这些，突然之间，你美好幸福的家庭遭遇了抄家，父母变成了十恶不赦的罪人，成了反动分子，成了反革命。然后又是突然之间，原本你生命中最亲近的人，竟然又不是你的亲生父母。我记不清楚这次谈话是怎么结束的，只记得造反派小头目从头到尾，都没有把我当作外人。她挑唆着我与养父母之间的仇恨，不停地安慰我，鼓励我，要我挺起腰杆做人，要像一个革命烈士的后代，要对得起那位为革命捐躯的亲生父亲。她说有毛主席他老人家给你撑腰，党和人民站在你的一边，做你的坚强后盾，你还有什么可担心的。她说你要做一颗革命的种子，要撒在任何地方，都能生根发芽，茁壮成长，最后还会开出鲜艳的花朵来。

几天以后，下课的时候，一名同学当着众人的面，模仿我父母游街示众的情形。他曾是我最好的伙伴，爬到了课桌上，拿腔拿调地发挥着，一会儿扮演我父亲，一会儿扮演我母亲。他说我们原来都觉得你们家了不得，谁都是人物，想不到你们一家都是坏蛋，你爸是个坏蛋，你妈是个更坏的坏蛋。你父亲是个大右派，你母亲不是江姐，她是甫志高。我听见了女孩子吃吃的笑声，那个在我心目中占据着重要位置的小女孩，那个代表着美好理想的小女孩，也幸灾乐祸地混在人群之中。我的母亲曾是她心目中的偶像，现在，这个虚拟的偶像倒塌了，英雄人物已经不复存在，革命先烈江姐已经被叛徒甫志高取代了。孩子们的游戏很快进入了高潮，小女孩举起了拳头，大家突然高呼起打倒我父母的口号，异口同声慷慨激昂。

我的眼泪哗哗地流了下来，就好像被心爱的人背叛一样，一种从未有过的悲哀笼罩在心头。真想把那个女孩子拉到一边，把自己的身世秘密告诉她。我要告诉她，我依然还是革命烈士的后代，我的亲生父亲仍然是英雄人物，可是我没有勇气这么做，就算我说了，她能相信吗？我不认为她会相信，因为我自己都不太相信。那是一个激烈的年代，革命是头等大事，革命就是一切，换了任何孩子，处在我的位置上，都应该被讥笑，都应该被诅咒。

革命是天堂，反革命应该下地狱。

后记：八个样板戏我一向深恶痛绝，在任何场合，都不愿意再听到它的声音。经过十年"文革"，一度被禁演的《江姐》再次公演。这是件很隆重的事情，大家排队购票，争先恐后，仿佛噩梦过后，又回到了"文革"前夕。观众还是老观众，历史绕了一个圈子，再次回到原点。在很多人的心目中，《江姐》以及《洪湖赤卫队》等经典剧目的重新演出，意味着一个恐怖时代的结束。说老实话，这是我始终想不明白的一件事。我想不明白，今天的年轻人大约更想不明白。"文革"是个漫长的过程，三言两语说不清楚。不同人的心目中，有着不同的"文革"。江姐曾是我们这一代人心目中的英雄人物，虽然这个戏一度遭禁，但是它所代表的观念，说白了就是发动"文革"的坚实基础。在这种意识形态的教育下，让老百姓接受"文革"，其实是很容易的事情。"文革"开始的时候，我是个九岁多的毛孩子，是个小学生，到"文革"结束，我已经快二十岁了，在一家街道工厂里当钳工。

"宝像"引起的话题

　　《莫愁》杂志上刊登了一篇关于我父亲的专访。专访中有一张摄于"文革"中期的照片，许多见到这照片的人，都注意到了照片上的我父亲母亲以及我的堂哥永和，胸前都佩戴着很显眼的毛主席宝像。这是最鲜明的时代特征，几乎不用任何说明，就可以知道是属于哪个年代。

　　照片上的我祖父没有佩戴毛主席宝像。我当时还是个孩子，弄不明白他为什么没有佩戴。那个时代并没有谁强迫必须佩戴宝像，大家都戴，谁要是真不戴，那实在是有些反潮流了。

　　照片上的我也没有佩戴毛主席宝像。有一段时间，我看着这张旧照片很得意，觉得自己当年也有些反潮流精神。但是有一天，我忽然想明白了，那天照相时，我听从摄影师的建议，把罩棉袄的衣服给脱了，很显然，我的宝像可能是留在外衣上了。我因此感到非常沮丧，原来自己小小少年，却也不能免俗。

　　拍摄这张照片的时候，是祖父经过几年的动乱，第一次来南方。祖父因为级别高，在轰轰烈烈的"文革"中，总算没受到什么太大的冲击。也有人贴过大字报，称祖父为"修正主义教育路线的祖师爷"，然而他属于重点保护对象，没有人直接找过他的麻烦。熟悉的人被批斗，被游街，被抄家，甚至被殴打至死，或者忍受不了屈辱自杀身亡，凡此种种，祖父听多了，不得不为我父亲的安危感到担心。

　　有那么几年，祖父根本得不到父亲的消息。祖父一生中经过无数战

20世纪70年代初期，祖父从北京来南京时的合影

乱，见过许多生离死别，这么长的时间内，没有自己心爱的小儿子的消息，还是第一次。父亲是老牌的右派，"文革"中，没罪名的人都可能找出罪名来掉层皮，何况父亲这样的戴罪之人。祖父曾经感慨地对北京的堂哥说出他的担忧，在没有任何信息的日子里，他担忧我的父亲可能已经不在人世。

过分的担忧引发了祖父的心脏病，医院发出了病危通知。那时候我父母都被关在牛棚里，也是沾了祖父级别高的光，我的父母被特赦出来，给了几天假去北京看望祖父。病危中的祖父逢凶化吉，见了日夜思念的小儿子，病情立刻减了不少。他没有问父亲为什么这么长时间不给他写信，也不问父亲究竟吃没吃过苦头，只是盯着我母亲胸前佩戴的毛主席像章一遍一遍地看，最后忍不住偷偷地问我母亲，为什么我父亲的胸前没有佩戴毛主席的像章。

我母亲已记不清她是怎么回答老人家的问话的。当时大家的心情都不好，乱糟糟的一团，自己身上的问题一大堆，同时还为祖父的健康操心。反正祖父不曾得到父亲为什么没有佩戴毛主席像章的准确答复。多年以后，我们在一起议论祖父当年怎么会留神毛主席的像章，会问这么一个今天看来十分幼稚的问题，一致认为他心里当时一定存在这么个疙瘩，那就是像父亲这样的身上背负着重大罪名的人，是不允许佩戴毛主席他老人家的宝像的。

父亲和母亲在北京待了没几日，急匆匆回南京继续接受批判。祖父又开始继续为心爱的小儿子的命运担忧。见面时，相顾无言无话可说，分别后，想说也没办法再说了。

"文革"中最急风暴雨的年头一过去，祖父不顾身体究竟能不能长途旅行，由我的堂哥陪着，南下看望我们一家。于是就有了那张我们一家三口和祖父的合影。

回首往事，难免一番感叹。事实上，"文革"中，就父亲而言，虽然吃了不少苦头，虽然他当时还关在牛棚里，但是也没有谁不让他佩戴毛主席的宝像过。去北京的医院探望祖父，完全是由于急急忙忙忘了佩戴。父亲做梦也不会想到这种小小的差错，会给一个卧床的老人带来的内心恐惧。

烽火连三月，家书抵万金。至于一直不往北京写信，父亲也有不可推卸的责任。当时虽然没有充分的通信自由，虽然每封信写好了，必须先交给造反派过目检查，然而父亲实在没有必要就此断绝了和祖父的通信。回头想想，让祖父操了那么多的心，父亲当年也太书呆子气了。

"文革"最大的悲剧就在于把人不当人。往事不堪回首，想到祖父寄来的信，先由造反派蛮不讲理地拆了检查过，然后再扔到父亲手里，心里便有一种说不出的滋味。扭曲的时代里，偷看别人的家信，也可以上升为一种权力。我忘不了有一次，那时候父亲刚从牛棚里放出来，已经恢复了和祖父的通信，造反派也停止了对来往信件的检查，父亲单位里的一位姓季的革委会主任来我家串门，说着话，竟然拿起我祖父从北京寄给父亲的一封信，堂而皇之神气活现地读起来，根本不把在旁边的我们一家人放在眼里。

人不应该把别人不当人。把别人不当人，同样意味着把自己也不当人。历史的悲剧也许不会再重复，从过去的历史中吸取教训，人起码应该明白别再把自己不当人。

祠堂小学

　　我在农村念过三年小学，其中有大半年是在村祠堂小学度过。祠堂小学顾名思义，是一极小的祠堂改建的。就一间教室，一个老师，门口挖了个坑，埋上一口大缸，中间隔一块木板算是男女厕所。大约三十名学生，从一年级到三年级，都挤在一个教室里上课。

　　老师大约三十多岁，胸前挂着哨子，上课下课，很潇洒地吹几声哨子。他长得很白净，见了大姑娘小媳妇，眼睛顿时发亮，常常忍不住说几句荤话，开一些无伤大雅的玩笑。小学门前是生产队的打谷场，来来往往的人很多。有一次正上着课，老师的媳妇找来了，把他拉到打谷场上训话，一训就是半天。早过了下课时间，学生们在教室里自然不肯老实，除了不大声喧哗，什么调皮捣蛋的事都敢干。黑板上被涂抹得一塌糊涂，画了只大乌龟，几句标语似的下流话后面跟着好大的感叹号。唯一的一把扫帚和一个铁皮小桶放在了虚掩的门上。老师的媳妇火冒三丈，训起话来没完没了，老师一头一脸低头认罪的模样，正在教室里的学生早被他忘到九霄云外。做好的圈套迟迟派不上用场，等得不耐烦的学生黔驴技穷，终于大叫："老师，我们肚子饿了。"

　　老师好像突然想到什么似的奔过来，一边吹哨子，一边往教室里冲。铁皮小桶咚的一声砸在地上，那把扫帚非常准确地落在他头上。所有的学生快活地大笑，老师的年轻漂亮媳妇也笑，老师一边生气，一边也笑。

　　我那时仍然算是三年级的学生。当时正是"文革"最激烈的年头，我

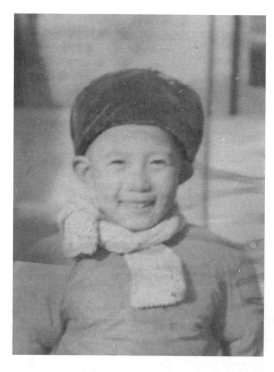

小时候，此时印象最深刻的是每天要吃四顿饭，后来不知道为什么都变成了三顿，由此可见记忆错误难免

的父母在同一天里双双进了牛棚，我转眼间成了无人管教的野孩子，便避难到了农村的外祖母家。既然是避难，也顾不上许多。三年级是祠堂小学的最高学历，于是我不得不做留级生，屈尊再读三年级。

上课要教的内容我似乎都懂。老师同时给不同年级的学生上课，一年级做算术，二年级写毛笔字，三年级大声地朗读课文。教室里永远乱糟糟，永远生气勃勃。老师仿佛是乐队的指挥，眼观六路耳听八方，有条不紊安排着一切。祠堂小学没什么太较真的事，出点小差错也无妨。老师严格起来，学生随便笑一笑他都会发火，马虎的话，学生上课时，跑出去撒尿拉屎也没关系。常常有学生很潇洒地从本子上撕下一张纸来，急匆匆跑出去，屁股撅多高的，光天化日之下，大模大样地在离教室不远的茅坑里方便。教室里的学生叫道："喂，你屁股都让人看到了！"那边不服气地说："看到就看到，你又不是没有。"

有时老师上着课，忽然心血来潮，便把我叫到侧面的厢房里。那是老师简陋的办公室，放着一张课桌，一把椅子，桌上堆着作业本，一盏油灯。老师将作业本往边上挪挪，摊开了象棋，拿掉自己的一个车，然后和我厮杀，不杀得只剩下一个光杆司令绝不罢休。有时棋下多了，影响他批改作业，他一本正经地改出几个样本，指使我依葫芦画瓢，照着他的样子改。像抢什么似的，不一会儿工夫就把作业改完，火烧火燎地发还给学生，然后接着下棋。我的棋艺很快有了长进，先是承让一个车，再下来是让马，到了后来，不用让一子，我和老师下棋也竟然互有胜负。老师是小孩脾气，不能输也不能赢，赢了喜欢乘胜追击，轻轻哼着"宜将剩勇追穷寇"，眉飞色舞；输了当然不肯服气，一遍遍重来，脸色沉重地将棋子重新放好，走到教室里，吹吹哨子，"下课了，下课了，"再回来，看着棋盘说，"好，再来一盘，决一雌雄。"于是昏天黑地乱杀一气，一直杀到我外祖母找来。

老师终于吃了批评。谁批评了他，我始终不曾知道。有一天，老师把我叫到办公室，脸色深沉地说："我们再下最后一次，以后不下了，省得人家乱说话。"这一盘棋下了很长时间，临了到底是谁赢了，已经记不清。我记得最清楚的是，这以后，我再也没和老师下过棋。事实上，我从此也就失去了下象棋的兴趣。

小资产阶级

有些事总是让人耿耿于怀，怎么也忘不了。那时候是"文革"最激烈的年头，我去农村完全是为了避难。在祠堂小学念了大半年书以后，我算是升级了，又去一个小镇上读小学。小镇上的小学自然像模像样，很有些正规。这里远离城市，凡事都要稍稍慢几拍。记得有一天突然开了全校大会，说是要成立红小兵。校领导充满感情地高声说："我们都是毛主席的红小兵。"下面顿时一片掌声，情绪激昂。会议一散，都回到课桌前，摩拳擦掌，又是写申请书，又是写决心书，整个学校都沸腾起来了。

很快发了表格下来，让大家填。于是碰到了家庭成分这一栏。这里的农村和我们通常在书上或电影上见到的不一样，全是贫农，没有地主。有钱的地主都在城里，不是经商，便是经营实业，即所谓民族资本家。大家争先恐后地填着表，全班只有我一个人为家庭成分烦神。我当时小学四年级，说懂，好像什么都懂了，说不懂，糊里糊涂一样也不明白。我的父母在南京被批斗得死去活来，各式各样的罪名一大堆。到底填什么样的成分让我煞费苦心。同学们都抢着去交已填好了的表格，我犹豫再三，终于在自我感觉中，认为是最轻的罪名中，随手拈了一个。我填的是"小资产阶级"。记忆中，在南京时，听红卫兵小将演讲，曾听到过工人是无产阶级，农民是小资产阶级的说法。我如此填写，实在也有些小滑头的意思。

没想到却是捅了马蜂窝。在清一色的"贫农"中间，我是小资产阶级，这还了得。老师拿了我的表格，脸上立刻有些紧张，匆匆去找校领导，校领导回答得很干脆："小资产阶级，当然不能是毛主席的红小兵。"第二天，发红小兵袖章，除了我，全班一片红，一人一个红箍套在胳膊上，得意扬扬神气活现。班上的一些女孩子老是偷看我，我心里好难过，几次想哭，都忍住了。

看上去很快乐的样子

我从此有了个"小资产阶级"的绰号。大家都开始对我刮目相看，动不动就用这绰号折磨我。有一天，老师很认真地和我谈话，让我以后天天早点去，把教室的地打扫一下。我一向是听老师话的好孩子，因此也不敢反驳，低着头不吭声。老师说："你好好改造，说不定以后哪一天，也可以参加红小兵。"

我又开始逃学。在南京时我也逃过学，那是看见父母被押着游街以后。我觉得非常的自卑，所有人的目光都在说我是谁谁谁的儿子。当人们信口议论游街人的种种狼狈相时，我心里便像刀割似的。当时为了逃学，在牛棚的父母甚至由造反派陪同着报过警。我被送到农村的直接原因，就是因为我是独子，没人管教，流落街头很可能会变成一个坏孩子。

想不到在农村不过一年多一些，我又开始逃学了。我不想让外祖母知道，天天仍然上学时出门，放学时归来。大约过了一星期，我回到家去，发现老师正和外祖母坐在一起说话。外祖母见了我，劈头就是一通骂。老师说："算了，骂他也没用。喂，你还是去上学吧。"我不说话，也无话可说。老师非常和蔼地看着我，似笑非笑的样子。外祖母怒气冲冲的，在一边时不时地嘀咕几句。老师又说："老太太，不说他了，你外孙也不是那种不想读书的人。"那天老师在外婆家消磨了不少时间，说了许多话，临走，笑着说："不管怎么说，课总归要去上的。其实你也真是小孩子脾气，扫地就扫地，有什么了不起。"老师走了，外祖母没有再骂我，只是说："不管它，学照上，地就是不扫，凭什么叫你扫地！"

第二天，我垂头丧气地去了学校，心里打定主意，坚决不扫地，想不到老师见了我，只是笑了笑，从此再也没有提起扫地的事。

玩半导体收音机

　　我曾经玩过一段时间的半导体收音机。那是在上中学的时候，刚开始是玩矿石机，买了一本薄薄的小册子，根据上面的说明，装了个小单管机。我至今还能记得第一次听到播音时的激动。

　　玩半导体收音机是很容易上瘾的事。首先要有一点钱，那时候的家长

初中时摄于上海，中间为我伯母

似乎不懂得要为子女投资的道理，而且好像也不知道应该给孩子零用钱。很长一段时间内，我只是把那个单管机拆了装，装了再拆、再装。我把精力都花在了如何缩小体积上面，先是用一个普通的肥皂盒，后来竟然把同样多的零件，都压缩在了一个更小的肥皂盒里，那种小肥皂盒现在已见不到，小得只能放下两小块宾馆里常见的那样的小肥皂。这时候大约是1971年，正是"文革"中期，所以要强调一下时间，是想说明当时的背景正是"读书无用论"风行之际，我一个十四岁的中学生能这么做，已经很有些未来可以当大科学家的味道。

因为没钱买耳机，买零件，我便从家里偷书借给同学看，作为交易，同学把一个旧的电话耳机送给我，附带还有一部分半导体元件。改造完了我的小半导体收音机以后，我又开始改造耳机。既然一个小小的肥皂盒，就能放下书上说的必须放在大肥皂盒里的零件，为什么我不试试把耳机也压缩成一个小耳塞子呢。我选中的是一个五分钱大小的小塑料盒子，原来是放中药膏的，然后又找了一节老式的旧钢笔的笔管，那种老式的旧钢笔管，在尾部有一个能旋下的一小截，正好可以用来当作塞在耳朵里的塞子。我小心翼翼地将笔管锯开，利用原有的螺纹，在小塑料盒上钻个小孔，把那一小截笔管固定在上面。

老式的电话耳机里的线圈很大，没办法放进小塑料药盒里。唯一的方法便是自己重新绕线圈。这是一个很费脑筋的事，我失败了许多次，最后才勉强成功。因为没有绕线机，在绕线圈时，必须靠自己心里记数字。那时候要配用的耳机是高阻抗的，和我们今天常见的那种耳塞子完全两回事。反正要绕一个很大的线圈，才鼓鼓囊囊硬塞进小塑料药盒里。

玩半导体收音机的乐趣在于制作，在于自己动手，在于利用不花钱的废旧物品。很多的时间都花在设想上。玩半导体收音机，本质上是一种很健康的动脑筋、挖空心思废寝忘食的事。真正做好了，其实也就那么一回事。事实上我很难得听半导体收音机，即使是自己吃辛吃苦制造出来的也一样。

非法买卖

　　我还干过一段时间很有趣的非法买卖，那就是在摊贩市场上和别人交换半导体元件。十四岁的时候，我玩半导体完全入了迷。那时候没钱玩，只能是有限的几个元件，拆了装，装了拆。后来暑假里去北京，发现当时已插队的堂哥，有足足一大抽屉玩剩的半导体元件。堂哥把这些元件统统给了我，我仿佛一下子挖掘到了一个大宝藏，顿时成了大富翁，那种发自内心深处的喜悦，简直没办法用笔墨来形容。北京的表姐夫又送了一个万能电表和电烙铁给我。这真是如虎添翼，我发觉自己终于有了足够的本钱，可以大大地干一番。单管收音机对我来说已经微不足道，经过了双管机三管机，我又开始装超外差六管半导体收音机。

　　很快就发现元部件不够用，虽然我有一大堆，可总是缺这少那。于是我便像如今黑市上交换邮票一样，揣了一口袋半导体元件，在南京一个很有名的摊贩市场上和别人交换。那时候这是地道的非法买卖，常常有戴着红袖章的民兵突然冒出来，逮住了就全部没收。当时的背景下，农民在集市上卖自己养的鸡和鸡蛋，都属于资本主义的尾巴，我们这些生在红旗下，长在红旗下的少年在街面上倒卖半导体元件，自然有些大逆不道的意思。

　　做买卖有时候可以无师自通。最初只是用自己多余的元件，去和别人交换有用的元件，很快就学乖巧了，知道什么元件是紧俏货，怎么交换划算，怎么不划算。有时候交换的元件，自己当时根本就用不着，但还是先换过来，哪怕是多贴些元件，吃小亏占大便宜，反正紧俏货脱手很容易。

人有时候会渐渐地自然而然地狡猾起来。在摊贩市场上，倒卖半导体元件的，许多都是成年人，和这些人打交道，你越是表现出自己想要什么，他就越是拼命抬高你所要东西的价钱。在半导体元件中，有许多都是伪劣商品，质量很坏。常常兴冲冲带回去了，鼓捣了半天，却发现是坏的，然后再带到摊贩市场，偷偷地换给别人。人学好不容易，学坏几乎不用教。

非法买卖的乐趣，也许就在于非法。因为常常要注意到戴红袖章的民兵，整个交易过程，都在一种非常紧张的气氛中进行。被抓到的倒霉蛋会被公认为无用。那些民兵有时候会把醒目的红袖章摘下来，放在口袋里，装作也想交换元件的样子，然后突然露出狰狞面目。好在那一阵我们也不好好上学，老在摊贩市场上转悠，就那么几位民兵同志，相貌早就刻骨铭心，一看见他们，赶紧把元件放在口袋里藏好了，然后跟在他们后面，兴致勃勃地等着看别人的笑话。

难 得 有 闲

没有什么日子比高中毕业等待分配的那段时间更闲。几乎整整一年，我一直待在北京，和祖父生活在一起。上小学之前，我也在北京待过一年，记得那是因为我长得又瘦又小，祖父嫌我的父母不会带孩子，把我接到北京，好吃好喝地加强营养，结果过了一年，我仍然是又瘦又小，这事后来成了我父母常为自己辩白的笑话。

和祖父在一起很开心

高中毕业那年没有大学可以考。1974年是"文革"中相对平静的年头，轰轰烈烈的日子已经过去，许多人都闲着无事可干。祖父常说我们一老一小，是世界上最闲的人。

　　祖父那一年整八十岁，闲得无聊，全靠写日记写信写毛笔字消磨时间。时间多得真恨不得能拿来当作礼物送人。我和祖父睡在一个房里，当时有三件事最让他满意。第一是陪着散步。风和日丽，去什么地方不一定，出了大门，出了胡同口，捡最空的公共汽车上去，然后到有空旷的地方下车。目的只在活动活动腿脚，有时在郊区的小河边看柳树，有时去北海坐石凳上闻荷叶的清香，有时沿着农展馆旁边的马路走一截。那时候到了农展馆，似乎就算是郊区。

　　去洗澡向来是祖父生活中的乐事。祖父年纪大了，洗澡没人陪不行，我自然成了最合适的陪同人选。去洗一次澡并不容易，得挤公共汽车，有时还得排队。好在时间富裕，挤公共汽车就挤公共汽车，排队就排队。祖父对我的搓背技术一向赞不绝口。

　　祖父一段时间内很愿意被人当作摄影的模特儿，我们拍照的胶卷都找他报销。祖父因此有了好多册影集。有时候，翻翻影集也是一种很好的消遣，可以打发掉许多闲暇的时光。到了晚上，我照例要为祖父敲敲背，煞有介事地为他按摩穴位。祖父总是一边连声叫好，一次次表扬和鼓励；一边和我大谈因为翻阅影集引起的陈年旧事。人生几回伤往事，山形依旧枕寒流。真有些山僧独在山中老，唯有寒松见少年的味道。

　　那时候实在是太闲了，因为闲，我因祸得福，从祖父那得到了许许多多平时不可能得到的东西。那是个畸形的岁月，平安无事就已经非常非常足够。直到"四人帮"粉碎了，大家才都变得忙碌起来。后来祖父梦见我们全家又去了北京，醒来便写了一组诗，和我有关的是这一首：

　　　　兆言到，旧例继先时。示尔新增留影册，陪余浴室共淋漓，临睡小床支。

想　读　书

　　我上中学的时候，写作文的话题，经常是批判"读书做官论"，批判"读书无用论"。"文革"中的恶习，动不动就喜欢摆出大架子，说空话说大话。在学校里更是如此，既不好好读书，也不可能好好读书，却一会儿批判读书这样不对，读书那样不对。

　　很容易的高中就毕业了。数学考的是珠算，匆匆忙忙教的，连除法都没来得及教。待了一年业，终于进一家小工厂当工人。手很快变得粗糙起

刚上初中，右边的这两位要随父母下放，我们合影留念

来，学的是钳工，也没什么难的，手艺活，只要人存心想学，一学就会。

年轻人总会有一些不切实际的想法。因为远离了学校，因为没有书读，突然想起读书来了。读什么书无所谓，只要能重新坐到课堂里去，有书念就行。于是去读夜校，学高等数学。学校时读的书实在太少了，一下子接触高等数学，简直不知所云。硬着头皮学，一本书，似懂非懂的也就算读完了。

那时候时髦办"七二一工人大学"。我所在的那个厂虽然小，也煞有介事地办了个半脱产的工大。记得消息刚传开时，好一阵激动，我到处动员要好的青工朋友报名。并不是所有的青工都想上工大，一位最要好的朋友的报名书便是我帮他写的。他对读书并没有什么特殊的兴趣，连哄带劝，我自作主张替他报了名。

工大是工会出面办的，用不着考试，从中学里请了几位老师来，将就着大学的教材开始往下教。我做好了一切准备，甚至连教材也买了，然而到开学那天，谁都有份，名单上独独没有我的名字。忐忐忑忑地跑去问，说是人数已满，而且说我的眼睛不太好，就用不着占用公家的时间读书了。

工会的那位负责人姓吴。他的爱人有病，托我搞一种自费的药，那药当时处于试制阶段，贵得很。工会负责人官不大，得罪不起，好不容易替他把药搞到，却说这药暂时不需要，退掉算了。药卖出去，药店自然不肯再收回，而且天很热，药注明需冷藏，那年月私人家里还没有冰箱，结果这药只好自认倒霉作废。过了半年，姓吴的工会负责人又让我替他弄同一种药，说上次那药竟然报废了，真是可惜。

我拒绝了再次为他弄药。所谓弄药，不过是变相敲竹杠。车间里的师傅和那些要好的朋友，都为我不能上大学感到吃惊，脾气暴躁的我师傅暴跳如雷，扬言要揍那位工会负责人。这事终于不了了之，我当时太想读书了，因此失望到了极点，真想痛哭一场，幸好还懂得有点自尊，一赌气，仍然再去读夜校。

家学渊源

我的旧学实在不怎么样。旧学问是门古老的艺术，离我们越来越远。我现在靠写小说混饭吃，辛辛苦苦在格子里填上了字，总算有人愿意看，有人愿意写些小评论。不少评论都提到了我的家学渊源，一位评论家甚至断言我的才能将淹没在传统的阴影中。真要是如此也是一种幸运。事实上，旧学问在清末达到顶峰，此后便是代代退化，一蟹不如一蟹。这是历史发展的大趋势，谁也改变不了。对于今天的人来说，我祖父可以算是

我们夫妇与母亲、姑妈、堂姐在祖父墓前

旧学大师，对于把旧学问发展到极致的乾嘉学派，却又是不肖子孙。作为"五四"一代的风云人物，我的祖父一生都在鼓吹新文化。虽然他有极深的古文造诣，能写很好的旧体诗词，然而从来不主张我们小辈在旧学问上花大功夫。

我唯一得到祖父指点的旧学便是对对子。这是在"文革"期间，我正上初中，有一次，祖父发现我竟然能背出一连串辛弃疾的词，很有些吃惊，便大大地表扬了我一番。我得到了鼓励，顿时感觉良好，下决心要把手头的一本夏承焘先生编的《唐宋词选》全部背下来。那时候正是读书无用的时代，上不上课读不读书都无所谓。我的祖父也闲着无聊，难得我对旧诗词如此有兴趣，就让我从头开始，学习平平仄仄仄仄平平。方法有点像旧时私塾先生授课，祖父报一个字，我回答一个字。云对雨，雪对风，晚照对晴空，杨柳绿对杏花红。一来一去，很像是做游戏。在北京，我常常陪祖父去洗澡，祖父泡在浴池里，不时即兴发问，我一边替他擦背，一边挖空心思对答。出门散步时也是如此，总是捡人少的地方去，见到什么说什么，一个字两个字，渐渐到了五个字七个字。从来也没到过对答如流的地步，字越多越吃力，但是好歹都能凑合答出来。祖父在这方面特别宽容，说："好，有点儿入门了。"

可惜我只是站在旧体诗词的门口，往里面望了几眼。毕竟是处在一个旧诗词已不流行的时代。随着年龄的增长，外国小说更能够吸引我。我开始如狼似虎地阅读19世纪的欧洲小说，数量之大速度之快，连祖父都感到意外。记得当时看内部发行的三岛由纪夫的《丰饶之海》，四大厚本，祖父第一本尚未读完，我已经见缝插针，全部读完了并把故事卖弄给大家听。祖父嫌我看书太快太马虎，找了两本书让我细读，这两部书是托尔斯泰的《战争与和平》和巴尔扎克的《高老头》。

学　日　语

　　我也算学过几天日语。这实在是一件荒唐事，那一年我在北京，正好中学毕业以后待业，反正闲着也没事可干，我的堂哥有一群朋友，一个个突然心血来潮了，说是大家学日语吧，于是立刻上街买了教材，请了位老先生教我们。地点就在我堂哥的客厅里，说好了一星期上一次课。

　　老先生是日本帝国大学的毕业生，日语好得就跟日本人一样。他出生于清朝的王爷家庭，是地道的贵族后裔，据说北京有条不小的胡同，过去全是他们家的。我们称他老先生，其实他也只有五十多岁，那一年是1974年，请他教书完全是免费的。他好像也和我们一样，闲着无事可干，教我们日语，对于他来说，起码也是一种打发时间的方式。很显然，他这样的人，在"文革"急风暴雨的日子里，狠狠地吃过一些苦头。

　　只有第一节课是认真的。我们跟着老先生，煞有介事地一遍遍读日文中的假名，最后再学一句日本话的"再见"。日语听起来总觉得有些滑稽，第一次课上完以后，我和堂哥之间，老是忍不住用才学的"再见"插科打诨开玩笑。

　　从第二节课开始，就不太像话。我的堂哥老是忍不住要笑，像小和尚一样有口无心地跟着念，念了没几句，便让老先生给我们讲讲他当年在日本留学时的故事。老先生说，"好吧，讲一点，调剂一下大家的情绪。"

　　老先生当年在日本的故事当然好玩，听起来，比上课有趣得多。当时还是"文革"期间，有许多话不敢说，有许多话只能点到为止。然而老先生是那种乐意暴露隐私的人，吞吞吐吐好汉不提当年勇地承认，自己既然出生挥金如土的豪门，年轻时难免荒唐，而日本的女人，实在怎么样怎么样。结果，课依然往下教，却越上越不像话了，大家跟着胡乱念，一有机会，就纠缠住老先生，让他从过去的生活中，挖出点精彩的故事来，调剂调剂情绪，活跃活跃气氛。老先生根本禁不起哄，他一肚子的往事烂在心里也太可惜。学生爱听，老先生更爱说，一边是洗耳恭听，一边是如实招来。话越说越深，很快，不敢说的话全说了。

老先生的往日故事一发而不可收。往日的故事越来越精彩。学日语很快就成了诱饵，颠来倒去就学了那么几句话，一到老先生开讲故事的时候，一个个没精打采的学生，顿时像刚吸足了鸦片，眼睛发亮神气十足。学日语本身成了非常次要的一件事。不仅学生是这样，老先生也是如此。往日的故事震撼了老先生已经萎靡的精神，他立刻忘了自己是在给我们上课，仿佛又一次复活在往日的故事中。

荒唐的学日语留给我的记忆，就是我们老盼着正经八百的课快点结束，就是老先生突然振作精神，开始眉飞色舞漫谈他的过去。残存在老师记忆中的繁华梦，常常会无意中，从我眼前像风一样地吹过。

学 英 语

英语始终没学好，这将是我终身会感到遗憾的一件事。学英语，所花的气力不能算小，有一阵子，自己都感到英语程度好像已经很像一回事了。

最早学英语是在读中学的时候，正是"读书无用论"的年头，教我们英语的是一位华侨，胖胖的、矮矮的，长得很像西哈努克亲王。英语是我们最讨厌的一门功课。教学的进度很慢，可我们仍然是学了后面，便毫不客气地忘了前面。做作业也不像话，老师骂我们哄我们，机关算尽用心良苦，可结果都一样。反正那时候也没大学可以上，中学毕业了，不是下乡当知青修理地球，就是进街道小工厂当工人，学校里冠冕堂皇地开了英语课，大家心里都觉得毫无必要。

毫无必要也得考试，每次考试一定是临时抱佛脚。我一向是个很平庸的学生，谈不上老实，也不算调皮捣蛋。记得有一次考试，我考了九十多分，一向不把我放在眼里的英语老师，在厕所里，很严肃地问我是不是作了弊。我告诉他我把要考的课文全背下来了，他不相信地连连摇头。事实上我说的是真话。

中学毕业以后，当了四年小工人，高考制度终于恢复。好在刚开始外语只当作参考分数。说来惭愧，我仅仅考了十分，而且就这十分，也是靠在选择题上瞎画蒙来的。原来学过的那点英语，早就完璧归赵还给了老师。

认认真真学英语，是在上了大学以后，因为读的是中文系，一上来基础就没打好。那时候倒是真心想把英语学好，但是当时用的教材，还是教工农兵大学生的，我们在"我是一个工人，我是一个农民，我是一个中国人民解放军战士"这种句式上，浪费了许多时间。中文系的英语课只马马虎虎上两年，每学期都要重换一个英语老师。好的英语老师嫌我们程度低，不愿教，更多的同学也不愿意学。我记得当时班上想当作家的人太多，文学热情高涨，根本没多少人好好地学英语。对付课堂上的英语考试，几乎不费吹灰之力。为了提高自己的英语程度，我不得不自开小灶，跟收音机里的广播学，和图书馆系的同学一起学，图书馆系同学的英语比我们中文系好，他们有一个英语提高班。

历史系的英语课我也去混过一年，那是大学四年级的时候，学的是英文原著《尼克松传》。那是一种导读性质的上课，课堂上老师只讲解疑难句子。

大学毕业以后，我被分配在一所大学里当教师。英语一会儿抓一会儿松，没任何进步。直到考研究生前夕，我才开始重新在英语上下功夫。那

刚上大学那会儿

一年的人突然昏了头，不管三七二十一都考起研究生来。我所报考的那个专业，只招四个人，报考的人数却有九十几个。我的外语考了五十九分，当时心里很虚，怕外语不及格影响录取。没想到那年的外语及格分数为五十分，我的成绩居然还算是高的。

三年的研究生生活，我在英语上真是下了点儿功夫。我的英语程度全是笨功夫死记硬背学来的。口语是一塌糊涂，完全靠阅读来提高。不管怎么说，阅读确实是提高英语程度的有效方法之一，我们当时用的一本很好的辅助教材就是英国人编的《通过阅读学英语》。在这本教材的思路的启发下，我读了许多简易读物，读的时候，尽量不去查字典，只是在拼命加快速度。这种快速阅读事实上只是一种浏览，读一本扔一本，简易读物的程度逐渐加深，英语水平也在不知不觉中提高。

终于过渡到了看原著，一上来当然很吃力，但是我继续坚持不查和少查字典的原则。我每天花半小时或者一小时背英语单词，所掌握的词汇量大约五千个。看了几本原著以后，自己明显地感到获益匪浅。那时候我们有三个很要好的同学，经常借了一些厚部头的英文通俗小说，互相交换着看。在读过的小说中，给我留下最深印象的是欧文·华莱士的作品，他的小说对于我的英语程度来说最合适。我也借过福克纳的作品，借过不止一本海明威的作品，但是文学名著的原版书我读起来，总是觉得累，看中译本要省力得多。我的英语程度实际上也只是达到了看通俗小说的水平。通俗小说中有很好的悬念，有大量没删节的色情描写，有一种让你看了还想看，看完了就忘的轻松感受。这种小说最适合于睡觉前看一会儿。

我到了出版社以后，就和英语断绝了关系。现在回想起来，仍然有些依依不舍的情感。放弃英语，当然事出有因，一是要坐班，时间已都属于别人的。二是对写作达到了狂热的地步，除了上班，满脑子都是在写东西，而一个人的精力毕竟有限。另外说穿了，我的英语除了看通俗的下流小说，丝毫也谈不上还有什么别的用处。我想我这辈子不可能去当移民。我已经看了数不清的外国小说，我们的落后，造成了大量翻译外国文学作品的良好环境。为什么不借别人现成的手杖用用呢。一个好的外国小说家，他似乎并不像我们那样那么勤奋地读别的国家的作品。就阅读来说，我作为一个用汉语来写作的小说家。知道的外国小说已经够多的了。

失去的老房子

　　江南老房子和北方的四合院，似乎有明显的区别。我曾去过茅盾的故乡，参观过徐志摩和郁达夫的老房子。四合院更体现中国传统文化中古老的东西，而江南殷实人家的老房子，多多少少都有些近代城市的味道。茅盾的故居，便是一个典型的南方商家，有门面房和库房，同时又有文化氛围，是个既做生意又能读书的地方。徐志摩的家后来是县银行的所在地，一看那豪华的气派，就知道他们家一定比茅盾家更有钱。郁达夫故居有两处，一在富阳城中，地方不大，是一栋很有书卷气的小楼，另一处在杭州，也就是著名的"风雨茅庐"，这地方长期被一个派出所占用着。文化人居住过的老房子，就算我们没有亲眼看见，也可以从文化人自己或别人写的文章中略知一二。文化人的名气越大，他们居住的老房子，越会被当作文物保留下来。老房子诞生了一代文化名人，而文化名人们的声誉又使得老房子得以保存。上个世纪末出生的文化名人，绝大多数都有比较好的经济环境，虽然不一定大富大贵，但是真正出生于穷人家庭的，事实上很少。文化人很容易哭穷，喜欢痛说革命家史，只要我们有机会参观他们的故居，就可以明白他们有时候并不全是说的真话。譬如郁达夫的"风雨茅庐"，千万不能仅仅从字面上去理解，那实际上是一栋非常美丽的房子，有那么点日本式风格，丝毫不比今天省长的房子差。

　　随着旧城区的改造，老房子正在迅速变为历史。往日老掉牙的故事，也随着老房子的消逝，越来越模糊。除了当作文物的老房子，大片旧城区都将被夷为平地，一栋栋火柴盒似的新楼房拔地而起，硕果仅存的老房子，都将成为记录过去岁月的活化石。要想知道一个人的历史，要想重温逝去的时代，只要我们有机会走进他所居住过的老房子，我们便会很直观地走向从前回到过去。可惜大多数的老房子不可能保存下来，也没有必要保存。我们毕竟是生活在现实之中，我们不能没有历史，现实和历史放在同一架天平上，自然是现实更重要。当我们缅怀老房子的时候，谁又不是渴望着住进新房子呢。

南京的老房子，由于地理位置的特殊，说南不南，说北不北。虽然也是地处江南，和江浙交界之地的江南，完全两回事。南京的老房子几乎没有自己固定的风格，很多人发了财出了名，就到这来定居。历史上的南京名人，没几个是土生土长的南京人。南京长期以来一直是个遭受入侵的城市，外来文化很容易便在这块土地上扎了根。我认识的一个朋友，是回民，他的家族几百年前就在南京定居了，就定居在我们称之为老南京人集居的城南。在我认识的朋友中，好像没有资格比他更老的南京人了。

在过去的一百多年里，南京人经受过不少灾难。先是太平军入城，然后又是曾国藩攻进南京，曾文正公被认为是封建社会的完人，可是他当时却得到了"曾剃头"的封号。二次革命时，被革命军撵出南京的张勋，气势汹汹卷土重来，三日不封刀。还有日本人制造的震惊中外的南京大屠杀。屠城这样的惨剧对于地道的南京人来说，一点也不陌生。南京的老房子们，能在战火中幸存下来，实在是一件不容易的事。著名的洪秀全的天王府，毁灭于火海之中，大火同样不止一次烧毁了夫子庙。繁华一时的太平路，也是由于日本人的放火，直到这十几年来才重新变得繁荣。

有一个叫江驴子的人，据说是太平天国时期专门替天朝养驴子的。太平天国灭亡以后，江驴子不知靠什么办法，谋得一小笔横财，使他不仅躲过了杀身之祸，而且在风头过去之后，替自己盖了一片很漂亮的房子。这房子之大，今天的人提到，总是免不了连声感叹。和做过官的人比起来，江驴子算个什么东西，但是多少年过去了，他的旧宅却成了一家省级剧团的所在地，一百多号人连同家属都住在这里。

我最初的记忆，就产生在这一片老房子之中。多少年来，我一直不明白，为什么一百多年前一个养驴子的人，他盖的房子会那么大，大得简直就是座庄园。大大小小的房间之多，根本没办法计算。我在江驴子的老房子里，只住过很短的一段时间，当我的记忆变得越来越清晰的时候，我们家搬到了附近的一栋洋楼去住。我在那里开始上小学，开始经历轰轰烈烈的"文革"，开始上中学，然而江驴子的老房子，一直是我玩的地方。我儿时的小朋友几乎全住在那里，我们在一起打游击，讲故事，干一切孩子们所热衷干的事。

在这座一百年前建造的老房子里，仅仅和我同年的小男孩，就不下十名。大大小小的孩子加起来有几十个。在我读书的年代，由于学习从来就不是件重要的事，老房子里能有这么多的孩子在一起玩，实在是一件快乐无比的事。孩子们太多了，多了就要闹别扭，常常你不理我，我不理他，一会儿和好，一会儿打架，吵个没完。弟弟挨揍了，便回家搬救兵，把哥哥请出来。记忆中，大人似乎很少出来过问小孩子的事，原因大约是都在同一个单位，大家熟悉，不值得为小孩子的事红脸。

老房子里没厕所，家家都用马桶，新新旧旧的马桶，青天白日之下，就搁在大门口。记得过年炸爆竹，调皮的孩子把一串鞭炮拆散了，点着

一家三口在高云岭旧居的餐厅

了，往搁在外面晒太阳的马桶里扔，然后盖上马桶盖。这种游戏照例是从大笑开始，到挨骂结束。还是因为没有厕所，孩子们玩着玩着，难免是地方就撒尿，结果老房子凡是个角落，就臭烘烘一股臊味。

老房子有一个很大的园子，在那儿盖了一个剧场，还留下一块不小的草地。孩子们经常在草地上打滚。珍宝岛事件以后，盖防空洞成了一件大事，草地上建起了一个最简易的防空洞。防空洞成了孩子们游戏的好场所，大家想方设法溜进去玩。直到坑道里捡到了一枚充满臭鸡蛋味的避孕套，才不敢再去。

老房子里没有什么太多的秘密，邻居之间拌嘴，夫妻之间吵架，几乎全是公开的。老房子全是平房，窗户很矮，墙也不厚，声音稍稍大一些，外面都听得见。有一次派出所来抓人，径直往里面走，大家都跑出来看，就看见一个老太太被抓走了，说是现行反革命。

老房子里死了人也是件恐怖的事，哭声很轻易地就传得很远，孩子们忍不住要去看热闹，看的时候不怕，看过了后怕，到晚上睡觉便做噩梦。

老房子里长大的孩子们，彼此之间，好像没有产生过什么爱情故事。我的童年和少年时代，男女之间，都有一种近乎仇恨的敌意。在学校里，男孩女孩不说话，在一个院里住着，也都跟不认识一样。不知不觉都长大了，女孩子先发育，开始懂得打扮。男孩子却躲在一起说下流话，说谁的奶子鼓了起来。

终于有一个不争气的男孩子出了丑，他在公用的厨房里，突然鬼迷心窍，抱住了邻居的一个女孩子，不分青红皂白，就在人家腮帮上啃了一下。女孩子要比男孩子大两岁，而且也不太漂亮。这事可真有些了不得，那年头还没有电视，许多人都把接吻的"吻"念成"勿"。女孩子像触电般怔了半天，猛然如丧考妣大哭起来。结局自然是那个不争气的男孩子被父母像揍贼一样，痛打一顿。这事一时间成了老房子里最大的新闻，男孩子们都觉得这事挺好玩，也都明白这事最丢脸。和女孩子说话都不对，这么干，不是已经接近流氓了吗，真没出息。

唱情歌的季节

有一位台湾来的老作家，谈起现在的港台情歌，说歌词的意思，不外乎是爱你爱到骨头里。老作家的意思里并没有太多的贬义，他只是好像不喜欢这种夸张的口吻。老派的情歌通常喊几声阿妹阿哥也就完了，不像现在，要爱就爱得轰轰烈烈，爱得你死我活，爱得让人气都喘不过来。

我对卡拉OK有一种天生的敌意，尤其讨厌有人在吃饭桌上唱。无论是餐厅里的专职歌手，还是那些有些能耐或根本就没有能耐的噪音制造者，不管三七二十一，拿起话筒一展歌喉，这情景真让人受不了。吃饭就吃饭，干吗弄得那么花哨。记得有一次在海南，吃饭时，有人频频抛钱出去点歌，一位男歌手像女孩子一样哼着，搔头弄耳嗲声嗲气，唱一会儿还要说一会儿。很多人都觉得忍无可忍，在场的汪曾祺老先生说了一句很有趣味的话，那就是：能不能花点钱，让那歌手别唱。

其实就算是唱得好，也真不应该在饭桌前唱。有人认为这是一种享受，是一种规格，可以产生一种接近大款的感觉。现在已是没有一首歌不带情的，很好听的歌，很有力的山盟海誓，因为时间地点有些问题，味道完全被改变，好像只是有人在调情。有些很漂亮的女孩子站在餐厅里唱情歌，她可能是为了几个钱，这年头，谁都可能为钱做一些迫不得已的事，但是我总是情不自禁地感到心痛。人们通常自顾自地吃着，因为自己是花了钱的，可以完全把唱歌的女孩子的存在忽视掉，或者是色迷迷地盯着她，摆阔地胡乱点歌，做出潇洒的样子献上一捧鲜花。我常常想到这些女孩子的父母，他们会怎么想呢？女儿大了，没人能干涉她们的选择。我想所有卖唱的女孩子，女孩子们的父母，都会有一种说不出的苦衷。要是你走进机器轰鸣的纺织厂，看见那些几乎被噪声吞没了的女工；要是你在冬日街头上，看见赤裸着手背脸色冻得发青的卖菜姑娘，也许会觉得能在豪华的餐厅里卖唱就是好的选择了。

情歌的泛滥，使我们对它们已经麻木了。都市生活的枯燥，凭空添加了许多无聊的娱乐。情意绵绵的歌声不绝于耳，唱的人无动于衷，听的人也无动于衷。爱是一个轻易就能说出口的词，没有掩饰，用不到过渡，人们不用为它付出任何代价，它好像永远就在手边，但是当我们真伸出手去的时候，才发现货真价实的爱根本不存在。爱成了一场游戏，成了潇洒，成了玩弄嘴皮，成了爱的对立面。我拿青春赌明天，你拿真情换此生，这些美好的词句，如今已像"文革"时的豪言壮语一样空洞。

在过去的年代里，所有的情歌都曾被形容成靡靡之音。字典上对靡靡两字的权威解释是："颓废淫荡，低级趣味。" 20年前的故事，对于今天的年轻人来说，整个就是天方夜谭。我读中学的时候，情歌一概被称之为"黄歌"，那个时代的年轻人，刚开始不但不会哼唱情歌，就是会唱的老一辈，也鸦雀无声噤若寒蝉。唱情歌等于唱黄歌，等于是流氓，这种最简

与妻子恋爱中

单的推理，让所有的人都觉得想到爱就是罪过。我的同龄人都是在同一种性禁锢的压抑下成长起来的。随着年龄的增长，班上的男孩子开始说下流话，当然只有那些被称之为坏学生的人才敢说。

记得那时候公演的外国电影，只有苏联的《列宁在十月》和《列宁在一九一八》，以及阿尔巴尼亚的几部电影。有一部阿尔巴尼亚的儿童片叫《勇敢的米哈依》，其中有个镜头是一群小孩去河里游泳，一个少女只穿着胸罩和三角裤，这个一闪而过的镜头在当时很激动人心。黑暗中不知谁喊了一声，于是一片叽叽喳喳。《列宁在一九一八》中有一小段《天鹅湖》舞，有些人买了票，反复看，只要那半分钟的《天鹅湖》一结束，就立刻堂而皇之地退场。在"文革"的后期，唱"黄歌"已经成为坏孩子的专利，所谓"黄歌"，也就是20世纪50年代青年人传唱的一些情歌，譬如那首著名的《莫斯科郊外的晚上》。

在高中毕业的那一年，我们在乡下劳动。几乎所有的男孩子都在有声无声地哼唱这首曲子。我们有个同学会吹口琴，老师不在的时候，便反复地吹奏。据说现在的中学生早恋已很普遍，可是在我们念中学的时候，男女同学都仇人似的不讲话，谁要是无意中提到了一个女孩子的名字，立刻就会被大家瞧不起。多看女孩子一眼也是无耻的，男孩子大都用一种蔑视的姿态，来表示自己对异性天生的爱意。那次在乡下劳动，也许是毕业在即，两位很好看的女同学从我们面前走过时，我们班的一个大胆而且有几分恶名声的男孩子，遥指着其中的一位，忍不住说："乖乖，为了她，让我去死，也是愿意的。"

这是我们第一次听到有人如此公开地表达对女孩子的爱意，我们都很吃惊，以至于没人敢插一句话。大家已习惯表达对女孩子的仇恨，我们为女孩子起绰号，传播那种并不存在的流言蜚语。我们把穿得好看一些的女孩子，戏称为女流氓，并用想象中的男孩子为她们配对。把男孩和女孩相提并论，在当时可以说是奇耻大辱，因此，有一个人如此赤裸裸地表达他的爱意时，在场的所有人反而不作声了。也许所有的男孩子都暗恋着这个女孩子，也许是因为这个女孩子想起了别的女孩子。中学生应该不应该早恋这是需要另外讨论的话题，但是所有的男孩子心目中都会有一位女孩子，这是抵赖不掉的。每个人心里都有一首情歌要唱，就是没人敢真唱出来。

还有两个月，我们就要毕业，大家似乎一下子成熟了。许多人都去镇上买了最廉价的香烟来抽，一边抽，一边望着天空想心事。一个男孩子竟然忘情地在女教师的面前，唱起了《莫斯科郊外的晚上》。

> 我的心上人，坐在我身旁，
> 默默看着我，不声响。
> 我想对他讲，但又不敢讲。

女老师听了生气了，说你唱什么歌。男孩子说，我唱的是革命歌曲。女老师说，什么革命歌曲，是"黄歌"。男孩子不承认，说自己唱的不是"黄歌"。女老师不容他抵赖，男孩子急了，狡辩说，你怎么知道是"黄歌"，除非你也会唱。女老师说，我的确会唱，但是我没唱。女老师当然会唱这首歌，她是"文革"前的大学生，体育和唱歌都好，性格就像男孩子一样活泼，时间地点身份不一样了，她只能板起脸来训斥自己的学生。

小时候，不知道何年何月

我们同班的同学，有许多人前后在一起念了十年书，竟没有一对男女成为夫妻。高中毕业后，虽然还都在一个城市里住着，见了面，仍然和路人一样陌生。如今到处能听见如泣如诉的情歌，可真正属于我们这代人应该唱情歌的季节，已经无可挽回的结束了。浪漫的岁月，不当一回事的就过去了，想起来不能不觉得感伤。一年前，我们的小学同学声势浩大地聚集在一起，搞了一个小小的活动，男男女女坐在一起，匆匆谈起了过去和现状。童年少年时的痕迹在我们的脸上已经成了残余，大家都不再年轻，想到那时候不说话的情景，谁心里都在觉得暗暗好笑。

有一年在神农架开笔会，池莉女士的一位热心读者，感叹地说："哟，你变多了，十年前你不是这样的。"池莉立刻有些哭笑不得，不知道如何回答才好。这种感叹也引起了当时在场的另一位女作家范小青的感叹，说一个女人怎么禁得起十年的岁月。十年对于一块石头，也许没什么变化，对于金属，也只是厚薄不同的一层锈，可对于人来说，尤其女人来说，实在太可怕。还是让话题再回到我们那次同学的聚会上，时间自然不是十年，而是二十多年。如花似玉的女孩子现在都成了十足的妇人，虽然成熟也是一种美，然而岁月的洗刷，毕竟谁也阻挡不了。都说美丽的女人经受不起时间的考验，事实上，不算漂亮的女人，也一样难逃厄运。让男孩子们朝思暮想的女孩子们已经远去，唱情歌的季节也已经一去不返。

把钟拨快些

我家所有的计时器都留了些提前量。这是一个很幼稚的习惯，自己心里其实都有数，在计较时间时，早已将这些提前量扣除了，譬如我女儿上学，她总是在七点三十分出门，而校方的规定，是这个时间一定得到达学校。因为我们家的计时器普遍快了十分钟，所以女儿从来不迟到。在一个讲究时间效率的时代里，把钟拨快些，有时不失为一个自我安慰的好办法。时间节奏越变越快，变得让人连喘口气的机会也没有。据说凡是经济越发达的地方，时间便越紧张。今年3月份去深圳，听负责买单的老总说，如今深圳人的时间观念，紧张到了连吵架都懒得吵的地步。开着小车在街上走，一不留神撞上了，大家跳下车来，看看多少钱可以了事，立刻摆平。对于自己有车可以开的阶层来说，分分秒秒都是银子，不值得为吵架斗嘴浪费时间。

时代的发展，使得计时器本身不值钱了。只要我们抬头去找，是地方就能见到钟。戴不戴手表再也不是有钱人的专利。现在的小学生都戴手表，坏了就扔，有时候还没坏，就不知扔哪去了。值钱的已是计时器之外的东西，首先是时间本身，一寸光阴一寸金，这个古老的比喻，正在由夸张变为现实。其次，流行的是什么情侣表时装表，以及那种硬是把宝石镶上去的，或是镶上某某伟人头像的手表。昂贵并不是因为这表准确不准确，或者经用不经用。用来计时的手表正在变成一种奢侈品，甚至变成一种收藏起来为未来服务的文物。

二十年前还不是这样，记得那时候我去一家小工厂当工人，同时进厂的一批中学刚毕业的年轻人，其中一名小伙子是乘着父亲单位的小汽车去的，当时就成了小厂里议论的重点。另一位被大家津津乐道的是一位女孩子，她也没什么出奇之处，能引起工人们广泛兴趣的，不是因为她长得漂亮，而是她戴着一块手表——一块配着金属表带的男式表。在那个特定的年代里，刚毕业的中学生戴手表，几乎和坐小汽车一样露脸。我就听见不止一个工人谈起过那位女孩子的

学生证上的标准照

男式手表，当我写这篇文章的时候，充满了羡慕的咂嘴声，仿佛又在我耳边响起。

二十年前的时代，是一个时间多得恨不得拿来送人的年月。时间从来也没有这么贬值过。既然工人们把年轻人有没有手表看得那么重，一直到进厂的第二年，我才悄悄地买了一块手表塞在口袋里。至今我仍然保持着要把手表揣在口袋里的习惯，这习惯也许是一种潜藏着的记忆。因为我当时实在不想让那些吃辛受苦的老工人，用异样的眼光看着我，年纪轻轻就戴个手表很有些耀武扬威的意思，我这人从小就害怕引人注目。不管现在的人相信不相信，二十年前的年代就是那么穷那么寒酸。从我家骑车去远在郊区的工厂要四十分钟，那年头从来不堵车，我按老时间出门，就不可能迟到。到了工厂以后，换上肮脏不堪的工作服，我是钳工，将袖子捋多高地干活，因此我的手表几乎一直是在口袋里睡大觉。

有没有手表真的不是太重要。我已经习惯了在固定的时间醒过来，每天事实上只是在临上班前，匆匆瞄一眼床头的小闹钟。车间里在固定的时

间会铃声大作，提醒你吃饭或者下班。路途太遥远了，午休的时间只有半小时，勉强可以完成吃饭，因此所有的工人都在厂里凑合着吃一顿。我成天和机器打交道，自己也就和一部机器差不多。除了上班，我便毫无目的地胡乱看书，那年月已是"文革"的后期，家里又开始雇用保姆，那保姆和今日常见的安徽小保姆不一样，绝对地认真负责，什么事都用不到你烦神。

　　我看了许多书，什么书都看。上班之外，没有别的消磨时间的事可做。没有电视，没有流行歌曲，也没有什么体育比赛。英文中把消磨时间称之为"杀时间"(killtime)，一个杀字十分传神。这几年新流行的词是休闲，就其本义来说，休闲恰恰是说明现代人太忙。休闲是一闲对百忙的意思，而我在那时候，闲得却是货真价实。我一本接一本地看书，目的不是想学些什么，因为我没想自己日后会上大学，会读研究生，会当作家，读书只是纯粹意义的消磨时间。南京的酷暑大名远扬，当时也没有什么电风扇，我年纪轻，不在乎热，别人在外面聊天纳凉，我照样在台灯下面读小说。

　　一个人意识到时间的存在，也许并不一定是件好事。如果我们能在意识到时间之后，再彻底把时间给忘掉，其实比什么都好。人只要活得充实愉快，就不存在浪费时间这一教条的说法。当时间流逝以后，我们将发现自己永远顾此失彼，我们得到什么的时刻恰恰意味着同时正失去了什么。多少年来，我一直向往着这样一种生活，我向往着所有的计时器都停止运动。人们将最充分地放纵自己，一切都按照本能去运行和操作，饿了就吃，困了就睡，想干什么就干什么，人人都按照自己的生物钟行事。这种浪漫主义的想法自然是行不通的，但是我觉得要是有机会想象一下这些不切实际的念头，对时间的看法，说不准就会产生一些和传统的观点截然不同的东西。

　　鲁迅先生关于时间的看法，曾经被很多人当作格言来督促自己。时间是海绵里的水，只要用劲挤，总还是有的。这话在我身上，好像也屡屡起过作用。我初次意识到时间的重要，是在决定考大学以后。记得当时高考刚刚恢复，一下子为数众多的人都做出了近乎统一的决定，就是发了疯似的要上大学。考大学成了时髦，只要是所学校便可以成为考场，霎时间，多少有些想法的人，都把高考当作改变自己现状的重要机会。大家赤膊上阵，在考场这条窄窄的羊肠小道上拼个你死我活。那段日子里，我常常掰着手指计算，随着考期临近，下班回来，我把能属于自己的时间，分成若干小节，然后在不同的时间里看不同的书。这种临时抱佛脚的考试差不多要了我的小命。

进了大学，我产生的第一个念头，是没必要做一个书呆子似的好学生。很多大学生都想把被"文革"耽误的青春追回来，都想一口吃成一个胖子，都想成为陈景润似的人物，但是很多人一直到大学四年级的时候，才明白逝去的青春是补不回来的。昨日之日不可追，今日之日须臾期。时间在那个特殊的年代里，对一代即将告别青春的年轻人来说，显得从未有过的昂贵。大学里规定晚上十点钟熄灯，用功的同学熄灯后，就跑到厕所里去苦读。附带说一声，男生宿舍的厕所臊味臭气熏天，给人的感觉，是擦一根火柴就能点着。

自从开始考大学，多少年以来，我对于时间，应该说抓得比较紧的，当然还谈不上把时间海绵里的水统统挤干。水至清则无鱼，我只能说是尽可能对自己有个要求。很多事对于我来说已经成了习惯，除了读书写作，我大约没别的什么爱好。吃喝玩乐我一样也不在行，而且我讨厌一切例行假日。星期天的即将来临，往往影响我的创作激情，一想到这一天孩子不去上学，妻子要在家收拾房间，还要去父母那里尽儿子的义务，我常常会有一个字也写不出来的恐惧。过年过节也是种多余，说实话，我并不是觉得时间昂贵，才去珍惜它。我所做的，不过是尽量把时间花在自己喜欢的事情上。正因为如此，我最怕耽误别人的时间，也最恨别人耽误我的时间。前人已说过这样的话，耽误别人的时间是谋财害命，耽误自己的时间，则是慢性自杀。

清代学者魏源曾说过，志士惜年，贤人惜日，圣人惜时。这话多少有些矫情和夸张，不过用来骗骗自己也未尝不可。人类对于时间的态度，想到了总比不想到好，少浪费总比多浪费好。甚至像把钟拨快些这种幼稚行为，也没什么错的。人不可能走在时间前头，无论怎么珍惜也还是免不了浪费。不管我们为时间贴上了什么金，不管我们怎么夸张地形容它，我们仍然永远不是时间的对手。我们要做的，也许只是偶尔能够设想一下时间这玩意的存在。

等　剃　头

　　小时候，我和小伙伴们最喜欢一起去剃头。人多要排队，我们就坐在长凳上聊天。聊到有趣的地方，剃头师傅对我们大喝一声："喂，剃不剃?"于是赶紧坐上去，一个被剃头，另一个便在一旁十分专注地看。事先说好了不许捣乱，剃着剃着，半边脑袋低下去一块，被剃的人自己看了滑稽好笑，旁边看的也觉得好笑。剃头师傅火了，恶喝道："有什么好笑的。"忍住了，想不笑，可是过了一会儿，又笑起来。

　　剃头师傅是一个胖子，样子凶，其实并不凶。他看着我们长大，动不动就提穿开裆裤时候的事。我们看着他越来越胖，越来越老，不能再剃头，自己也就从少年变成了青少年，变成了青年。到了懂得要臭美的日子，我们开始去稍远一些的理发店，一样地剃，收费却高了许多。

　　旧书上曾有文武理发店之说。所谓文者，是指吹烫全套现代化；武者，推拿和敲打全身。理发店是让人焕然一新的地方，但也经常会发生一些不干不净的事情。最极端者是带有色情意味的发廊。旧时专为女人做头发的师傅又被叫作吃女人饭的。女人为了烫头发时价格便宜一些，或者为了式样时髦一些，常常不惜打情骂俏。剃头师傅趁机揩油吃豆腐，自然也就在情理之中。

　　过去理发店常用的对联是，"不教白发催人老，更喜春风满面生"。从理发店里走出去，顿时焕然一新变了个人。尽管不是每次都变得更好，但大多数的人是会满意的。不知道别人是怎么想，反正我每次理发，绝不仅仅是因为头发长。我很愿意把理发理解成为一种仪式。每当我开始一篇新的小说，或是小说写到一半不顺利的时候，便去理发店。

已经许多年了，我都是去家门口乡下人开的理发店。发型也是多少年一贯制，将就着是小平头就行。现在的人太多，并非过年过节，理发店里也人满为患。虽然就在家门口，有时候也不得不等一小时。这一个小时未必就是真的耽误，人闲坐在那里，脑袋却不一定要真的闲着。这时候是大脑思维最为活跃的时刻，用来构思小说，往往会有奇思妙想。有的作家喜欢在咖啡馆里写作，道理其实和在理发店里构思小说一样。毫不相干的人，在你身边说着和你毫不相干的事，你会感到一种局外人的孤独。局外人的孤独，是小说家的摇篮。

我现在去的那个发廊，男客多是建筑工地上的民工，女宾则是周围的市民。不知道那些剃光头刮胡子的老人一个个都跑哪儿去了，发廊什么样的人都有，就是没老人。现在年轻的民工，都爱剃香港歌星的发式，一个个都有些像郭富城。发廊的墙上，是地方就是港台明星的照片。发廊一台

在北京颐和园

录音机里常放的是真正的流行歌，电视连续剧的插曲，进入港台排行榜的金曲，发行量逾一百万的《东方红》。通过发廊这个窗口，该看到的东西都能看到。对于有心好好地观察世界的人来说，发廊同样是测量世风变化的温度计。

有个女士反复使用一种据说也是名牌的摩丝，一头秀发已经完全变成了棕色，就像一头枯草，风大一些都能折断。名牌的摩丝能糟蹋女士的秀发，伪劣的护发用品后果就更严重。小贩们时常在理发店的门口推销一种出厂价的洗头膏和护发素。记得我们小时候去理发店，洗头就用那种黄黄的碱性很重的洗衣服肥皂。现在都改洗发水护发素了，有一次，师傅替一位小姐洗头，洗到一半，良心发现地对小姐说："下次你自己带洗发水吧。"小姐说："你的洗发水有什么不好。"师傅说："要好，我还会这么对你说。"

最能感到人情味的，是一位大腹便便的少妇闯进来剪头发。这是一位年纪还轻已经到了预产期的孕妇，近乎不讲理地走了进来，挺胸抬头，也不管排队不排队，像鸭子似的摇到椅子前，十分小心地坐下。即将为人之母的幸福感洋溢在她的脸上，她关照师傅替她把一头披肩的秀发剪短，如果不是做母亲，年轻的孕妇说什么也不会剪去引以为骄傲的长发。孕妇的母亲赶了来，她不放心地看着自己的女儿，怪女儿不该一个人跑出来。孕妇的母亲告诉师傅，说已经和医院联系好了，今天就去住院，她女婿弄车去了。师傅生怕伤着孕妇，小心翼翼地剪着头发，说："弄什么车，打的不就行了，到这时候，还省这钱。"孕妇的母亲说："不是为了省钱，她女婿的哥哥就是司机，是一辆好车，局长专坐的。"

自行车的前思后想

　　我所居住的城市，是个保守的城市。虽然也是省府所在地，而且是昔日国民党的故都，一切生活节奏，都比别的大城市慢半拍。居住在一个保守的城市里，耳闻目睹保守的空气，人也会变得保守一些。保守的人通常喜欢回头看世界。当我们引颈往前看的时候，我们的眼睛忍不住就会红起来，我们忍不住羡慕别人的发展，羡慕那些我们没有见识到，或者说我们暂时还不能享受到的物质生活。无欲则刚，无钱心慌，在一个物质充分膨胀的社会里，往前看是难免的，但是不时地回头看几眼，也不失为一种很好的心理安慰。

　　有机会去了一趟新加坡和马来西亚，见到的作家，几乎全拥有私人小汽车。过去在电影或电视上，早知道发达国家的洋人都这样，这一次看到海外的华人也这样，原来以为会有的嫉妒，一点也没有。大家都有车，其中有一位作家没汽车，反而显出了个人特色。干吗非要和别人一样呢。有车阶级当然有有车的好处，懂行的，会在别人拥有的汽车中，比较牌子，斗出富来，比出官大和官小。我是一个保守的城市里出来的保守分子，总觉得有车坐就好。往近里说，口袋里有些小钱，出门坐出租不心疼，就已经很快乐。

　　出行有车是一桩很露脸的事，起码目前在中国是这样。有些人削尖了脑袋，目标只是为了混个能坐车的一官半职。老同学从深圳来，说一些曾经出入有车的人，一旦失去了坐车的机会，宁愿走路或者挤公共汽车，也不愿骑自行车进出机关。既然坐小车露脸，不坐小车便丢脸。从四个轮子退化到两个轮子，这种官场上的失败感大约很难忍受。几年前，和家父进京看一位家父的老友，谈话中，讲起家父熟悉的一批作家，说只有谁谁谁还没当官。说谁没当官，既是夸奖也是感叹，没当官是真名士，当官的也没错。北京太大，作家的年龄也越来越大，当官是假，出行有车方便一些是真。

幸福是一种比较。中国最初拥有私人轿车的人，心里一定感觉良好。时至今日，私车自然比拎着个大哥大更显出大款本色。我想起了读中学时，一位同学家里有辆自行车，就因为只有他一个人拥有，几乎整个学校都嫉妒他。那辆半新不旧的自行车，害得许多同学都涎着脸讨好它的主人。我的不少同学就是借助这辆自行车学会骑车的，记得同学们排着队，在操场上等待着自己的机会。远远地有女同学看着，轮到骑车的男同学骑在车上，挺胸抬头，搔首弄姿，故意不朝女同学看。

我生长在一个经济十分宽裕的家庭里，但是我的父母在我读中学时，从来没想到过要为我买一辆自行车。我读中学小学那个年代，贫穷是一种光荣，我的父母绝不会让我先别人一步享受富裕的幸福感。相反，为了表示和别人家的孩子没区别，

十三陵前

甚至都不让我穿高档一点点的衣服。一直到大学毕业，我才开始穿第一双皮鞋，而且是猪皮的。除了在"文革"最糟糕的几年里，我们家一直有保姆，为了怕别人知道这一点，我不得不告诉同学保姆是自家的亲戚。虽然我最怕做家务事，可有人伺候当然快活，因此小时候一直认为家里有保姆是不对的。保姆是劳动人民，而我们家却有资产阶级的嫌疑。

我所接受的少年教育，其中最重要的一条，就是不许摆阔。不摆阔，用今天的话来说，就是不要冒富。我的父亲屡屡教导我，千万别觉得自己和别人不一样。别人还没有的东西，自己别急着有。我的父亲似乎不太明白幸福是一种比较。古谚云，富贵不还乡，如锦衣夜行，有阔不摆，有富不冒，过了这村就没这店。如果我在读中学的时候，就能拥有一辆自行车，那么获得女同学青睐的显然该是我了。如今的中学生差不多都骑自行车，要想有同样的效果，非得有一辆小汽车才行。

今天看昨天，等于若干年以后看今天。真到了那一天，大家都拥有了小汽车，斗富摆阔又一定会变出新的花样来。想明白了这道理，富不富阔不阔，也就那么一回事。我是在浙江大学图书馆的过道里学会骑自行车的，仍然是上中学的时候，骑着一辆女式车，沿着长长的过道，东倒西歪，不到两个小时，竟然学会了。记得当时很兴奋，肆无忌惮地在浙江大学的校园里横冲直撞。几天以后，我随着伯母又到了浙江上虞的春晖中学，住在夏丏尊先生的故居。夏先生和我祖父是老朋友，我的伯母是他的小女儿，我这次有机会去浙江，就是为了去探访著名的春晖中学。

很多年以前，春晖中学聚集了一批文化名人，尽管只是一所普通的中学，而且远离城市，在这教书的，除了夏先生、朱自清和朱光潜，还有丰子恺和匡互生、刘薰宇。这些一度大名鼎鼎的人物，为了躲避城市生活的喧嚣，都跑到这里来立志教育。教育救国从来就是一个浪漫主义的故事，我们不能以成败论英雄，来肯定或否定这故事。留给后人津津乐道的，是这个风景秀丽的地方，为什么曾经高人雅聚群贤毕至。春晖中学完全可以在中国的教育史上留下一笔。恐怕很难再找出一所竟然会有这么多大腕级名人当教师的中学。名师出高徒，从春晖中学出来的有名气的学生中，谢晋可以算上一个。因为他的缘故，许多片子都以风景秀丽的春晖中学为外景地。"文革"后期的《春苗》，后来的电视连续剧《围城》，都是在这所学校里拍摄的。

我到达春晖中学的那一年，是高中毕业前夕，正是开始写诗的季节。我在春晖中学的操场上，骑着自行车，一遍又一遍地兜圈子。显然我知道了一些同年龄的人所不能知道的事，而我正是被这些过去了的事所吸引。这所田园一般的学校本身就像一首诗，校园就藏在田野和湖水之间，根本用不到什么围墙。我骑着自行车兜来兜去，目的已不再仅仅是过刚学会骑车的瘾。迎着晨雾，穿过晚霞，事实上我正在寻章摘句，拼凑一首非常拙劣的小诗。历史上的人物，重现在我的面前，我想象着在几十年前，一个身着长衫戴着礼帽的读书人，正从晨雾或晚霞中走出来，可能是朱自清先生，也可能是丰子恺先生，他们什么也没说，就从我身边走了过去。他们会不会骑自行车我不知道，但我知道他们都不是拥有小汽车的阶级，他们之所以成为人物，也许就是因为他们不曾拥有小汽车。

把历史上自己崇敬的前人，和自行车、小汽车联系在一起，是个很荒唐的想法。在这个世界上，所有的人，都是匆匆过客。斗富摆阔的人，朝朝代代都会有。物质的世界越繁荣，我们越是为物质世界所累。出行有车，客观上是我们衡量一个人是否成功的标志。我们起先羡慕两个轮子的自行车，以后我们又看中了四个轮子的小汽车，再以后我们还将为小汽车的牌子费心。人的野心无穷无尽，不管我们是否明白道理，我们注定不能摆脱掉物质世界的诱惑。事如芳草春长在，人似浮云影不留，能不能摆脱另当别论，我们时常想到摆脱一下，说不定就是件好事。

电视的话题

我最早见到的电视是三十一年前，自然在祖父的家里，那种老式的电子管电视机，很大的一堆，屏幕却很小，好像是十四英寸。那时候我还是个学龄前儿童，对电视节目已毫无印象。我的印象只是一打开电视，就有许多不相干的人跑来看。那是记忆中的一个热闹场面。祖父是老派的，电视既然开了，就不许撵人走，不管这些来看电视的是什么人。

祖父住的是四合院，来看电视的大多是孩子，不敢到客厅里去坐，就都站在过道里。又因为是孩子，看电视时当然不肯老实，除了叽叽喳喳地说话，弄不好就挥拳头打起来。一打自然就乱，就要流血，只好站出来说话和干涉，让他们别打别吵。于是开电视成了一桩淘气的事，一次两次是这样，三次四次依然如故，老是这么乱哄哄的，惹不起躲得起，干脆不开电视。

祖父家的电视，多少年来，一直放在那儿是个摆设。过年过节，偷偷地打开刚看上一会儿，前来负责侦察的小孩子已爬到了屋顶上，一旦发现正看着电视这个秘密，立刻到处通知。转眼间，成群结队的孩子涌了进来，门即使闩着也没有用，小孩子既然能爬到房顶上去，再跳下来开门易如反掌。有一年冬天正下着雪，过道的窗台上冻着一大堆红红的柿子，等电视播完了，院子里的雪地上，到处扔的都是耀眼的柿子皮。

粉碎了"四人帮"，祖父家买了第一台彩电，这以后，我们自己的家也买了一台彩电，二十英寸的，价格是三千元。用的是我父母在"文革"

中扣发的工资,记得高晓声来我们家,感叹地说:"三千块,要是给了农民,要盖三间像样的瓦房了。"那时候的三千块实在是笔不小的数目,比今天的三万块都管用。彩电买回来了,我们几乎立刻就遇到了祖父家同样的烦恼,那就是稍稍有些好节目,便有许多人要来看。唯一不同的,来看的都是熟人,是成年人,有的是邻居,有的却是邻居的邻居。

那时候的电视节目还不丰富,不至于为看什么频道吵起来。然而坐了一房间的人,像是一座小电影院,且不说人走了需要打扫,就是在看的过程中的议论,就有些让人忍受不了。有的人天生喜欢在看电视的时候高谈阔论。电视这玩意本来就是专门为家庭设计的,然而在电视不普及的年代里,电视机的存在恰恰造成了一种对家庭的外来入侵。电视把本不欢迎的客人吸引了过来,这些客人并没有意识到自己是在入侵,他们在看电视的时候反客为主谈笑风生,根本不把主人放在眼里。

我的父母经受过"文革"的考验,十年动乱又刚刚过去,他们心有余悸,一肚子不痛快,不得不笑脸相迎,就怕得罪了谁再一次记下仇。有钱买彩电在当时也并不是什么露脸的事,穷便等于无产阶级,有钱则是资

刚上初中时,在北京和祖父等人的合影

产阶级，这种观念在今天的年轻人那里已经陌生，在当时的人们心底里多少还有些残余。总之一句话，你买了彩电，自己先觉得错了。因此我母亲总是向人解释，说要不是"文革"扣发了工资，要不是拨乱反正补还了工资，根本不可能买得起这样的彩电。记得那时候，别人来看电视，我父母不仅以烟以茶相待，而且还要为那些不抽烟的人准备好瓜子、花生。

就是这样也还是不行，因为心里的不痛快是掩不住的，弄不好就会露出一点。来看电视的人也很明白，你越客气，越觉得你是装出来的。你怕来者不高兴，来者更怕你不高兴，大家小心翼翼，仿佛都暗藏鬼胎，不知不觉地已经得罪了人。别人有电视，自己家没有，这心里事先已有些不平衡，大家都是人，凭什么你有我没有。我们家是住在一个剧团里，来往的都是演员，演员中实在不缺乏那种分田地均富贵的人，"文革"中跳得最凶的就数他们。在运动时批判别人是假，批判别人其实是为自己抱屈。演员的一个重要能耐就是可以把什么都当作演戏，心里明知道上门看电视主人会不乐意，正是因为想到你会不乐意，就偏偏要闯进门去。

好在彩电的发展很快，而且几年后，价格几乎跌了一半，后来虽然又加价涨了一点，毕竟是电子产品，挡不住越来越便宜的事实。彩电已经成了平常百姓家里的必需品，第一代二十英寸彩电正在被直角屏幕的画王所替代。大家口袋里的钱也越来越多，人们虽抱怨物价涨得太快，可谁都知道今天的日子过得比十几年前好，而且好得多。彩电开始真正成为家庭中的成员，人们通过彩电来了解世界，通过彩电学习和消磨时间。电视的普及，已使我们这个时代整个发生了变化。电视带有强迫色彩的在告诉我们一切，也正在成为一代人的教科书，它既生硬同时又生动形象地启着蒙，很多人都是先看到了电视上的飞机，电视上的外国，电视上的奇风异俗，然后才有机会亲身体验它们。甚至对于人的一系列本能活动也是如此，在还没有懂得爱情之前，先从电视上知道了朦朦胧胧的爱，还不知道接吻是怎么一回事，便模仿着电视进行了尝试。我的祖父生前曾和我谈起过蒸蒸日上的电视时代。他直觉地认为电视不是什么好东西。作为一个年老眼花而且有几分固执的老人，他认为电视给人带来的东西和失去的一样多。大家都把时间花在看无聊的电视上面，从电视里得到一些最肤浅的东西。他这种保守的观点多少年来一直影响着我。

事实上，电视带给我们丰富的知识时，也正在使我们的思维变得单一。电视上是怎么说的，常常成为我们判断是非的标准。等到我们开始对电视产生怀疑的时候，通常的情况下，我们已经受害匪浅中毒太深。我们的觉悟，无疑要用巨额的学费来做代价。每天晚上睡觉前，我们为看过的电视太无聊而深深懊悔，第二天却可能跌入到同样的怪圈里。漫长的电视剧像职业杀手一样，十分老到地谋害着我们的宝贵时间，不仅如此，它还引起了家庭中的战争，它使得恩爱夫妻为了不同的嗜好反目，使得父母和子女为了抢占频道喋喋不休。

　　电视让赤裸裸的世界展现在我们的面前，近得一伸手似乎就能摸到。我们仿佛可以听到世界的喘气声，某某地方正发生着战争、骚乱、自然灾害、狂热的足球比赛。我们坐在电视机前，喝茶、聊天，注视着和我们未必有关系的世界上的变化。新闻这个词，就是因为有了电视，才体现出了它真正的意义。布什和萨达姆在同一个时间被拉到了电视屏幕上，他们让世界注视他们，像议论球队一样对他们的行为进行猜测和评价。海湾战争从酝酿到爆发到结束，所有这些，好像都在我们的眼皮底下进行。电视正在使得这个世界越来越没有秘密可言，而我们也好像因此多了一只用来窥探世界的眼睛。

　　电视的有趣和电视的无聊，形成了尖锐的对比。不管我们是喜欢还是不喜欢，我们将发现事实上人类已经离不开电视。电视一旦出现，就不允许我们忽视它的存在。电视占据了我们的时间，在空间上也寸土必争。它理直气壮地占据着客厅或者卧房，堂而皇之地位于最显眼的地方。电视的话题无意中就会在我们的嘴里流露出来，我们对电视节目喋喋不休，或者进行恭维，或者进行嘲笑，甚至进行最尖刻的批判。电视成了我们生活的一部分，这个由电子元件组成的机器，不仅扮演着情人和第三者，而且可以使家庭中的人际关系达到一种新的微妙的平衡。它能使家庭分裂，又更能让家庭弥合。夫妻间一场无谓的争执，说不定会由于一部通俗的爱情喜剧的感染，或由于对一部蹩脚的肥皂剧的共同谴责，使原有的怨气顿时烟消云散。在过去的时代里夫妻间的战争，通常只有在床上才能最终解决。

过　年

1

我很怕过年。年是全年中最大的节日，各种人情世故风俗，都会在这时候集中反映出来。民谚有"赔不尽的闺女，过不完的年"，过年实在是一件大事，一件很能麻烦人的大事。过去常说小孩子盼过年，因为小孩子嘴馋，过年能有好吃的。又说穷人怕过年，"初一当作平常过，莫对孩子讲过年"。年前是讨债的日子，穷人过年如过关口，许多穷人不得不在年三十贴过对联以后，再借点钱买肉过年。民谚因此"小辫扣铜钱，要吃猪肉顶过年"之说，习惯上，只要是门上贴了红对联，就算到了新年，这时候就不能再讨债了。

我自然不是欠人债怕过年。一个作家在中国的地位，谈不上穷也说不上富，和普通人没什么区别。怕过年，只是因为我这人生性不喜欢热闹，生性害怕敷衍。快到过年，我总是不由自主地感到有些恐惧。年是躲不过的，不想过，也得过。今年年前，我正写着小说，想象中年前一定能把小说写完，然而年关一天天逼近，小说终于没有完成。我知道没完成的原因是因为恐惧，日子还没到，我已经在一天天地算计了。我的思想老是情不自禁要开小差。一想到过年要被各式各样的事打扰，就心烦得什么也不想干。

一天工作下来，独自去玄武湖散步

写作的人，最害怕的事，莫过于被打断写作。思路突然中断，仿佛有人在脑子里，用锋利的剪子铰了一下，一切都乱了套。在过年前，我就想好，尝试着在新年里写一篇不怕中断的稿子。我将采取忙里偷闲的方式，随时随地把自己有关过年的感想和话题记录下来。我将改变那种天天在约定时间里进行写作的习惯。

新年里肯定会有朋友来拜年，有很欢迎的朋友，自然也有很不欢迎仍然称之为朋友的朋友。肯定会说一些十分投机的话，肯定也会说一些完全是应酬不得不说的废话。不管和谁见了面，一定会说一声"恭喜发财"。尽管好话和屁一样不值钱，但是正因为是过年，谁又能不说。

自己不信鬼神，可以不放爆竹。但是只要是个什么时间，爆竹声便会不绝于耳。大年三十，开始吃年夜饭了，算是请什么神，有理无理，先狂放一阵爆竹。再下来的高潮是夜里十二点，整个城市仿佛遭受多国部队空袭的巴格达。即使是把门窗关紧了，还是有很浓的烟火味钻进来。都说现在过年期间的电视节目不好看，有先见之明的，早早地吃了年夜饭，桌布一摊，打起麻将来，一干就是通宵。干到半夜里，输的人抱怨手气不好，趁上厕所的功夫，溜到晾台上放起爆竹。大年初一请财神，迟放早放都是放。张家放了，李家也不肯示弱，虽然是半夜里，而且今年南京的天气出奇的冷，照样从热被窝里跳出来，冻得浑身乱颤的在晾台上放爆竹。我住在一楼，天亮时，从窗子里望出去，满地红红绿绿的纸屑。翻开送来的报纸，知道就这么吵吵闹闹一晚上，南京人民已经损失了四百万。想想偌大的中国难怪会穷，人太多，一人炸几个爆竹，算算钱就是天文数字，且不说，还有噪音污染，还有环境污染。《扬子晚报》上有这么一条消息：

南京人今年春节燃放烟花爆竹花费八百万元

本报讯　记者从南京市消防支队获悉，今年春节期间，南京城区和郊区总共燃放了价值约八百万元的烟花爆竹，比去年增加一倍。烟花爆竹消费每户约十元，每人约三元。因燃放烟花爆竹引起的火灾共三十八起，与去年持平，燃放烟花爆竹所造成的人身伤害事故比往年明显减少。

看见一条报道上说，台湾人因为吃得太铺张，每年吃掉了两条高速公路。过年的重要话题是吃，大吃大喝。台湾人大陆人都是龙的子孙，优点和毛病都差不多。不知道大陆人每年要吃掉几条高速公路。台湾人敢吃，是因为台湾成了四小龙，口袋里有钱，有了钱就要摆阔。大陆人敢吃，重要的原因是公家有钱，吃公家的胃口必然会好，白吃反正不会把自己吃穷。今年的过年很有些喜洋洋，是个单位，多多少少都发了些年货，商场里大发礼品券，因为有回扣，谁都卖力气。去商场转一转，人山人海，礼品券不用白不用，等于买东西不要钱，大包小包往家搬就是了。

南京至上海正修建高速公路。据说其代价，相当于新盖的五层楼一个接一个连起来。我始终有些想不明白，既然中国人的住房这么紧张，为什么不多盖一些五层楼让大家住，何苦劳民伤财地去建高速公路。

2

我们所说的"年"，它的本义是收成。《谷梁传·桓公三年》："五谷皆熟，为有年也。"《论语·颜渊》："年饥，用不足。"它的甲骨文的意思，是人背着稻禾。

今天过年的"年"，和它的本意相去已经很远。民间有种种传说，其中流行的说法就是："年"是太古时候的一种怪兽，每到寒冬将尽新春快来之时，便跑出来吃人。古人为了使自己不变成"年"的口中之物，便聚集一起，燃起篝火，投入竹子，让燃烧的竹子爆裂出巨响，把"年"吓跑。据说"年"的体形像骆驼，比骆驼大得多。过年的习俗中，我觉得藏族的新年更有趣一些。藏族的年夜饭叫"古突"，有着很强烈的游戏味。

所谓"古突"，是用面疙瘩、羊肉、人参果煮成的稀饭。家庭主妇在煮饭前悄悄在一些面疙瘩里塞进石头、羊毛、辣椒、木炭、硬币等物品，吃团圆饭的时候，谁吃到这些东西，必须当众吐出来。这些东西预兆了人的命运和心地，石头代表心狠，羊毛代表心软，木炭代表心黑，辣椒代表嘴巴不饶人，硬币代表财运亨通。大家就此相互议论哈哈大笑。然后全家合力，用糌粑捏成一个魔女和两个碗，把吃剩的"古突"和骨头等残渣倒入糌粑碗里，由一个妇女捧着魔女和残羹剩饭，跑出去扔在室外，一个男人点燃一团干草紧跟其后，口里念着"魔鬼出来，魔鬼出来"，让干草和魔女一起烧成灰烬。孩子们则同时在一旁放起爆竹，意味着恶魔已去，吉祥的新年来到。

我们汉族也有类似的行为，只是显得有些滑稽，请看《扬子晚报》上的另篇报道：

包饺子放进幸运币　五龄童咬得满嘴血

南京轧钢厂王庆顺来信反映，他的一位朋友小李大年初二包饺子时往一个饺子里悄悄放进一枚硬币，以图吉利。哪知这枚硬币竟差点把他五岁儿子的门牙崩掉，小家伙大哭大闹，满嘴鲜血。眼看元宵节将至，特向大家提个醒。

汉族过年，给我留下的太多印象是忌讳。俗话说："小孩子嘴里讨实话。"小孩子无所顾忌，见到什么说什么，看见谁家的"福"贴倒了，便说："福倒了。"于是皆大欢喜，因为福倒意味着福到。然而小孩并不一定都说吉利的话，口无遮拦，随随便便就可冒出一句祸来。因此有的地方行的规矩，是在年三十的晚上，用草纸把小孩的嘴擦一擦，意思是小孩说话和放屁差不多，说了坏话不算数。

根据任聘先生所著的《中国民间禁忌》记载，仅仅在大年初一这一天，各种千奇百怪的特殊禁忌，便有三十四条。其中有几条十分有趣，譬如忌在被中打喷嚏，以为这喷嚏一打，会病一年。同理，忌拜年于床前，若受拜者卧床未起，不大吉利，年内定有病灾。

禁忌显然是出于人们一念之差的误会。如过年时对灰尘的忌讳。

"灰"与"毁、晦"谐音，"尘"与"陈"谐音，因此打扫灰尘就有去晦气破旧立新的意思。年初一天亮前忌大声说话，更不能直呼其名地把人喊醒，否则被喊醒的人会患红眼病，而且会把臭虫叫来。因此大年初一清早大放爆竹，除了恭请财神，也有惊醒人的意思。

今天的人看起来，禁忌中太多荒唐。然而从一些荒唐中，也能看到古人的苦心。中国的古训讲究早起，仔细琢磨一下，新年第一天的禁忌中，有好几条就是让人不要睡懒觉。以上提到的几条都是这样。一年里的第一天的行为象征着一年内的行为，除了催人早起之外，还忌睡午觉。民俗以为男人在这一天午睡，田畦就会崩溃，女人在这一天午睡，厨房就会倒塌。实际上，不过是变着法子让人遵守古训"禁昼寝"而已。

我曾在医院里度过两个春节。一次是在1976年，我因为青光眼发作，疼得成天捧着个脑袋，不得不困守在病房里，记得时间是周恩来去世不久，耳边老能听到播放着的哀乐。那时候过年也放爆竹，但是远没有今天热闹，并不是因为不许放爆竹，主要的原因是大家囊中羞涩，口袋里没什么钱。

1976年是"文革"中，最具有戏剧性的一年。小平同志复出，又在反击右倾翻案的浪潮中被打下去。"四人帮"在这一年得志到了顶点，也恰恰是在这一年完了蛋。继周恩来之后，朱德和毛泽东也在这一年逝世。还有骇人听闻的唐山大地震。

这一年我被病魔折磨得够呛，先在南京住医院，以后又到上海去住医院。既尝试着用中医治疗，在头上到处乱扎金针，又接受西医的手术。1976年是我一生中最糟糕的年头，我那时正在一家小工厂里当钳工，因为眼睛不好的缘故，不得不考虑改行。我和父亲经常讨论的话题，是什么样的工作对于我的未来更为有利。

我曾经十分向往上大学，但是工农大学生的名额与我无缘。我喜欢搞摄影，但是医生说我的眼睛最不适合在暗室里工作。我心灰意懒，不知道自己该干什么。父亲建议我去公园养花，因为这工作不费眼睛。

我的手术很不成功，医生说开一刀能解决问题，结果一切照旧。到第二年过年的时候，我的旧病又复发了，而且这一次来势更凶猛，说不行，就已经不可收拾。于是只好再上手术台，这一次是彻底解决问题。索性将眼球摘除。为我做手术的是当时上海最有名的眼科专家，曾经留学奥地利。人要是倒了大霉，最好的医生也帮不了你的忙。杀鸡岂用牛刀，眼球摘除这样的手术，实习医生都能轻而易举地做好。

我第二次在医院里过年，是1985年，那是在北京，和祖父一起过的。这一次是为了照顾祖父。那时候祖父已是九十多岁的老人，而我正在读研究生。祖父住的病房十分高级，冰箱彩电卫生间一应俱全。住在祖父隔壁的是屈武先生，一个极有趣的老头子，也是九十岁出头的人，年三十那天，端了一杯黄酒来，非要和祖父干杯。

祖父那天晚上很高兴，屈武走了以后，病房里就我和他两个人。大家很吃力地说了一会儿话，祖父的耳朵已经很背，跟他说话得像哄孩子一样大声叫。然后便是看电视。祖父眼睛不好，一向是不看电视的，所谓看电视，不过是他坐在那，我一边看，一边向他解释。

那一年的电视节目中，新兴起了摇奖。奖券在街上到处都有的卖，一下子卖出去了成千上万张，然后大家坐在电视机前，伸长了脖子等待，看谁的运气好。我当时很有些书呆子气，觉得大过年的，看电视就是看电视，为什么非要到电视上来摇奖。我又没有买奖券，凭什么在电视上浪费我的时间。把这牢骚说给祖父听，祖父立刻赞同。祖父作为"五四"那一代知识分子的代表，最反对人的那种靠运气发财的心理。

于是祖父让我把自己的感想写下来，当然也要把他的想法写出来，用他的名义发表出去。祖父是个作家，年纪太大了，已不能再伏案工作，因此突然心血来潮让我代笔。

当时钟敲响十二点时，北京城里爆竹响成一片。我踌躇满志地构思那篇文章，但是临了终究没写。没写的原因是写了跟没写一样。如果是用祖父的名义写了，在《人民日报》显眼的位置上登出来没问题，可是一篇小文章又有什么用处呢。即使有点用，尽管发表的是个观点，却难免有受人指使的嫌疑。祖父曾发表过一篇不相信耳朵能听字的文章，结果引起了很多深信特异功能的人的不满和非议。有人相信邪门歪道，愿意相信运气，愿意花钱买奖券，那是别人的自由，自己不相信耳朵能听字，不去花那个冤枉钱买奖券也是自由。大家都是自由，我们何苦去干涉别人的自由。

3

我在农村待过两年多，那是"文革"最激烈的年头，我只有十岁，父母都进了牛棚，我也没别的地方可去。在农村过春节，远比城里好玩。二十多年前的江南农村非常穷。都说江南是鱼米之乡，但是"文革"那些年，最多只是比三年自然灾害的年头好一些。

穷也有穷的乐趣，譬如穷赌。人之初，性本善。人大约原来并不坏的，天性里虽然有些顽劣，后来变得又刁又恶，变得不可收拾，恐怕还是环境造成。帝王将相，宁有种乎，流氓恶棍赌徒，想来也不会天生。

那是我最早见到的赌。在"文革"最激烈的年头，这本身就是一件很荒唐的事。"文革"的特点，向来就是到处都能见的革命姿态。人的思想觉悟普遍大提高。那时候时髦的话是如何活学活用毛泽东思想，人出门，别的东西敢忘，一本《毛主席语录》不会忘了塞在兜里。

乡下的日子虽然苦，一到过年，总算能有肉吃。除了吃肉，口袋里装满瓜子花生，哪儿热闹可以往哪儿钻。乡下人不像城里人，大门永远是敞开的，有点事立刻到处传。突然有人说，后村谁家谁家开赌了，消息不胫而走，于是大呼小叫都去凑热闹。是推牌九，在一张大的八仙桌上，围上好几层的人。我们是小孩，要想挤进去，得用智慧。庄家就是八仙桌的主人，平常时，居然也是学习毛泽东思想的积极分子，过年却把什么都忘了。输赢不大，当然也不算小，大多都是毛票，以今天的眼光看，实在是小孩子玩玩的把戏。

在庄家边上的一位瘦瘦老头子，捧着一个簸箕，负责出纳。牌一翻开，顿时见分晓。是赔，就赶快发钱，是赚，把桌上的钱忽地一下，统统扫进簸箕。来去极快，还没笑完，哭已经来不及。

我在农村待了不过一年，便完全是一个地道的乡下小孩。拼命地往里挤，好不容易挤进去了，弄不好又会当场给轰出来。因此，要站，一定识相地站赢家的身边。赢家的心情好得会像菩萨，钱多了往地下掉，我们赶紧屁颠颠去捡。效劳的次数多了，赢家就会赏一张或两张毛票当小费。小费一到手，转眼变成我们的赌资，无师自通老气横秋地押上去。刚开始总能赢，一毛两毛翻一倍翻两倍，变本加厉。心里洋溢着甜滋滋的发财喜悦，眼睛一眨，发现自己可怜得连本都赔了。于是仍然耐心等待，看有没有赢家再把钱往地下掉，心里盘算怎么样才能东山再起。

结局当然一样。都觉得自己不应该输，结果都没赢。小孩如此，大人更如此。赢钱的肯定是庄家，小小捞了一把。那时候都说要过一个革命化的春节，然而农村的春节，缺了赌，便仿佛少了许多乐趣。事实上，虽然谁都想赢，可输的人还是高高兴兴，因为毕竟是过年。过年不破费，似乎不叫过年。

那年头大人没多少钱赌，小孩更没钱。赌只是人们过年时，随口哼哼的小曲。我们受大人影响，用瓦片磨成骰子，也一本正经地摆开阵来。我们赌的是草，用来喂羊喂兔子的草。那时候在农村，凡是有小孩的人家，不是养只羊，便是养对兔子。天寒地冻，野外割草是一件很不容易的事。我们成群结队地到处乱转，很艰难地每人有了半箩筐草，便围成一团大赌特赌。筹码自然就是草，抓把草放在面前，算是赌注。庄轮流坐，一样很热闹。

还是输的时候多，玩着玩着，就把时间玩忘了。天说黑就黑下来，家里羊还等着吃草。割的那点草已输光了，于是胡乱在麦地里割点麦子，菜地里挖几棵菜，向赢家赊一把草撒在箩筐的表面，偷偷地溜回家去。

我因为偷割麦子和菜，常常受到外祖母的训斥，外祖母常说，若是被抓到了，让人剥去衣服，活该，她绝对不会去赎我。当时已经有过偷割麦子而被人剥去衣服的事例。兔子不吃窝边草，我们割的都是邻近生产队的麦子，偷的菜，也不是熟悉人家的自留地，因此真叫人抓住了，除了挨揍，身上稍稍有点像样的衣服，确有被剥去的危险。

4

我们那时候在农村，最羡慕的就是知青。知青不过是公子落难小姐遭殃，不管怎么说，在乡下人眼里依然还是公子，是小姐。

知青比乡下人穿得好，知道的事多，而且打骨子眼里看不起乡下人。快过年了，知青十分兴奋，因为回城的日子就要来临。

知青在农村也是偷鸡摸狗的好手，和土生土长的农村青年比起来，知青不仅会运用大脑，而且更接近流氓无产阶级。当地的农民都不太敢惹知青。那时候乡下的羊便宜，几块钱就可以买一只不小的羊。冬至刚过，知青领头，和村上的小伙子一起，动不动就去买只羊回来开荤。羊买回来了，杀了剥皮，然后扔在开水锅里煮，一煮就是一大锅，抓把盐扔下去，吃的时候再加上新切的蒜叶，香味可以传出去很远。

有一年过年，几位知青没回城，相约在农村过一个革命化的春节。由于羊已经吃腻了，突然想到了要吃狗肉。那年头，农村的狗也是稀罕之物，人的粮食都不够吃，谁还高兴养狗。想吃狗，首先得出去找。邻村的狗本来是很容易骗来的，如果是在平时，几块面饼，就可以成功。可是一到过年期间，狗有东西吃了，你把饼扔过去，它照样吃，可就是死活不跟你走。

于是只好回来吃窝边草。生产队里养了一条狗，也不知当年从哪捡来的，饿得浑身只剩下骨头。和今天时髦的名犬身价百倍相比，同样是畜生，那狗可真是太贱了，如今我的一位朋友养了一条小狮子狗，每天带去上班，上班的第一件事，就是让伙计到对面馆子里买一客蟹黄包，蟹黄包买回来，主人吃皮，馅喂给那狮子狗吃。而我刚刚提到的生产队养的那条狗，只要是能吃的，什么都吃。我敢说它可能自出生以后，从来没吃饱过。它永远是在为吃奔波，成天东家西家地乱窜，人家吃饭了，它就可怜巴巴在一旁看，偶尔能吃一块肉骨头，那真是过年了。

谁家的孩子拉屎，它只要是遇上了，一定虎视眈眈地守在旁边。狗行千里吃屎，眼见为实，这条狗可真是把屎当作了好东西。

如今回想起来，把这么一条瘦骨嶙峋的狗吃掉，真有点让人感到恶心。这条狗谈不上有什么功德。那年头农村的日子太穷，没听说过有什么外来的贼。生产队养了一条狗，养了也就养了，用不到它替谁看家。见了谁，都讨好地摇头摆尾，见了陌生人，它也会张牙舞爪地叫，虽然瘦，可是在我们的带领下，一样把邻村那条比它大出许多的狗撕咬得落花流水。

把这条狗偷偷地吃了实在太容易。大过年的，到处喜气洋洋，没人注意到狗的失踪。狗肉可以成为佳肴，但是也不知是佐料不对，还是狗太瘦了，满满地煮了一大锅，吃了极少的一点点，便在后门口挖了一个坑掩埋了。

知青已是历史概念。时过境迁，老是情不自禁地想起当年让我羡慕不已的知青，想起生产队那条被知青杀掉的瘦骨嶙峋的狗。人过年，狗又没惹人，却偏偏轮到它倒霉。

5

话题仍然是在乡下过年。

乡下人过年，在新年期间要走亲戚。记得那是我在乡下过的第二个年，上海的姨妈带着三个小孩来，正赶上下大雪。我在农村还有一个姨妈，离外祖母家有十几里路。上海姨妈和外祖母一家都去了我那个在农村的姨妈家。

去的时候是倾巢出动，因为外祖母家没有留人看家，于是临时决定，由我赶回去看家。下雪天，农村的泥泞路特别难走。我在四里路外的镇上小学上学，已经走惯了这种泥泞路，因此丝毫也不在乎，我担心的是自己晚上一个人睡觉有些害怕。

我从小就是个胆小的孩子，即使是到现在，我的胆子依然还不够大。在农村的两年多，我一直是和外婆睡一个房间，就在我的枕头边，竖着一具为外婆准备的棺材。深更半夜，我醒过来时，常常不敢睁开眼睛。我始终觉得棺材是一个让人害怕的玩意。它给人造成的恐惧，并不亚于躺在那里的一具尸体。

外祖母知道我害怕。平时我若是不听话，她便用让我一个人睡在小房间里来吓唬我。这次让我一个人回去看家，她知道有些为难我，就让我到村上随便找个什么人陪一陪。

雪很大，我那时候才十一岁，可是我觉得自己已经是个大孩子。十几里路很快就走完，我回到村上，没去自己家，先到对门的李家，找一个叫阿兴的小伙子，让他晚上陪我睡觉。阿兴好像有什么心思，犹豫了一下，说："你先回去吧，我待会儿来。"

这天晚上，阿兴很晚才来。在他没来以前，我一直在担心，他如果不来，又会怎么样。天早就黑了，点了油灯以后，风从门缝里吹进来，灯苗跳过来跳过去。我知道如果阿兴不来，自己也许一夜都不会合眼。明知道

旅法摄影家曾年为我拍的照片

不可能有鬼的，可平时听到的鬼故事，到了这一刻全部复活。我一个人坐在门口哆嗦，一直等到阿兴来敲门。

阿兴已到了该结婚的年龄。他是那种有文化的农村人。人长得很漂亮。他家弟兄三个，个个都称得上美男子。因为是外来户，他家住的房也是租人家的，弟兄三个都到了娶媳妇的岁数，却因为没房子不能结婚。我觉得像阿兴这样的人，应该娶村上最漂亮的一个姑娘，那姑娘是大队书记的女儿，是宣传队的积极分子。一段时间内，他们的关系似乎非常好，他们常在一起排演自编自导的节目。村上已经有了关于他们的议论，风言风语，说得有鼻子有眼。

大队书记的女儿很快嫁到了别的村上。阿兴后来跟一位很难看，但是心地很好的本村姑娘结了婚。如今的江南农村富得流油，阿兴弟兄三人每人盖了栋楼房，富丽堂皇，省委书记也不过只能住这样的房子。

我真的是没法想象，阿兴那天晚上不来，我会吓成什么样子。那天晚上是我一生中经过的最恐怖的夜晚之一。我生来胆子小，却又生来怕求人。我知道我不会再去叫阿兴。如果他真的不来，那只能算我倒霉。我所以去叫阿兴陪我，是觉得他是我的一个大朋友，他喜欢我，我也喜欢他。我喜欢他，是因为他从来不歧视我的身份，他没有因为我的父母落难就把我看成狗崽子。他喜欢我，是因为他觉得我是一个城里来的孩子，对于一个农村青年来说，一个城里来的孩子，能触动他很多美丽的幻想。城里毕竟是每一个乡下人心目中的天堂。

阿兴那天很晚才来，他愁眉苦脸，做出若无其事的样子，和我睡在一条被筒里，说了大半夜话。他让我描述城里的街道，抽水马桶和长着辫子的电车。那天的雪大极了，天窗上白白的一大块，好像是月光似的，把小屋照得仿佛白天一样亮。阿兴不断地让我说，甚至我都睡着了，还把我弄醒了，让我继续往下说。

大队书记的女儿就是在那年新年里结婚的。现在回想起来，那个大雪之夜，一个十一岁的孩子，一个失恋的农村青年，睡在一个被窝筒里，那情景真是太让人难忘。

最后谈一谈，过年祭祖宗。

祭祖宗又叫摆供。有的风俗志上记载，摆供是在吃过团圆饭以后，全家人重新梳洗，然后在祖先堂供桌上摆设供品。《海州民俗志》上写着：

> 有的地方要把所有家珍通通摆在供桌上。一般须摆五碗素菜、五盘糕点、五碟干鲜果品、五个白面馒头、五杯酒、五双筷子，每样供品上覆盖新鲜菠菜，插上彩色纸花，整个供桌庄严活泼、生机盎然。供品摆好后，点红烛烧满炉香，全家人按辈分次序，向祖宗亡人牌磕头。此后三天，香炉内昼夜不断香火。一炷香烧完了，只能说"香尽了"，不能说"烧光"或"烧完"。至正月初二晚上，全家重新点烛烧香，磕头礼拜，破酒破菜，撤下供品，叫"结供"。

摆供时，还有栽摇钱树的习俗。这习俗很有些像外国人准备的圣诞树。一般是放在供桌的左端，放一碗干饭，叫聚宝盆，盆内插带叶的柏树枝，柏枝上系满各种干鲜果品，结供时，撤下摇钱树，果品分给小孩子吃。也有的人家索性用一根完整的鲜竹，深深地插在院子里，竹枝上除了喜庆果品，再系上些铜钱以及纸票等，大年初一早晨用力摇晃竹竿，家人便在竹下拾取掉下来的"钱"，谁拾得多，谁就会发大财。

摆供的习惯在眼下的农村，不少地方还保留着，不过大都改良过了。江南地区，据我所知，都是在吃年夜饭前，象征性地供一供。把酒菜都放在吃饭桌上，摆好碗筷，点上香和红烛，就算开始。时间正好是一炷香，中途添三次酒，化点纸钱。快结束时，大家按顺序磕头，然后把菜撤下去热一热，坐下来吃团圆饭。

如今这种仪式在农村是公开的，不像"文革"中，偷偷摸摸地关起门来供。记得那一年上海姨妈回来，摆供时，我的表弟恶作剧地用上海话说，看见供桌边坐着一个高高瘦瘦的人，说得神乎其神，把大家吓得不轻。据说小孩子的眼睛最毒，能看见常人看不见的东西。外婆深信不疑，一口咬定这高高瘦瘦的影子，就是我们已经死去二十年的祖父。

我的表弟那一年刚上小学。他所以乱说，不外乎是因为诱供。因为早在摆供前，我的外婆已经在无意中做了种种暗示。他不过完全是出于调皮，随口说了一句谎话，然而他的这句谎话，至今还在农村广为流传。人们说过年应该祭祖宗时，很自然就会拿我表弟的话来证明摆供的必要。老年人学着表弟上海口音，谆谆告诫年轻的一代："既然能看见我们的先人，逢年过节，供一供还是必要的。"

我觉得摆供实在没什么必要。不过我想，不管能不能见到我们的先人，搞个不是太过分的仪式，纪念纪念我们的先人，完全应该。怎么说也比乱炸爆竹好，怎么说也比大吃大喝好。当然仪式的目的不只是求先人保佑，而是希望我们自己能做一点让先人满意的事。我们应该借这个机会，好好想一想，新的一年里，我们应该如何好自为之。

也许我们应该自己保佑自己。

大学时代的体育热

十三年前，我刚上大学。当时高考制度新恢复，年轻人纷纷向往上大学。好不容易有书念了，一个个都特别注意锻炼身体。身体是好好读书的本钱。想当年读书真跟玩命似的，学校晚上十点钟准时熄灯，大家没办法，便挤在臭烘烘靠厕所的过道看书。长长的过道上只有这地方的灯是长明灯。那是一个大家都想当陈景润的年头。

苦读书，不敢不锻炼身体。最简单的锻炼就是大清早起来跑步。晚上睡得晚，天天早上咬着牙爬起来，跑了好半天，人才真正算是醒。同学们来自五湖四海，年龄也特别悬殊，有刚高中毕业的应届生，有像我们这样在社会上混了若干年的工人农民，更有已经当了两个孩子父亲的超龄青年。大家都是雄心勃勃，都想一口气把被"四人帮"耽误的时间补回来。那时候干什么事都认真，最有趣的是上体育课，一个个衣衫不整书呆子兮兮的，尽管很认真，无论是什么项目，都好像是一群溃兵。譬如在操场上跑步。有的同学就穿着棉毛裤，是那种老派的前面留有方便小孔的裤子，堂而皇之地跑来跑去，快的人在操场上绕了三圈，他慢腾腾一本正经地第二圈还没跑完。又譬如练单杠，来自偏远农村的同学，费了九牛二虎之力，老是不能及格，他申辩的理由是自己从小就没见过这玩意。

我们中文系参加全校的运动会，老是最后一名。最好的成绩，就是我们班的一名女生，扔手榴弹拿了个名次而免于剃光头。

我在班上几乎算得上是体育明星，许多项目都名列前茅。山中无老虎，猴子便不客气地称起大王来。我是中文系的铅球和跳远冠军，是三级跳远的第三名。每次系里开运动会，前三名发大小不等的毛巾，在大学里读了四年书，大家都羡慕我的毛巾用不完。

我们花时间最多、迷恋得最深的是打排球。完全可以说是从零开始，我上中学时，学校里的体育课叫军体课，进了大学校门以后，突然明白自己过去竟然未碰过排球。记忆中的打排球，第一次接触，起码有三个手指受到挫折。那是中国女排开始崛起紧接着连续称霸的年代。学校里受其感染，也掀起了排球狂热，班与班之间，系与系之间，自然有人自发地出来组织战事。一场球赛未完，下一场战斗已经预约。比赛毫无疑问是低水平的，但是大家的目的只不过为了提高兴趣和锻炼身体，因此对输赢并不斤斤计较。有时男生女生混合在一起打球，捡球的时间比打球的时间都多。差不多所有的同学都成了中国女排的啦啦队，遇上电视里转播球赛，电视机前热闹得仿佛是过节。当中国女排赢了最后一个关键球以后，学校里一片沸腾，到处欢呼乱叫。

我们平均每天花两个小时打排球。上体育课，所选修的项目也是排球。打排球成了我们大学生活中最重要的一种生存方式。当然并不是每位同学都这样。事实上，玩排球玩到像我们这样快当饭吃的也不多。我成了班排球队的主力二传手。到大学四年级的时候，我和同学徐耿，就是后来得奖的电视剧《秋白之死》和电影《豆蔻年华》的编剧，一起在操场上乒乒乓乓练习扣球，校排球队的教练从旁边走过，差一点把我们选到校队去。他不要我们的理由是，这两人已经四年级，说毕业就毕业，没有培养前途。教练似乎有些后悔，他发现我们这样的人才时，已太晚了。

骑 车 旅 行

骑车旅行是十几年前的旧事，好汉不提当年勇，如今重新谈起，不是卖弄，很有些顾影自怜的意思，因为十几年前，自己的身体实在太好了。往事不堪回首，现在的自己都快属于老弱病残了。

骑车旅行的起因自然是想玩。那时候正上大学，精力旺盛得没地方发泄，口袋里却没钱。穷大学生想玩，只有苦玩这条路。我第一次骑车走长途是去无锡，是一个人独行，和女朋友约好了在无锡见面。女朋友当时还在苏州，从苏州去无锡，一个小时的火车就可以到。她当然是坐火车去。

南京到无锡的距离是二百二十公里，最初的计划是两天到达，中途在溧阳歇脚。我的一位大学同学曾在溧阳插过队，后来又在溧阳县城一家小工厂当工人，听说了我的计划，立刻表示帮我解决在溧阳的住宿。大学同学之间的最可爱处，就是相互之间有一种义不容辞的帮忙义务。我那位大学同学说："你放心去好了，我先写封信去，再给你写张条子，到时候你去找他，就住他们家。这人跟我绝对哥们。"

于是便出发，这么长的旅程，自然是赶早。前一天夜里，因为太激动了，翻来覆去不肯睡。先是想路上应该怎样，到后来就是担心自己不睡好，影响第二天的旅行。越想睡越睡不着，迷迷糊糊到早晨四点钟，翻身下床，刷牙洗脸，精神抖擞地上了路。

是暑假里，满天的星星意味着是个大晴天，我像箭一样地往城外冲，那速度就像是参加比赛。大学读书期间，我坚持每天打两小时排球。我是班上的体育明星，中文系的铅球和跳远冠军。一个人在马路上骑车，除了骑快，反正也没什么别的消遣。到天亮的时候，我算了算已骑的路程，自己也感到吃惊。

我在一个叫作天王的小镇吃了两碗光面。光面是一种价格最便宜的面条，吃完了，马不停蹄地又上路。我发现自己正在创造奇迹，计划中是下午才能到溧阳，可是按照目前的速度，在中午之前，我便能到达溧阳。溧阳是在去无锡的一半路程上，如果中午到溧阳，那为什么不一鼓作气赶到无锡呢。

让人感到兴奋不已的，是自己一点儿也不感到累。从南京往溧阳走，很多地方都是丘陵，一路得不停地爬坡。爬了坡，自然还得下坡，为了赶速度，上坡拼命蹬，下坡还嫌不快，脚上不时地再加一把劲，这样自行车的惯性就更大，一下子冲出去多远。到溧阳是中午十一点，我拿着同学的那张纸条，找到了要找的人。果真是一位热心的年轻人，二话不说，就拉

大学时代的骑车旅行

我去吃饭。我也不懂得客气，好像找到他仅仅是为了吃饭，坐下来就吃，而且一定吃饱。吃完饭，热心的年轻人，又让我再吃西瓜，并劝我不要赶无锡，天太热了，当心中暑。

我感谢了热心的年轻人的好意，在竹躺椅上躺了一会儿，又吃了半个西瓜，情绪昂扬地上了路。一切顺利，天很热，我一路不停地灌水，汗没完没了地涌出来，摸摸自己的额头，毛乎乎的都有了一层盐粉。到晚上八点钟，我竟然骑完了二百二十公里的全程，冲进了灯光闪烁的无锡城。

第一次骑车旅行尝到了甜头，不可能见好就收，回到南京以后，心里兴冲冲、甜滋滋老想着下一次。刚开学，明年暑假里骑车去什么地方的宏伟计划已经定好了，而且约好了伴侣，两个人一起去。巧就巧在这一年内，我居然瞎猫撞上了死耗子，发表了五个短篇小说，口袋里顿时有了几个钱，烧得不行，等不到第二年的暑假，便逃学上了路。

这一次的时间好，是3月底，一路春色。因为是逃学，玩起来，更有一番情趣。这次的目标是去富阳，然后沿富春江往前骑。我们先花两天时间骑到了杭州，记得当时正下着小雨，远远地看见高楼大厦多起来，马路上逐渐有了穿着时髦衣裳的女郎，我们终于出其不意地看见了美丽的西子湖。

两个人骑车旅行比一个人有趣得多。两个人尽管一路神聊，话多了，时间便会不知不觉过去，不知不觉就已经骑出去了许多路。骑车旅行弄不好就会变成单纯的体力劳动，两个好朋友一起骑车出门，这才有可能使骑车旅行真正成为一种乐趣。我们这次旅行，再也用不着像我上次那样，以赶路为主要目的，我们可以一路想怎么玩就怎么玩。有时候到了一个并不是怎么有名的小县城里，我们可以临时决定就在这住下来，我们掏出学生证，向那些便宜的小旅馆的主人说明我们是穷大学生，反正将就一夜，怎么便宜怎么好。好心的小旅馆主人常常只收我们一半的钱。

一切都安顿好了，我们换上拖鞋，在小县城里无目的地东游西逛。小县城里的馆子很便宜，我们把住旅馆省下来的钱，再扔到那些便宜的小馆子里。当年浙江的一些小县城的小馆子，如今想起来就让人怀念，花两三块钱可以酒足饭饱，美美吃一顿，喝得醉醺醺，沿着小县城的石子路，晃悠悠地回小旅馆，那快乐的滋味，连做梦也不会遇到。

藏书状元门下

藏书状元是我父亲，父亲藏了许多书，这不过是个人的嗜好，没想到南京市举办的一次大奖赛中，竟然中了头奖，金榜题名，电台、电视台接连采访，热热闹闹大大地出了些风头。我也跟着沾光，硬着头皮对电台的话筒说了几句应景的话，因为紧张，话说得结结巴巴，速度快得像吵架。总算躲过了电视摄像机的追踪，这玩意仿佛冲锋枪似的对着人，想到了就怕，就忍不住尴尬。

藏书是世家子弟玩的事，父亲的藏书也不能算太大例外。藏书得花本钱，藏书是无底洞，而且藏必有失。父亲有篇文章《四起三落》，专谈自己藏书的不易和艰辛。喜欢藏书的人很多，像父亲那样锲而不舍、持之以恒，果真藏出些名堂的人并不多。父亲的藏书遭过三次难，都是灭顶之灾，能有现在的结局，可谓万幸。

父亲的藏书第一次遭难是在抗战胜利时，那时候他未满二十岁，从四川回上海，船在中途出了些意外，收藏的几篓书都叫水淹了，抓在手上湿漉漉地往下滴水，父亲"于心不忍，于心不甘，当即发誓：今后要一一重新买过"。祖父在《东江行日记》里写道："三官犹谓将重行购买，以补此缺憾云。"过了几年，父亲的藏书果然又成气候，他开始大量写文章，各种体裁各种题材，样样都写，所得稿费全部换成书。当时住在小阁楼上，室内除了床，到处都是书。书多了，于是有了第二次个人藏书史上的灾难。这"灾难"是自找的，书呆子一般的父亲，突然大义凛然，乔装打扮，伪造了身份证，去苏北解放区投身革命。为了赤条条来去无牵挂，父亲把个人的藏书统统捐给了开明书店。开明书店后来变成了中国青年出版社，在这家出版社的资料室，肯定还能找到盖着"叶氏至诚藏书"印章的图书，这枚印章来头也不小，由钱君陶先生篆刻。

第三次打击是史无前例的"文化大革命"。父亲的藏书死灰复燃东山再起，到"文革"前夕，又聚集五千六百多种。他是"臭不可闻的右派"，我母亲是著名演员，自然都属于打倒在地再踏上一只脚之列。造反派一纸勒令，限三天内将藏书送到指定地点，结果父亲用小板车搬上搬下，足足忙了三天。前两次藏书受挫，和我没任何关系，到了第三次，却是亲眼所见。我那时候勉强十岁，该懂的都懂了，父亲没让我帮忙，也许他觉得我小小年纪，犯不着为"封资修"的黑书脏了小手。据父亲估计，"文化大革命"中藏书被没收，以后又归还，损失大约五分之一，其中受损最重的是中国文学，无论古典或是现代，统统被人偷光。

到了今日，父亲的藏书又大成气候。究竟有多少册，大家都懒得去计算，我们父子合起来共有十四个书橱。现在的问题是书多了没地方放。房子就那么大，人都不够住，要那么多书何苦。藏书是癖是毛病。父亲藏书，和真正的藏书家比起来，实属旁门左道，小巫见大巫。不是有钱的大阔佬，成了不货真价实的藏书家。藏书首先得有钱，多多少少得有些钱，其次是舍得花钱，再次书价要合理的便宜。好的藏书家，必须有一些生意人的精明，而我父亲太老实厚道。

藏书要有一贯性，得专一，得把条目分得极细，得收珍本、善本。所有的藏书家都对版本学有兴趣，父亲却从不考虑版本因素，几乎没什么线装书，更谈不上什么价值连城的宋版、明版书。父亲藏书完全凭个人兴趣，喜欢什么买什么，是典型的实用主义。藏什么样的书，对他来说，并没有严格限制，买书是为了看，其次才是藏，这就是父亲的藏书原则。

当然，买多了，本本都看也做不到。买与看之间的距离总是越拉越大，买书多的人恐怕都会有这种体会。父亲说过，他不断地买书，"无非是积习难改，无非为藏它起来"。我总觉得，父亲藏书是基于读书破万卷的心理，读书破万卷一直是父亲终生奋斗的目标。当然，这目标又和父亲童年时的作家梦分不开，在文学的起步上，父亲可谓是少年得志，比我比

写作中

他的同龄人有出息得多。早在三十年前，他就是个很不错的小说家，朱自清先生曾盛夸父亲的小说有灵气，评论界一度将祖父比作中国的契诃夫，其实就创作势头看，父亲如果真能不放弃写小说，他的成就也许不会比祖父差。

祖父作为中国第一代创作现代小说的作家，他的文学目的和为人生这个主题紧密相连，从本质上来说，祖父是教育家，而父亲更多的是注重艺术。祖父以小说为工具，父亲则以小说为目的。祖父在教育家的桂冠之外，可以有一系列附加的小桂冠，诸如出版家、编辑家、作家等等，父亲却只希望能做职业的作家。

父亲的藏书始终围着作家梦想转，他几乎是个天生的小说家。还在读中学时，他便看透了学校教育和作家的格格不入。他把绝大多数的精力放在阅读外国小说上，这还不算，他竟然敢干脆脱离学校。除了坏孩子，只有那种有特殊野心的人才敢不把中学念完。小小的年纪，父亲便把自己的全部精力投入到了写作上。为了使笔锋犀利，父亲什么样的文章都写。他的稿费收入使得个人藏书成为一种现实。几年以后，他考上了上海戏剧学院，先学演员，再学导演，然而都是因为没兴趣，学了一阵便又改行。

作家梦纠缠了父亲一辈子，很显然，父亲的藏书和他各时期喜欢什么样的作家分不开，去苏北解放区之前，他收藏作品以欧美的为最多。他曾是俄国作家的忠实读者，又对当代活着的作家纪德、斯坦贝克、海明威、萨洛扬等兴趣浓烈。投身革命以后，父亲的藏书大大地增加了苏联文学的比例。到目前为止，我们家的藏书依然是苏联文学作品数量最多。我一向自以为是地觉得，父亲的投身革命，也和他的藏书一样，只是为了将来当作家，为当个出色的职业作家做准备。对于一个梦想当作家的人来说，父亲的准备实在太充分。

作家是时代造成的，父亲的悲剧在于他遇不上一个适合于他的时代。他的文学刚刚起步，势头和行情正在看好，却突然意识到自己的路走不通。父亲显然意识到自己不可能改变时代，因此只能脱胎换骨改变自己。改变自己是一代中国知识分子的悲哀，改变的结局只能是失去自己，老舍先生的后期创作和巴金先生新中国成立后的一些作品都能说明问题。为了跟上时代，父亲一直在改变，诚惶诚恐地学习，不停地反思。在允许的思考中，父亲伙同方之、陆文夫、高晓声之辈，打着"探求者"的旗号，想办一个能表现些自我的刊物，结果刊物没办成，却造就了几个不识时务的右派。

一九五七年的"反右"对父亲是次致命的打击，这打击摧毁了父亲的作家梦。成为右派的父亲下过乡，炼过钢铁．他并不坚强也没办法坚强。当作家的意志垮了，难能可贵的是他还继续藏书。藏书的目的终于开始模糊不清大失分寸，在孤寂的岁月里，父亲藏过小人书一样的外国电影连环画，近乎机械地买过各式各样的新鲜应时读物。他买了为数不少的马列著作，各种版本的毛选，数不清的旧戏曲剧本，作家梦和藏书行为逐渐分离，藏书行为真成了一种习惯、一种毛病。

父亲的藏书是时代的讽刺，记录了一个莫大的悲剧。一个梦想着献身艺术、梦想着成为职业作家的年轻人，几经沧桑，结果只成了一个不断买书看的看客。创作的激情随着岁月销蚀，无数的灵感也一去不返。时到今日，除了偶尔写点散文，父亲很难再动笔写小说。欢乐极兮哀情多，少壮几时兮奈老何，又所谓老来万事付无心，巧语不如喑，父亲岂是那种当了藏书状元就能满足的人。

借书满架

　　近来买书越来越少，首先因为书贵，其次因为书多了没地方放。父亲是南京的藏书状元，家里是房间就有书，书占了太多的空间，书挤人，人只好反过来再挤书。我虽然搬开来住了，个人藏书不敢和老父亲比，但是不几年也有了六橱书。

　　书多了也累赘，于是借书成癖。借书有许多好处，譬如人再聪明，买书也有买错的时候，多厚的一本书，付款前看走了眼，临睡觉倚枕享受，越看越煞风景，气得睡不着觉，连做梦都喊冤。又譬如买书往往不看，书买回来以后，明知是好书，却因为已是自己的，由先不着急看，渐渐变为忘了看。又譬如买了好书怕人借，过去有种说法，借人书一痴，还人书一痴，有了好书最怕人借，最怕好朋友借，借了不还，心里不痛快，只好赌气再去买一本。

　　借书则没有这么多烦恼，花钱买书是明媒正娶，借书则只是谈朋友。好歹是借的，不好看还了拉倒。借了要还，想不抓紧看完也不行，买书可以不读，借书舍不得不看。借来的书不怕借，借出去了，也可以名正言顺跟别人要，书是图书馆的，是公共财产，追讨起来理直气壮冠冕堂皇。

　　我说的借书满架，当然是借公家的书。个人的藏书再多再丰富，和图书馆比起来，一定是小巫见大巫。其实我直到读大学，才第一次尝试借书。在此之前，我一向觉得自己家有万卷书，读都读不完，干吗还要去借。真正尝到借书甜头是在读研究生期间，动手写论文前，我把大量的时

在自己的书房里

间都泡在阅览室里，翻了数不清老掉了牙的旧刊物旧杂志，临回家，必是贪得无厌地借几本书，连夜苦读，第二天依然如故。那段时间，我真应该算是一位用功读书的好学生，天天不到深夜一点绝不睡觉。南大中文系的一间大教室里，珍藏了大量民国时期出版的图书，就阅读而言，我可过足了瘾。

我的书橱有一层专门用来放借的书，凡是能借书的地方我都大献殷勤，名正言顺的不算，诸如我父亲过去的单位、现在的单位，我爱人的单位，是有书借的地方我就插上一脚。这些年来，我每隔三年五载便换单位，因此能借书的点不断增加扩大，一有空就拎着一包书东走西窜。借书满架实在其乐无穷，再也没什么比死的书橱中有一个流动的活书架更让人赏心悦目。

书是人类的朋友，读书是心灵之间的交流，买书的黄金时代已经过去，喜欢读书却又有些囊中羞涩的人，口袋里有钱房子又太小的人，不妨以我为师，在经济实惠的借书上下下功夫。个人很渺小，集体非常伟大，公家的书不看白不看。一粒米一滴水都不应该浪费，一本书放在那不看太罪过。

文学没有世家

教育肯定是重要，小时候在学校读书，经常听说世界上没有无缘无故的爱，没有无缘无故的恨。毛孩子对爱恨始终朦胧，无非人云亦云，习惯成自然。公共教育的直接后果就是，我们特别热爱毛主席，热爱共产党，热爱雷锋，特别痛恨美帝，痛恨苏修，痛恨地富反坏右。

家庭教育就有些不同，如今回想，我小时候最大的烦恼，是很少得到鼓励，很少受到表扬。父亲在这方面出奇的吝啬，儿子什么都不对，这也不行那也不好，唱歌，五音不全，写字，东歪西倒。在公众眼里，他忠厚老实为人低调，却喜欢高调对付儿子，总是打击我的积极性，害得我永远也不知道自信是什么感觉。

父亲是个右派，过去我总认为，他对我这样是因为自己遭受了挫折，一朝被蛇咬，十年怕井绳。他坚决反对儿子走自己的道路，不赞成我看小说，不希望我写作。和大文豪苏东坡对儿子的要求一样，他希望我平平安安，根本不在乎有没有出息。

后来我发现他这样不完全是政治原因，意识形态是一方面，天性是另一方面。父亲不自信是天生的，他是最小的孩子，我姑姑经常笑着说他小时候太笨了，连个最简单的拍皮球都不会，他吃苹果总是连核一起吃下去，最后只剩下一根细棍。长辈们说起父亲儿时的故事都近乎荒唐，抓笔的姿势不对，拿筷子也不对，走路歪着肩膀，老是长不大，经常交些不三不四的朋友。

用直的茶馆，此处以祖父的"未厌"命名，老板一定要我们进去坐坐，我身边的两个老太太，一是我母亲，一是我姑姑。

反正屡犯错误，这样的人当右派，理所当然。不得不怀疑他是通过教育在儿子身上找平衡，父亲小时候一定受到了太多暗示，这不行那不行，结果越来越不自信。现实生活中，他很少说别人不对、不行，可是对我，他很少说儿子对、儿子行，我差不多是唯一可以让他说不对和不行的人。

父亲生前常说中医可以传代，画画可以传代，唯有写作继承不了。他从未想过要培养儿子当作家，真的没有，绝对没有。可惜他离开人世已十八年，要是活着，听到文二代这个词，他一定会痛加指责，一定会讽刺挖苦。俗话说富不过三代，周立波笑侃富二代，说这个"二代"，其实是马上就要结束完蛋的意思。文二代真能成立，我想大约也是这意思。

文学从来没有世家，一个人能不能成为作家，由社会决定，全靠个人努力。尽管解释了多遍，使劲撇清一再说明，别人还是不太相信，不相信我成为作家与家庭无关。按照流行说法，我既是文二代，也是文三代，怎么也脱不了干系，但是这并不是真相。所谓文几代，不管二代三代甚至四代五代，都蒙人，都与真正的文学不沾边。

2010年3月24日

最初的小说

最初的小说写在台历背面，如今回想，很有些行为艺术，仿佛在玩酷。记得是方之先生教唆，他听我说了一个故事，瞪大眼睛说："快写下来，这很有意思。"受他鼓励，我开始不自量力，撕下几张过期台历，就在纸片的背面胡涂乱抹，还没写完，方之迫不及待要看，一边看，一边笑着说不错。

三十年前，方之是江苏最好的作家，今天再提起，知道的人已经不多，必须加些注解和说明，譬如英年早逝，譬如曾获得全国短篇小说奖，譬如当代作家韩东的爹。他是父亲最铁的难兄难弟，他们一起被错划成"右派"，要不是这位父执，我也许根本不会成为一个小说家。

说到方之的影响，最明显不过是两件事，一是想写立刻就写出来，不要再犹豫；一是要挑剔，看看别人还有什么不足。记得方之当年经常挑剔得奖的小说，总是喋喋不休，他是个仁慈的长辈，又是一位很有脾气的作家。从一开始，我脑子里就积累了许多不是，就有许多不应该，就一直在想，不能这么写不能那么写。如果你要想写小说，首先要做的便是和别人不一样，世界上有很多好的短篇小说大师，后人所能努力的方向，就是必须与那些好的小说家们不一样。

转益多师无别语，心胸万古拓须开，单纯模仿很搞笑，以某位好小说家为好坏标准，罢黜百家独尊儒术，也很搞笑。短篇小说说白了，就是考虑不能怎么写，就是考虑还能怎么写。这是一枚硬币的正反两面，又好比

沉思

鸟的两个翅膀，只要扇动了，就可以在高空自由翱翔。

　　小说是时间艺术，是岁月留下的验证痕迹，无论描写之实际内容，还是创作之特定年代，时间都会显得至关重要。我习惯随手写下具体的写作日期，可惜发表时，有的被编辑随手删除，有的反复退稿，最后虽然得以发表，真实日期也不可考。今年年初，我出版了三卷本的短篇小说，以编年形式，尽可能根据写作顺序，实在记不清楚，便退求其次按发表时间排序。

　　短篇写作没有一定之规，唯一可以界定的是字数。反正要短，最好要短，究竟多少字，大家约定俗成。最后还得解释一下，方之让写的小说叫《凶手》，约一万字，故事很简单，一个恶少走进一家小工厂，反复向一个沉默的年轻人挑衅，年轻人始终不说话，最后在众目睽睽之下，将恶少杀了。这篇小说当年到处乱投，有一次差点要刊登，反正转来转去，最后就没有了。

2010年4月15日

发表第一篇小说

20世纪70年代末，恢复了高考，大学生像刚出炉的烧饼，很受大家爱戴。我们逃学出去玩，晚上住小旅店，女服务员听说穷学生，只收半价。那年头刚改革开放，什么都明码实价，所谓对折既不合理，更不合法，开票时特别说明，两个人只收一个人的钱，另一个算是白睡了。

除了大学生，当时社会上还有一种人吃香喝辣的，那就是作家。全民大写作，学文科的更是集体中魔，都胡乱地写小说。同学之间经常交流作品，华山比武，喝着白开水论英雄。我因为贪玩，胆子小，起步又晚，偷偷写了，不好意思拿出去。前些天遇到老同学，回忆当年，他百思不解，说当初还真看不出来，你这家伙日后会写小说。

我也没想到后来会当作家，中文系的一位老先生把我叫去训话，他认识祖父，又了解父亲，对我这位弟子有些严格要求。规定每天两小时外语，两小时古文，每周一篇散文，每月一篇小说。我觉得这任务太重，因此基本不去上课，每天外语古文，打排球，不时地写散文和小说。

当时真的很贪玩，同学们都觉得我不务正业，不考试绝对不碰教科书。大学二年级的那个夏天，我独自一人骑车去无锡，二百二十公里，一天便到了。当时国道都是碎石子路，自行车轮胎磨得仿佛刚刷过黑漆。好汉不提当年勇，年轻真好，能够疯玩，也能疯写。外面玩了一气回来，剩下的假期中，又接连写了八个短篇小说。

其中两篇同一天完成，父亲看了刚写完的小说，说这个有些意思，我帮你抄出来。他抄，我继续写，抄完，新小说也写完。结果发表在当年的两个不同刊物上，都是十月号，按写作顺序，《雨花》这篇在前。《青春》是处女作专号，我从未公开发表过小说，便以清白之身混迹其中。

事实上，之前写过两篇小说，一篇是《凶手》，还有一篇是《傅浩之死》。前一篇无影无踪，后一篇后来发表在马鞍山的《采石》上。不管怎么说，写小说和发表小说，一开始没让人太为难，真跟玩一样。很快遭遇发表不了的瓶颈，接下来整整五年，我的生产能力依然，小说一篇也发不了，退稿像鸽子一样不时地飞回家。

童年时曾幻想过很多美好未来，父亲和祖父一再叮嘱，长大了干什么都可以，千万不要当作家。可以这么说，是源源不断的退稿，让我走上了不归路。有一段日子，写作变成了赌气，因为赌气，不知不觉染上写作的毒瘾，欲罢不能越陷越深，最后只能在这棵老树上吊死。

2010年4月16日

两件最得意的事

进入了独生子女时代，孩子们的要求常常不允许拒绝。朋友儿子上中学，是学校文学社的骨干，心血来潮一定要采访。打电话过来，说别给我搭架子，这个忙不帮，就不是哥们。朋友又说，我才不把你当回事，儿子吃错了药，非要把你当根葱，你就受累说几句吧。

于是这孩子说来就来，戴着眼镜，拿着笔，拿着小本子，还有一个可以录音的小玩意。事先准备好了一堆问题，大的人生小的八卦，应有尽有五花八门，害得我这个当伯伯的认真不是，不认真也不是。很多问题与记者平日问的如出一辙，事后跟朋友汇报，夸他儿子有想法，懂得多，跟真记者一样。朋友也是玩媒体的，当着官，有一大帮手下跑新闻，说别借我儿子骂人，是不是想说记者都像我儿子，都是些没长大的毛孩子。

我无话可说，朋友敢得罪，记者却不敢冒犯。反正活也完了，孩子也哄了，跟朋友一起吃饭喝酒，话题继续谈论后代。朋友说你不厚道，问你最得意的事是什么，干吗藏着掖着，非要有用"人生不如意十之八九"来回答，害得我儿子年纪轻轻，情绪很悲观，对未来一点信心都没有。

我喝了点酒，不胜酒力，叹气说悲观也好，现在的孩子都太自信，不妨让他们有些挫折感。朋友说我起码就知道你有两件事是最得意的，第一件，当年考上大学，第二件，当上了专业作家。我让他说得不好意思，唯唯诺诺想辩解，朋友又说，别跟我打马虎眼，我看过你的文章，你自己也承认，不上大学，你这个小工人早下岗了，不当专业作家，没有政府养

写作间暇，自娱自乐

着，你写个驴。

　　又一次无话可说，人不可以没有感激之心，朋友提到的这两件事，无疑是我人生中的最得意。先说考大学，如果不恢复高考，我今天会怎么样，真说不清楚，当年的工厂早就倒闭。考上大学没什么了不起，不承认幸运，这就不对了。至于当专业作家，更要谢天谢地，遇到海外作家同行，无论欧美还是港台，听说我们被一个机构养着，无不羡慕眼红。放眼全世界，靠写作能养活自己的作家并不多，被人包养听上去很难听，很屈辱，可确实占了大便宜。

　　这些话对孩子解释不清楚，先说考大学，当年没大学上，现在一个个都痛恨高考。当年只要考上，前途一片光明，现在大学毕业，找不到工作。当年只有得个文学奖，户口也解决了，工作也解决了。现在你再努力写作，即使比许多专业作家写得更好，也未必有人肯包养。此一时彼一时，同样上大学，同样写小说，机会已完全不一样。

2010年4月17日

命题的作文

没人不害怕命题作文，每到高考时，就会有好事者居心叵测，很诚恳地打电话来，让你凑个热闹，与高考的学生同场竞技，写一篇命题作文。很多作家掉进了这陷阱，不知深浅想露一手，自以为是地缴了稿，结果被阅卷老师一顿痛扁，横挑鼻子竖挑眼，想后悔已来不及。

作家写好高考作文是应该，因为你是干这个的，吃的就是写手饭，写好了也不会有人真正叫好。然而写不好几乎必然，毕竟命题作文与自由写作是两码事，各有各的门道，挨骂也就在情理之中。俗话说隔行如隔山，命题作文和文学创作都是体育运动，都要有良好的身体素质，如果缺少专业训练，打篮球的人打不好乒乓球，这很正常。

小时候，父亲从来不关心儿子的作文，当时社会风气非常可笑，一会读书无用，除了政治学习，一会又说学好数理化，走遍天下都不怕。记忆中，我的作文非常差，差也没关系，好坏差不多，反正高中毕业没大学上。倒是祖父有些传统，与父亲一样，他不希望小辈当作家，却从不反对我写。他总是鼓励多写信，我因为无话可说，便把学校的作文寄给他看。他于是像一个地道的语文老师，很细心地改错别字，用很认真的口吻与我商量，这句有什么不妥，那句改一改是不是更好。

祖父一直认为写是一种能力，不管当不当作家，一个有点文化修养的人，能写会写是应该，也是必须。他反对言之无物，反对不规范的句式，反对年纪轻轻无病呻吟，在文章中没完没了发牢骚。祖父的态度让我想起了沈从文先生的观点，他觉得一个人只要认真写，努力写，多写，自然而然就会写好。

过去三十年，我一直在试图多写。有人天生聪明，出手便好，有人迟迟不开窍，怎么忙也接近白搭。很害怕成为第二种人，因为自己显然不属于第一种。世界上很多事并不是黑白分明，很难说清楚认真写，多写，还有硬写，它们的界限在哪。有时候只有硬写，才能柳暗花明，硬写了，才变得会写。谁都害怕凭空而来的命题作文，谁都知道这玩意没意思，可是事实上，堂而皇之说着文章要从心底淌出来，应该怎么写和写什么的时候，我们仍然没办法回避硬写。

说白了，所有文章都可能是命题作文，只是喜欢和不喜欢。有时候不喜欢是遮羞，底牌是并不擅长，或者压根不会写。能力就是水平，水平又反映了能力。千古名篇《岳阳楼记》是现成例子，这是地道的命题作文，范仲淹先生没去过岳阳楼，可活生生地把文章给写好了。

2010年4月25日

砚田的收入

20世纪90年代初，我在台湾出了第一本小说集，以后又接连出了十多本。稿酬是美元，一本书一千六百美金订金，当时工资是二百多元人民币，兑换比价差不多一比十，手上捏着一万多美金，对于一个穷惯了的小说家来说，俨然像个小富户。

有一天，伯父从北京来，母亲告诉他我拿了十多万美金。伯父很吃惊，觉得这是个天文数字，我连忙笑着解释，母亲弄不清楚比价，已经换算过了一回，应该相当于十多万人民币，不能再乘一个十。那年头，真有十多万美金，都可以买最高档的花园洋房了。

一转眼过了快二十年，台湾出一本书，仍然还这价格，还是一千多美金，比价掉了许多。在香港出书，更是丢脸，基本上等于不给钱。粗粗一算，二十年前一本书的收入，相当于五六年工资，现在呢，连两个月都不到。这个起码可以说明台湾和香港的现实，日子越来越好过，经济越来越富裕，文化人的收入并不乐观，还是老样子。

在大陆也这样，20世纪80年代，发表一短篇小说，相当于普通人两个月工资。当时收入差别很小，还没有贫富悬殊的问题。现如今发表一个短篇小说，基本上是工薪阶层的一周收入。根据国家稿费标准，千字五十到一百，一个短篇也就七八百元。当然，每人的情况会有些不同，我说的是普遍现象，是通行的标准。如果《小说月报》还能转载，还能收到别的集子里，还能出书，当然还会再有点收入，不过肯定有限。

与女儿的合影

在信息时代，总会见到一些吸引人眼球的数字，譬如某作家的一本书，拿了上千万稿费，拿了几百万预订金，卖了多少钱的版权。不想说这些都是假的，有水分却是一定。我的一部长篇就有拿了百万大奖的报道，都看到了这条错误离谱的新闻，相关的辟谣和更正，基本上没人注意。

当代中国作家谈不上穷，谈不上富，这很正常。20世纪的八九十年代那样，写写小说就挣了不少钱，反倒有些异常，不合国际惯例。让市场来决定，听上去残酷，毕竟更公平。避席畏闻文字狱，著书犹为稻粱谋，旧时读书人以文墨维持生计，把砚台叫作砚田，不过是混一口饭吃。鸟为食亡，人不为财死。"非诗之能穷人，殆穷者而后工也"，所谓穷而后工，只是一种说法，也是一种高调，其实不穷不富，才最适合写作。太穷了，成天忙于生计，没办法写。太富了，掉在钱眼里，也写不好。

女儿曾经问我，当初开始写小说，有没有想过稿费。我说没有，这个是真的没有，糊里糊涂地就写了。女儿又问，如果有一天没稿费，还会不会写。我说当然会写，只要还有一口饭吃，还会写，唐诗宋词没拿过一分钱的稿费，不是照样写出来了。

2010年4月27日

不喜欢屈原的理由

无意中看电视的文化节目，画家范曾正孩子气地背《离骚》，因为剪辑，开头几句还明白，后面便不清楚。总之是背完了，据网上介绍，他七分钟就把近三千字的《离骚》背完。这相当厉害，不由得感叹，那么一把年纪，还能记住。

如果久经考场，背《离骚》也没什么，我们小时候背主席语录，背老三篇，基本上都能倒背如流。难就难在上了年纪，难就难在一口气不停顿。若给人一支笔几张纸，允许慢慢想，这活或许容易许多，毕竟默写有停顿，注意力也容易集中，可以一边写一边想。当众背诵仿佛演员念台词，具有表演性质，说走神就走神。

凡是中文系出身的人，为了应付考试，都被《离骚》折磨过。它不仅漫长，而且佶屈聱牙，有的字，查了字典还不会读，有的字，会读却不知道意思。记得大学时讨论，一位来自北京的高才生怒不可遏，气鼓鼓地说屈原一点都不谦虚，从头到尾自吹自擂，一个劲地自我表扬，都是我怎么好，别人怎么不好，这叫什么事呀。

《离骚》在文学史上有着非同寻常的地位，但是很长时间，我总是喜欢不起来。理由一，恰如那位同学说的那样，见过自恋的，没见过这么自恋的，众人皆醉我独醒，凭什么说你是醒着。众女嫉余之蛾眉兮，谣诼谓余以善淫。理由二，是忍受不了他的忠君思想，为什么要对愚蠢的楚王那么忠心耿耿。

屈原一生，都想成为伟大的政治家，治国平天下。事实却是只能洁身自好，长年沉浸在理想的虚幻中。百无一用是书生，屈原放逐乃赋《离骚》，这是苦难出诗人的最好例子，也是文人不得志的安慰剂。东晋的王恭有句名言，"但使常得无事，痛饮酒，熟读《离骚》，便可称名士"。这位仁兄是熟读了《离骚》，可惜不会带兵打仗，结果兵败被杀。

这些年来，谈不上多喜欢《离骚》，可是常用它来检验记忆力。遇到无聊的会议，当官的喋喋不休，作家们胡说八道，无良学者慷慨陈词，我就假装在记录，想一段写一段。说老实话，到今天这把年纪，脑袋里储藏的玩意，是黄鼠狼拖鸡，越拖越稀，说不定哪一天，今天还能默写的那些句子，说没就没了。

不喜欢屈原的理由，其实都站不住脚。他自恋，文人都自恋。不喜欢佶屈聱牙，在两千多年前，他只能用这种腔调说话，我们今天习惯的时髦词，他老人家不会。当然，最糟糕的是他只能忠君报国，毕竟是书生，毕竟一腔热血，君王昏庸报国无门，也不是他的错。

2010年4月30日

名与身随

皇帝跑哪儿去了

很多年前，爱画女人的画家朱新建还是翩翩一公子，初次见面，送给我一本新出的连环画，是江苏少儿出版社的《皇帝的新衣》。他的构思很有意思，皇帝不是赤条条，穿了条小红裤衩，胖乎乎的，像一头棕色的小肥猪。

为什么皇帝的皮肤是棕色呢，我想不明白，也许这个颜色配上鲜艳的红裤衩，更好看更性感。也许画家本人有这偏爱，他心目中的皇帝就这样，不是白人，不是黑人，也不是黄种人，得有点肉，瘦骨嶙峋便不好玩。如今回想起来，这么设计既有时代特色，也符合如何艺术表达的要求，一条小红裤衩还是必要的，你总不能有伤风化，真画一个光屁股的皇帝给天真的孩子们看。

那是20世纪的70年代，思想刚刚开放，改革已经起步，艺术学院正在讨论能不能裸体写生。结果当然是可以画应该画必须画，害得青春期的我们心猿意马，在背后经常议论，十分羡慕美术系留长发的男生。那年头，能将皇帝的小红裤衩剥去，令真相于大白，是一件多么愉快的事。

安徒生的童话很多，除了《卖火柴的小女孩》，还能让人牢记在心的，就是《皇帝的新衣》。这故事家喻户晓言近旨远，我们侃侃而谈，准备说大道理，常会莫名其妙的理直气壮。都是文明人，有着一肚子文化，都相信自己就是那个敢说真话的孩子，然而很不幸，我们常常不是。

如果我们是皇帝就好了，被骗就被骗，毕竟还是吃香喝辣的陛下。如果是骗子，这也不坏，被骗一乐，骗人也一乐。生命不息，骗人不止。偏偏我们只是普通人，只是看客，只能插科打诨。有时候，我们还会在无意中跌入陷阱，不知不觉中处于困境。

皇帝有没有穿衣服，说简单，也不简单。经验中的皇帝显然一丝不挂，这已成为一种思维定式，成了习惯，事实可能不完全这样，譬如朱新建版的《皇帝的新衣》，就穿着小红裤衩。现实生活是人云亦云，我们都觉得自己说真话，真相却是，只是跟在别人后面学舌说了真话，皇帝还有条鲜艳的小红裤衩。

一条小红裤衩足以挑战一个传统故事，当然还可能有更大的颠覆，不只是有没有小红裤衩，而是在我们的面前压根没有什么皇帝。皇帝并不在现场，他不知道跑哪去了。眼下的许多装模作样的争论就是这样，有没有皇帝已不重要，我们面红耳赤，我们口若悬河义正词严，站在甲方乙方的立场，只图说得痛快，将经验主义的错误犯得肆无忌惮。

皇帝的缺席，是《皇帝的新衣》的最新版本。

2010年5月2日

名与身随

三次中学讲课记忆

有过三次在中学讲课的经历，每次都很失败，都有种挫折感。一朝被蛇咬，十年怕井绳，再遇到类似机会，我总是十分诚恳地请辞。尺有所短寸有所长，有人天生会说，有人天生不会，像我这样，跑到中学去胡说八道，真的是不太合适。

第一次去中学讲课，是因为推托不了。朋友兼邻居有个宝贝女儿，不知道怎么跟别人吹牛，说同一个楼里还住着一位傻乎乎的作家。消息传进班主任耳朵，下了指示，一定要让我去现身说法。女儿便回去命令父亲，父亲又来说项，软磨硬泡仁至义尽，我不知深浅，稀里糊涂答应了。

这是我第一次给学生讲课，朋友的女儿又高又大，有些早熟，按她的模样打了腹稿，没想到一走进教室，全是半大不小的毛孩子。还没打上课铃，几个调皮捣蛋的小家伙又喊又叫，在面前追过来跑过去。讲课过程让人沮丧，原来准备的话，根本没办法说出口。孩子们瞪大了眼睛，似乎在等我说什么，然而只要老师不监视，立刻显现出了顽皮本性，不是做鬼脸，就是相互打闹。说什么已不重要，我不由得走神，想起了自己的初中时代，那年头，我们也这样，只要老师不管，谁在上面说什么都不会听。

第二次是去女儿学校，更是硬着头皮，既然为别人女儿出过场了，自家的事只能当仁不让。这一次对象是高中，属于讲座性质，让学生自由旁听，女儿因此得以逃脱，总算没看到老爸如何出洋相。我建议学生不要看报纸，不要信宣传，因为现在的许多孩子，一写作文，都是报纸上的

作家赵瑜在宜兴为我拍的照片

口吻，都是大话。事后女儿问一男生，我老爸说得怎么样，男生一脸不屑，说"一××糟"。这是典型的南京口语，中间两字有辱斯文，意思是一塌糊涂。

有了两次不成功的经验，再来第三次，多少有点愚蠢。第三次是去一所中学给文学社的同学讲课，记不清怎么就答应了，很诚恳地说了一番，苦口婆心，告诉同学们没必要立志当作家。该读书，还是应该读书，考大学没意思，该考还是得考。拼命说作家伟大，其实是个谎言，千万不要觉得写作崇高，硬逼自己走文学的道路。写作是件自然而然的事情，应该水到渠成。

我显然太不会说话，不会表达。尽管态度认真，可是有学生比我还认真。终于讲课结束，一名戴眼镜的学生拦住我，说作家没有多伟大，难道鲁迅不伟大吗，又说他弃医从文，以文章治病救人，这难道不崇高吗。他比我还会说，虽然年长了好多岁，我竟然说不过他。

2010年5月4日

也说经典

贵州的何锐兄来电话，每次都像地下党接头，充满了神秘气氛。总是用低沉的声音，直截了当地问："最近在搞什么，能不能搞篇小说？"电话很突然，没有任何铺垫，我一时不知该说什么，既要琢磨这是谁，又担心会不会有人开玩笑，这年头有太多的骚扰电话，正踌躇着，就听见他声音更加低沉，语气加重了："我是何锐！"

这年头好编辑不多了，痴心热爱编辑工作的更稀有，何锐起码还能算一个。主持《山花》许多年，说到省级刊物的全国影响，这本杂志名列前茅。用流行的话，绝对属于第一方阵。前些日子，又玩起新花样，说是新编了一本书，将自认为是经典的小说结集出版。承蒙赏脸，也选了在下一篇，选就选了，却还不就此放过，电话嘱咐，一定要写篇散文说经典。

不忍心断然拒绝，只是敷衍着。这年头，很多事采取拖延战术，拖着拖着就敷衍过去。就在觉得差不多之际，大事化小，小事化了，已忘到了九霄云外，何锐的电话又来了，说谁搞好了，谁也搞好了，你的搞了没有，什么时候交稿，人家出版社正等着，就缺你的了。

一时间，我想到了耍赖，说关于经典，真的没什么好说。我知道何锐是个非常顶真的人，而我也就是看上去顶真，熟悉朋友都知道，我其实经常稀里糊涂。跟他商量，能不能不写，他立刻用了断然的口气，说"这个不可以，这个绝对不行"。根本没有商量，别人都写了，你为什么不能写，别人都可以说经典，为什么你就不能。

在布达拉宫前

　　很多年以前，作家方方主持一本很好的刊物，也曾命令谈论经典。我这人有两个特点，一是不认真，一是耳朵根软。无论什么样的文章，只要是硬逼，总是会写的。给方方的那篇文章内容已忘光了，有个意思还能记得，就是根本不相信什么经典。经典通常是瞎胡闹，是自说自话，我只相信是非，是非很简单，一辨就明白。

　　每个人的心目中，都可以有经典。所谓经典，就是我们认定的好东西。是人都有向善之心，然而人各有志，有不同的人，就有不同的经典。何锐认真，也有些天真，他觉得是经典，很显然未必就是。譬如在下的文章，贸然跻身进去，很可能遭到有识之士的痛骂。

　　按照我的傻想法，经典这样会招惹是非的字眼，最好少用，最好不用。当然，也许并不是何锐的本义，他不过想编一本好看的书，无意中想到了一个抓人眼球的经典。有没有非议不重要，说不定能引起争论，正是出版方所希望。

2010年5月14日

不得不再说的经典

何锐兄认死理，非得让人谈经典，我无话可说，强调自己从来不相信这个。他电话威逼，又来了一封信，坚决不肯放过。遇上朋友固执该怎么办，要么你更固执，装傻，干脆不理他。要么就认倒霉，还是装傻，他要求怎么样，你就顺着他说。

何锐兄认为，中国文学遭遇瓶颈，主要是缺乏经典意识，缺乏先锋意识和都市意识，以及纯文学创作的后继乏人。因此他让你必须回答下列问题："谈谈自己对经典的感受和理解，比如，你心目中的经典，为什么经典离我们越来越远，作家为何要具有经典意识，特别是一个优秀作家应当以怎样的方式对经典做出自己的回应。"

我觉得所谓经典，仿佛电视广告中的钙，给人留下一个印象，似乎只要花钱补一下，就可以十分健康。所有中国人都缺钙，所有中国作家都缺乏经典意识。按照广告商的宣传，我们都去吞服几粒文学的钙片，问题是否解决，答案当然是不可能。

事到如今，我们身边有着太多文学经典，多得甚至让人怀疑，大家不是缺钙，而是钙太多，骨骼已经老化，动不动就骨折。从稚嫩的中学生和女记者，到老辣的文学教授兼评论家，开出口来一套又一套，小说本来就一个小，现如今一张开嘴，偏偏全是大。

美国作家海伦是个很好的例子，作为一个盲人，作为聋哑人，所能接触的文字，都是最经典，因此她写出来的文章，有种一尘不染的典雅。很显然，因为这样那样的限制，她没有被糟糕的文字作品污染过。谈笑皆鸿儒，往来无白丁，取法乎上躲避糟粕，光接受经典熏陶，肯定会有好处，但是在一个世俗社会里，这根本不可能。

经典并没有越来越远，它们就在我们身边潜伏，就在身后的书架上。事实上，我并不赞成要有什么经典意识，曾几何时，作家必须写出"力作"的呼吁甚嚣尘上，充满了功利色彩，结果空喊半天，跟没说一样。写作应该从心灵深处流出，它需要我们的非凡努力，不懈抗争，与经典还真没多少关系。中国文学确实遭遇了瓶颈，然而依靠经典，肯定解决不了任何问题。

事实上，不只是写作者，包括阅读者，对经典早已似是而非。我们不是无动于衷，不识庐山真面目，就是把经典当作大棒，对着文坛一阵乱打。经典成了皇帝的新衣，成了包装的商品，没有具体分析，没有生命感受，只剩下了空洞的外壳。

不好意思，应该顺着说的命题作文，说着说着又拧了，真对不住何锐兄的苦心。

2010年6月13日

前辈作家的教诲

前辈作家高晓声关于文学的两个观点，一直让我耿耿于怀，获益匪浅。20世纪80年代初期，他是江苏最火爆的作家，也是全国最有影响的小说家。从北京领了大奖回来，电视台前去采访，问他对文学有何看法，他用一口浓重的乡音回答，说文学吗，是好玩的事。

这个回答让采访者目瞪口呆，要知道在那个年代，文学仍然被捧到了不能再高的地位，不说是打击敌人教育人民的有力武器，起码也应该冠冕堂皇，把调子再稍稍提高一些，可是被誉为农民代言人的高晓声，很干脆地用了两个近乎犯忌的字，"好玩"。

伟大的孔子曾经说过，知之者不如好之者，好之者不如乐之者。好玩并不是什么大逆不道，好玩就是"好"，古人论文，常喜欢用到这个当作动词的好。还有一个字当然就是玩，玩味的玩，把玩的玩。文学是要让人琢磨，要让人玩味和把玩。因为很多人的文学太直露，剑拔弩张毫无藏锋。高晓声又表明了自己的第二个文学观点，这就是要潜移默化，要稍稍拐点弯，绕个圈子。不能说直截了当不是文学，然而太直截了当，太浅薄了，很可能就不够文学。

高晓声的两个文学观点很直白，是对"文学有什么用"的最好解释。文学是热爱文学的人的事业，对于那些不喜欢文学的人，文学一点用都没有，文学也一点都不好玩。文学只对那些准备要感动的人起作用，我们所以感动，是因为已做好被感动的准备，是文学搔到了我们的痒处，或者用

父亲、伯父、高晓声在会上

最流行的话说，是文学碰到了我们的G点。否则仅仅是把文学放在一个很高的位置上，竖一个再大的牌坊，仍然没有任何意义。

文学作品如果不被阅读，无论什么名著，无论什么大奖，都和垃圾没太大区别。因此，一个人准备从事文学工作，别老想着当鲁迅，当托尔斯泰，先问问自己是不是真心喜欢。要知道，文学首先不是为了别人，而是为了我们自己。不要光想着拯救别人，而是先要拯救自己，打算去惊醒愚昧的国民前，最好先让自己醒醒酒。

高晓声是家父的好友，是患难兄弟，曾经一起被错划成"右派"。与方之的热心过度不同，高晓声鼓励我写，对发表却无所谓。方之说，小兆言的这篇小说肯定发不了，能不能想个办法，让他改一改。高晓声板着脸，说改什么，就这样，要写，不如再写一篇别的。有一段时候，我成天被退稿，觉得很丢脸，垂头丧气。高晓声说，别投稿了，放抽屉里，有一天你写好了，这些玩意都能发表。

2010年7月6日

从《背影》说开去

有些记者靠打电话，就能写成很轻松的文章。一个电话过去，细声细气地怎么怎么了，然后问有何想法，如何看待这问题，如何对待那现象，为什么为什么，第二天就见了报。有时候，还八九不离十。有时候就惨了，八九都离了实。记者按照自己思路写稿子，才不在乎你说什么。

不太好意思拒绝采访，一来电话突然响了，你反应不过来，不至于摔电话吧。二来人家也没恶意，谁都得混口饭吃，这年头找工作不容易，当上记者更不容易。因此我总是留一手，坚持不说过头话，不骂人，跟谁都打哈哈。有话真想说，就自己写文章，更清楚更明白，还能挣点小稿费。

譬如这次的话题，要不要将朱自清先生的《背影》从课文中删去。我当然持反对意见，不是不能删，是现如今要删的那些理由，实在站不住脚。什么违反交通规则，什么老父亲娶过小妾，我想这些意见，谈不上做学问，只是在搞笑，媒体不该太当真。

该当真的是，究竟什么样的文章，才适合作为教材。说老实话，无论什么文字，只要成为教材，都难免死气沉沉。一为文人便无足观，一为教材，立刻一本正经，立刻好玩变得不好玩。

为什么会这样呢，我觉得还是太把教材当回事。教材其实就是识字课本，让我们用来举例，说明一些浅白道理。我们习惯把教材当《圣经》，为学生上课，就是替圣人立言，一言一行都是楷模。有人的一篇狗屁文章选入教材，于是奔走相告，拿着鸡毛当令箭，仿佛得了诺贝尔奖，写简历推荐自己，一定要把这一条隆重列出。

朱先生对中学语文教育有非常突出的贡献，虽然贵为大学教授系主任，编"国文"教材一直是很认真。不仅编，选定范文，而且身体力行，始终在努力写。可惜这些努力被后人所忽视，大家就知道《背影》，就知道《荷塘月色》，因为选进了教材。

《背影》当作写人的范文，非常适合。多年来，朱先生的地位一直很高，有人曾经说过，将他的散文作为样板悬置于国门，不能增删一字。这个就有些夸张了，不妨分析一下《背影》开头的这两句话：

> 我与父亲不相见已两年余了，我最不能忘记的是他的背影。

两个"我"起码可删去一个，"余了"二字也能删，汉字习惯中，"已两年"是模糊概念，可以含两年余了的意思，不如索性改成"两年多"。给学生上课，别去讲交通规则，也别谈小老婆，说一说语言的细微之处，咬文嚼字，或许更有意思。

2010年7月7日

又想到了考大学

老夫聊发少年狂，胡子白了依然青春。夜来忽梦要考试，脑子里一片空白，赶快临时抱佛脚，赶快玩命复习。一个劲后悔，逃课太多，没有笔记，根本没看过那什么教材，后悔来去，噩梦终于惊醒。

考试永远是个伤自尊的玩意，无论你多强大，多牛×，多顽强自信，未拿考卷之前，尚未知道分数之后，心头那块石头不会落地。这也是老师们总是很强大的原因，只要有老师，学生注定弱势群体。只要有考试，考官就是一个歇后语，十一个鸟人站两行，人五人六。

20世纪70年代末恢复高考，前两届我都参加，也就是77和78两级。第一次像走过场，根本不通知你分数，稀里糊涂去考了，先初试，再复试，然后痴汉等老婆，眼睁睁傻等。记得是在冬天，断断续续，春节都过去了，还在发放录取通知，可惜都跟本人无关。

失败往往比成功更加记忆深刻，印象最深的是左右摇摆。当时想考理科，害怕体检通不过，我的身体条件据说只能考数学系。硬头皮报文科，内心又不是很喜欢。学好数理化，走遍天下都不怕，理科生看不起文科生，显然早已种下祸根。当然，最看不起文科的，从来都是文科生自己。那年头还谈不上什么远见，绝不会想到日后清华毕业才更有出息，当的官才会更大。

考文还是考理，成了一个哈姆雷特似的问答。对于那时候的我来说，实用主义占据绝对上风，夹到碗里就是菜，只要能考上，只要能混进大

大学时代出游，背后是栖霞山

学，文理本不是个问题。问题是不知道能不能考上，能不能跨进大学门槛，押文或押理，像泡很急迫的尿一样，真把人给活活憋死。第一次这样折腾，第二次还是这样折腾，那一段日子，恨不能天天扔一次硬币，这星期刚决定了文科，到下星期，又咬牙切齿准备考理科。

　　能自由选择并不一定是好事，一直到正式填写志愿，仍然还在犹豫，最后定下文科，也是鬼使神差。不由得想到旧时的包办婚姻，比如我祖父，结婚前就没和祖母见过面。祖父也算是新派，祖母还是大学生，可是没经过自由恋爱，婚姻一样美满幸福，夫妻恩爱足以成为楷模。

　　填完志愿，总算死了心，有点像旧时嫁人，既然选择文科，只能破罐子破摔，嫁鸡随鸡，嫁狗随狗，嫁了石头抱着走。我当年读大学，并不是个用功的学生，望考试而生畏，过考场便毛骨悚然。不过为了考大学，还真能玩命，那年头在工厂上班，时间紧，基础又差，能混进大学也不容易。

2010年7月21日

考上了大学

1978年夏天非常热，这一年共有六百一十万考生参加高考。据说是有史以来最多的一年，计划招生二十九万，后来又扩招，增加到四十万。录取比例为百分之七，也就是说，一百个人参加考试，将有七个人可以上大学。

第一次没考上，总是有些阴影，加上一会文科一会理科的折腾，心里七上八下。复习备考，一寸光阴一寸金，那时候还不是双休，我在郊区上班，天天路上花去不少宝贵时间。厂领导对考大学不支持，坚决反对，因为想考大学的人，必定没心思好好干活。大会上公开批评，私下里恨不能派工头监视，我至今都忘不了厂长大人的训话，他在主席台上发了一通脾气，不无讽刺地说："有人成天想考大学，我看是做梦，也未必考得上。"

幸好人为的意志再也阻碍不了报名，否则我们这些想上大学的可怜虫，绝对进不了校门。我所在的集体所有制小厂不过三百人，报考者居然有十七个，最后考上四个，相比全民所有制的国营大工厂，这个比例已经很不错。

那一年，几乎所有的中小学都成了考场。对于考试，我能记住的就两件事，一是热，真的是很热，带一块毛巾进考场擦汗，很快就湿透。当时不要说降温条件，连口水都没有，自己也不知道带。二是遇到了一位长相奇特的怪人，所谓怪，就是你看了一眼，再也不会忘记。高个子，戴副度数很深的黑框眼镜，非常有知识的模样，眼见着要考试了，别人都很紧张，他很醒目地站在教室门口，眉飞色舞夸夸其谈。

一考完便请假去北京，祖父胆结石开刀，日期正好与高考是同一天。老人家已八十四岁，这么大年纪做手术，大家还是有些紧张。好在没任何意外，伤口愈合非常好，都夸医生的技艺高超。我一天隔一天陪夜，也没什么事，基本上把高考给忘了。祖父问考得怎么样，我回答说不知道，祖父就说考不上也没关系，读不读大学不重要，我们老开明书店的人，当年最看不上的就是大学生。

知道分数后，表姐说考得不错，能进重点大学。当时也不知道什么叫重点，将分数告诉祖父，他很高兴，仍然是提醒，说学文科一定要有真学问，别以为是个大学生就有什么了不起。我也不知道该怎么填写志愿，乱填，报名的五所学校，依次为南京大学、复旦大学、北京师范大学、华东师范大学、山东大学。

最后说一句，我在考场门口遇到的那位怪人，后来成了大学同学，以后又是出版社同事。茫茫人海竟有这奇缘，可惜他不久前已病故，英年早逝，让人很是哀叹。

2010年7月22日

如果考不上大学

如果考不上大学会怎么样，在1978年，这个伪问题曾经狠狠折磨过人。说老实话，上不上大学，家庭方面没一点压力，我父母从来没把儿子上大学当回事，他们自己就不是大学生。压力完全在于自己，我本不是有信心的人，1977年的落榜，不多的信心更加受挫，总觉得会再次名落孙山。

一个人能否考上大学，个中原因说不清楚。我并不觉得前一次考得不好，也不觉得第二次有明显提高。有时候，你不能不相信运气，老天爷开恩，保佑，你就中了。静下心来仔细回想认真琢磨，初次失败很可能是作文出了问题。

记得从考场回来，与父亲谈的最多的就是有没有走题，所以要谈，说明有这个担心。为了安慰我，父亲一个劲说没走题。多年以后，有机会与一些优秀的中学老师碰头，谈起当年作文，他们就笑，说仅凭后来能成为作家这一条，你当年的作文一定走题，不走题就不是作家。

1977年的作文题是"苦战"，已记不得写的内容，反正胡写乱编，想别致一些，想玩点花活蒙人，这么一来，离走题自然不远了。1978年没考作文，是缩写，给你一篇文章，把它精简缩短。这活比较容易干，估计大家分数都差不多。

如果考不上会怎么样，相信我会傻考下去，像疯狗一样，一次次去考，直到不能再考，直到像范进那样发狂。不管别人怎么想，对于我来说，考不上大学就是悲剧，考不上就没有快乐可言。当时钻进了牛角尖，

老同学聚会（四排左二为作者）

往好里说，有了一点愚公移山的精神，往不好里说，脑袋进水了，完全被高考所毒害。

1978年的大学录取，先通知非重点大学。看周围的人都乐滋滋地拿到通知，不由得又心慌起来。有一天，母亲单位接到一怪异电话，自称南京大学招生办，问某某的孩子是不是小流氓。接电话的那位同事，与我母亲关系不好，也不知道是怎么回答，反正来无影去无踪，就没了下文，就不了了之。我还达不到小流氓的水准，不过父亲是右派，那时还未平反，会不会有影响也难说。

南大一位很老的教授是父亲的朋友，听说此事，自告奋勇前去打听，然后安慰父亲，说你儿子没被录取，下次再考。又说别考了，让你儿子跟你合写个剧本，发表出来，然后调到文化局去，这样多好。这位老教授是大名士，永远想当然，天知道他当时如何打听，乱问，人家也就乱答。

老教授设计的小路，虽然曲径通幽，肯定不会去走。我会继续考下去，如果一直不取，结果怎么样，还真不知道。

2010年7月23日

写小说当毕业论文

我是个很有些学院情结的人，当作家并不觉得有什么荣耀，如果说是某名校的大教授，学有所成货真价实，这个才非常牛×。虽然上大学时经常逃课，我本质上还是很爱读书，并且学习用功。常跟当上博导的朋友们聊天，说自己不够用功，他们很当真，不以为然，说这个用不着太谦虚，在今天在当下，一个还能觉得自己不用功的人，基本上已经算很用功了。

有位花十万大洋做征婚广告的美女喜欢文学，评点当代作家，旗帜鲜明地表示，喜欢苏童，不喜欢叶兆言。她讨厌我的理由，是叶某人只知道刻苦用功，没什么才气。因此，尽管一直觉得自己还不够，起码别人看来，在教授博导深邃和美女清纯的目光里，我就算用功。

大学三年级，学年论文是《杨朔散文的告别》，洋洋洒洒一万八千字，自觉不错，写得也很努力。当年的杨朔有点像后来的汪国真，辅导老师是他的忠实粉丝，他泪汪汪地说，你怎么可以这样。这位老师很真诚，不说你有什么不对，只说你知道不知道，你让一个热爱杨朔的人感情上受不了。我觉得十分抱歉，也许太不喜欢杨朔的缘故，用词难免刻薄，一日为师终身为父，我怎么可以让老师不快乐呢。

当时选课有规定，本学期课程全优，下学期可多选修一到两门课，为早日拿满学分，我千方百计地混全优。说起来惭愧，居然是班上最先拿满学分的几人之一。这么做，是希望四年级时不用再修学分，全力以赴做好一件事，譬如写毕业论文。毫无疑问，辅导老师有所鼓励的话，我很可能把关于杨朔的论文继续写下去，很可能就成为一本书。好歹我也是个有野心的学生，可别小看了学年论文，后来读研究生时的恩师叶子铭先生，当年就是凭借研究茅盾的学年论文一举成名。

都说写论文和写小说不能两全，在我看来差不多。写什么都是写，都得用心写好。所在学校有规定，可以用创作代替毕业论文，也就是说，你写篇小说就OK了。真有些荒唐，那时候我已写了不少小说，这政策等于白送钱给人。

我还是很犹豫，内心深处，总觉得小说代替论文，难免野路子野狐禅，我本江湖上的名门正派，如何能干这勾当。前面说过，我有学院情结，是可忍，孰不可忍，然而指导老师不换，非要去跟人家的粉丝较劲，显然不够明智。因此权宜之计，实用主义占了上风，冒冒失失用一部中篇小说充当毕业论文，如今回想，仍然觉得丢人，这叫什么事呀。

2010年8月8日

大学不喜欢告密者

不知道今天在读的大学生，对明天抱有什么样的心态，反正三十年前，我们上大学那会，很少幻想未来。那年头读大学，仿佛傻闺女待嫁，只盼望老天爷开眼，日后能嫁个好单位。包办婚姻的最大好处是省心，我们也不知道哪个单位好，所谓好，就是听上去动听，看着不错。学校分配工作，和抓阄也差不多，运气好，说不定嫁了个好老公。真所谓，无端嫁得金龟婿，有心难找好工作。

大学毕业前夕，最大心愿是出去潇洒玩一圈。要玩，就得逃学，我和一位同学决定骑车去浙江，第一站杭州，三百多公里，花两天时间。然后沿钱塘江上行，游富春江，游千岛湖。那时候旅游还没开发，经常坐一种很破的机动船，声音巨响，柴油味扑鼻。

痛痛快快玩了一个多星期，回学校，正赶上运动会，我们得到消息，风声已走漏，有同学悄悄地将我们告了，系里要兴师问罪，处理违纪行为。胆大妄为的我们这才有些慌张，商量如何扯谎面对。没想到在体育场看台上，分管的系副书记看见我们，先一个劲笑，问去哪了，说你们胆子真大，马上要毕业了，我们该拿你们怎么办呢。

对母校的最大怀念，就是她宽容，从来不与学生为难。记得当年跟一些文友办过一民间地下刊物，后来遭禁，仿佛闯了大祸，文友一个个被审查，苦不堪言，所在单位和学校如临大敌，问这问那、处处刁难。我只是遭遇了最简单的走过场，还是这位副书记，在面前放一录音机，问怎么回

背景是民国显赫人物何应钦家的房子

事，愿意不愿意说说。我说不愿意，他就笑，说好吧，不愿意就算了，我把录音机关了，我们随便谈谈怎么样。我说关于这件事，没什么好谈的。他说好吧，没什么好谈的，我们就不谈。

很严重的事，就这么过去了，多少年后，遇到副书记，他笑着说当时的压力很大，上面有要求，公安局挂了号，可是他想最多的，还是如何保护学生。学生就像自己的孩子，哪有不护着子女的爹妈，相对于这事，逃学出去玩，完全小菜一碟，不值得提。作为分管领导，一点不过问不行，毕竟有人告了。不过看得出，他并不想怎么样，也不欣赏告密者，大学是个干净的地方，告密永远不值得提倡，这也算母校有过的另一个优良传统吧。

时至今日，仍然想不明白，为什么要偷偷去告密。有人分析，毕业分配前出招，可以轻易解决两个对手，然而这一招在当年并不灵验，事实上，告密的事泄露了，上上下下都显得很不屑。

大学毕业前的谈话

大学毕业前，系里照例要谈次话，了解学生的想法，对未来有什么打算。很多同学很紧张，担心分配到不好的地方。这个也很容易理解，学校全国招生，毕业自然全国分配。我因为是独子，根据当时的分配原则，留南京已铁板钉钉，因此也没什么可担心。

分管系副书记找大家谈话，一个一个面谈，我和那位一起逃学的同学觉得没必要，不就是敞开心扉说想法吗，犯不着回避保密，干脆两个人同时去谈话。副书记哭笑不得，说眼看就毕业了，你们倒是真的很那个，好吧，说说想去哪里，是去机关，还是去高校。

如今回想，当时的回答真丢人，我们异口同声，说想去比较好玩的地方。什么叫好玩呢，我们进一步解释，就是那种经常可以出去走走的单位，能够经常出个公差，天南海北到处乱跑。副书记听了一怔，就乐，说这想法有意思，在这节骨眼上，还想到玩。我觍着脸说，自己女朋友在苏州，最好是去坐火车不要钱的单位，譬如铁路局。

我本不是贪玩之人，想出去走走，也是行万里路的意思。那时候，虽然还没打定主意要当职业作家，已开始正经八百地写小说。我并不相信"体验生活"的鬼话，然而有体验总比没有强，毕竟能增加一些见识。几天后，一个写作朋友听说此事，大骂我糊涂，她说你想写东西，最好的地方是学校，是不用坐班的大学，否则一进机关，就玩了蛋。

于是我又毫不害羞地去找副书记，申明可以考虑去大学，副书记说这个事不能想当然，不能说你要去就去，早干什么了，当初问要不要去高校，一口回绝，现在倒好，又改主意，黄花菜早凉了，该定的早定下来。他说高校确实是个好地方，当初也觉得我该去高校，不坐班，还能写东西，多好。

结果我那位同学分配到省地质局，这单位果然得常出去走走，要是喜欢野外，可以长年累月不回家。我呢，被分配到了市人事局，这是当年的一种分配办法，把档案材料往人事局一送，接下来怎么样，由人事局的同志负责安排。

班上很多同学留南京，差不多有二十个，真正送到市人事局的只有三人，其他都进入了省级机关或者高校。好像有个西藏名额，还有个新疆名额，让考上研究生的人顶替了，因此基本上皆大欢喜，除了一对谈恋爱的情侣，分配在一南一北，很快便分了手。

2010年8月5日

大学毕业，分配工作

大学毕业，分配工作，在我上大学的那个年头，在1949年以后，这是天经地义。再往前，所谓新中国成立前，大学毕业会怎么样，还真不好说，看旧报纸读旧史料，"毕业就是失业"经常见到。总的来说，物以稀为贵，大学毕业生譬如文物，过去再不好，也是都老越厉害，越旧越值钱。

大学毕业包分配，很有些像旧时的包办婚姻，骂它也行，夸它也行。骂，是有违婚姻自由，乱点鸳鸯谱。夸，用不着烦神，闭着眼睛，铁饭碗就递到了你手上。我的一位堂哥与嫂子吵架，吵完便抱怨，说自由恋爱是一切痛苦的根源。理由很简单，自由选择让你失去了埋怨的机会，所有这一切，都是你自找的。

祖父的婚姻完全旧式，媒妁之言，搞定就搞定了，恩爱一生。大伯与大伯母的婚姻半新半旧，双方老人是好朋友，两个孩子也有那么点意思，就进了洞房。用美满来形容，祖父的婚姻打一百分，大伯的婚姻打九十分，堂哥夫妇能打多少分，这就不好说了。他们是真正的新式婚姻，绝对的自由，一开始，双方大人似乎并不赞成，不赞成也没用，封建保守的帽子摔出去，先把婚结了再说。

生命诚可贵，爱情价更高，自由是要付出高昂的本钱。我上大学时，找工作不自由，大家都很有怨言。好听是包分配，不好听就是非常野蛮的包办。对于很多人来说，工作就是嫁人，不像今天动辄离婚，跟赌博一

会议上装模作样

样，嫁了也就嫁了，好歹都得混过一生。这山看着那山高，如果你去问今天的大学生，异口同声，恐怕都会赞成过去的包办。包办多好，省多大的心，少烦多大的神，现如今自由有了，工作不好找了。

话说我当年被分配到南京市人事局，不去不知道，一去吓一跳。我一心想去高校，市人事局根本管不了高校。有人就出主意，问认识不认识人事局的同志，做人不能傻心眼，这事必须找熟人。可是熟人在哪呢，多少年后，我才知道有个玩得很不错的哥们，父亲是人事局老局长。那年头大学生，多少还会冒傻气，对自己的工作，心里有种种想法，也不好意思对别人说，尤其是对领导去说，仿佛待字闺中的大姑娘，春心虽然荡漾，咚咚乱跳，却不得不做出端庄模样。

正苦恼中，好事从天而降，朋友的朋友写了张很神秘的纸条过来，说人事局长看到了我的档案，很想知道我的打算，请速去局里定夺。我一下子感觉特别好，局座亲自过问一个大学毕业生想去哪里，这待遇也太高了。

2010年8月9日

跟人事局长见面

大学毕业的时候，我的档案被分配到南京市人事局。这是当年分配常有的事，通常不是把你分到某单位，而是先分到某城市。具体的说法就是，张三分重庆去了，李四分甘肃去了。

档案已到市人事局，才知道着急。有一种传言，说我们都要留在市委机关，天将降大任于吾辈，经过"文革"十年，党政要害部门急需一批年轻有为的大学生。这传言让人感到烦恼，我可不想去机关，那年头也没有公务员之说，我本目光短浅，即使有心，也不是当官的料。

有朋友帮着热心联络，联络文联，联络《青春》杂志编辑部，联络广播电台，还有其他文化单位。我自己稀里糊涂，说担心，又不太担心，说不担心，又有些担心。就在这时候，收到一张纸条，朋友的朋友转过来的，说人事局的局长很关心，仔细阅读了我的档案，让我速去面谈，定夺具体单位。

于是趾高气扬地就去了。接下来的一幕很像拍电影，我大摇大摆地走进了人事局，指名道姓要见局长。接待人员如临大敌，毕恭毕敬迎进贵宾室，安排在大沙发上坐下，先泡上一杯茶，然后再去请局长。局长很快来了，一个非常英俊的中年男人，默默地看着我，问有什么事。

几乎立刻就觉得出了什么问题，我立刻结巴起来，说自己是来谈话的。局长很意外，莫名其妙，问谈什么话，谁让你来的。当时完全傻了眼，我甚至不知道朋友的朋友叫什么名字，也没跟他见过面，仅仅凭一张纸条，冒冒失失感觉良好地就来了。如果地上有个洞，肯定会一头钻进去，捏了捏大腿，很疼，我知道不是在做梦。自始至终局长都很严肃，我越来越紧张，一再强调事出有因，是因为有朋友说了，所以才会过来谈话。局长语重心长，说一个大学生，首先是要服从组织分配，党叫干什么就干什么，又问我叫什么名字，哪个大学的。

后来才明白怎么回事，局长与我同校毕业，很自然地关心一下校友，一份份档案接着看，看到我名字停了很长时间，或许看到祖父的名字，结果朋友的朋友产生误会，认定我乃局长熟人，自说自话写了纸条。局长为此很恼火，对他一顿痛斥，他是借调在人事局工作，很快就调离了，朋友因此怪我，说我太书呆子气，害了他的朋友丢了饭碗。

这事很让人内疚，我确实糊涂，朋友的朋友也书呆子气，凭什么在纸条上说得那么肯定，就仿佛局长要巴结我一样。

2010年8月10日

名与身随

当上了大学老师

一个人做出选择，往往要权衡利弊。大学毕业前，并不知道自己该干什么。年轻人的最大好处，就是对未来无所谓。毛主席他老人家说，世界是你们的，也是我们的，但是归根结底，还是你们的。大学刚刚毕业，自然是属于"你们"，现如今，我已步入了"我们"，早就是老同志了。

且说我在人事局碰了个大钉子，心情十分不畅，主要是丢人，自取其辱。朋友也责怪，既然不认识人，没那金刚钻，别揽瓷器活。

我和朋友都觉得过意不去，买了点东西，去见朋友的朋友，表示歉意。朋友的朋友于是又成了我的朋友，坚决不肯收礼物，说事过去就过去，局长骂也骂了，祸已闯了，丑也出了，以后大家吸取教训，不能再如此冒失，都是刚毕业的大学生，都没社会经验。

在人事局，局长曾让我说说自己想法，我说本来想去高校，可是听说他们那管不了高校，只好作罢。既然不进高校，去哪都无所谓，事到如今，天生我材必有用，反正服从分配吧。我万念俱灰，怏怏地离开人事局，跟班上两个最要好的同学说起此事，他们就笑，说你这是口服心不服，是死猪不怕开水烫。

大学四年级是人生少有的快乐时光，学分拿满了，什么课也不用上，想干什么干什么，印象中只剩下两件事，一是写小说，乱写，一是打排球，乱打。有一天操场上正打得起劲，体育老师骑车走过，突然停下，推着车过来，问我们几年级了，一听说是四年级，摇摇头走了。他是校排球队的教练，也许觉得我们打得不错，培养一下还有前途，可惜马上要毕业了。

我那时候是二传，还有一位是很好的扣手，两个人练球，一记记扣过来，一记记还回去，确实有些好看。我们也真肯用功，当然这种用功，其实就是贪玩。中文系专出老夫子，我们每天花很多时间打球，同学们很不屑，玩物丧志，打球耗时间，哪能这么上大学呢。

这位扣手后来成了屡获金鸡奖提名的电影导演，是我最要好的两位同学之一。有一天正打着球，他突然对我说本市新创办的一所大学需要老师，如果我愿意去，他可以让父亲帮着打招呼，让我好好想想，去不去。他爹是某领导的领导，一个电话搞定，我因此心想事成，当上了大学老师。当然，这大学归市里领导，是第一所归本市管辖的高校。

2010年8月11日

中学加衙门

曾经工作过的大学，原先是所中学，"文革"中迁走了，很破的一大宅子，显然是个大户人家。那段时间正在阅读张爱玲，忍不住会想，小说中那些疯疯癫癫的人物，就应该出生在这破房子里。

想当老师的动机并不纯粹，我本不想做孩子王，也不适合为人师表，一门心思要进大学，看中的是大学之悠闲。有时候，悠闲是有所作为的基础，有点悠，有点闲，才能把事做好。进了中文专业，当家老先生介绍学校特点，开门见山五个字，"中学加衙门"。

老先生就是中学老师，不仅他，中文专业大多数人都是从中学调来。我一点不觉得中学老师水平低，中学是个很大的江湖，藏龙卧虎。有位教古文的老头脾气很大，古文是真的好，我当时曾想拜他为师，正经八百地愿做弟子。不妨想一想，若能笔下生风，把之乎者也都写地道，这多有意思。

20世纪80年代，说中学加衙门，多少还是调侃。过了这么多年，当年不算很起眼的学校，发展壮大，仅学生便一万七千人，已是很大的大学。中学习气或许没了，衙门的威风依旧。

真对不住这所学校，当时的校长是位极有事业心的老人，是这学校的创办者，延安抗大出身，动辄把艰苦奋斗挂在嘴上。他很有些故事，二十岁结婚，带着老婆孩子一起去了延安，据说这样去读书的绝无仅有。他每次训话，不忘说创业，让我们安心工作，要全力以赴，并宣布不允许考研

和父亲母亲在一起

究生。他总是说，我是个爱才的老家伙，你们都是人才，我不会放你们走。那时候，他已六十五岁，早过了退休年龄，是标准的发挥余热。

入校不久，心血来潮决定考研究生。当初一起逃学的同学分到地质局，上了没几天班，便忍受不了枯燥的坐班，非要拉我一起考研。我说我们校长不让考，他就拍胸脯，说这个不难，他爹跟老校长是战友，不是一般交情。结果真的搞定，老校长让我去他家，掏出钢笔，在我申请考研的报告上很认真地签了字，然后不无感伤。送我出门时说：你害我失言了，天要下雨娘要嫁人，你想走，我不应该拦你，不过，我舍不得你走，是真舍不得。

老校长给我留下了非常好的印象，大公无私能干实事，绝对热爱教育。想想真有意思，两位同学的父亲都是我命中贵人，一位把我送进这学校，另一位又让我逃脱出去。好马不吃回头草，我一直担心会考不上，无脸面再见老校长。

2010年8月12日

我的两个学生

我不是个喜欢吹牛的人，偶尔也会胡说八道。攀龙鳞，附凤翼，野孩子冒认远家的阔亲戚，本是人间常情。譬如我过去就经常跟别人说，谁谁谁是我同学。

人总难免虚荣，吹牛不用本钱，说话需要谈资。有时候只是随口一说，自己并不当真，别人更不会当回事。有时候却会带来麻烦，譬如某一天有人找上门来，说一大通好话，又恭维小说，又夸奖散文，弄得你晕乎乎，然后话锋一转，希望我帮他跟某领导打招呼，有一即将腾出来的肥缺，很适合他去担当。

真应该掌嘴，某一次饭局上，确实曾说过某领导是我的同学。我哭笑不得，只能连声推托，说自己和领导的交情很一般，开不了这个口。虽然是老同学，其实很陌生，不过眼前这位更是真正的陌生，我甚至都不知道他姓谁名谁。一起吃过一顿饭，还是别人埋单，席间热情敷衍了几句，谁想到后来这场戏。

像我这把年纪，像我这种学历，当官是正常，不当官才是意外。自己没捞上一官半职，还要趋炎附势，拿同学说事，应该面壁悔过才对。有了这教训，我倚老卖老，常要卖弄的不再是同学，而是学生。我当过一年大学老师，这不是什么了不得的资本，可是有过两个很有出息的学生，拿出来足以让人眼睛一亮。

这两个学生都是高官的大秘书，说学生，还有些水分。我只是当了班主任，管管日常生活，也没正经八百地教过。政治学习，给他们放录音带，春游带他们去过一次琅琊山醉翁亭。已是大学生，还是把他们当小孩看，快放假了，班主任照例训次话，我无话可训，板着脸说废话，说放假好好玩玩，怎么玩都行，别闯祸，别让我去派出所领人。

要说这两个学生可都是好孩子，听话、胆子小，其中之一，还是我亲手选定的班长。大学毕业，进了政府大院，从小秘书开始干，人老实，又肯干活，很受上司喜欢。学中文出身，不是跑腿，就是舞文弄墨，记得毕业不久，有一次遇到其中一位，问最近忙什么，回答说正在写材料。

再后来就有变化，提干，升官，权力渐渐大了，同学都以他们为荣，当老师的也跟着脸上沾光。学而优则仕，当官是最大的出息，然而结局预想不到，若干年后，这两个人一个自杀，一个判刑，让我感慨不已。都说做官也高危，我一直不太相信，为什么心目中的好学生，最后落到了这么一步。

据说腐败者最容易出事的，往往是好孩子，因为坏得还不够彻底。

2010年7月25日

名与身随

134

程门未曾立雪

过去的中文系讲实力，通常标榜和卖弄老先生。中文系论先生仿佛论出土文物，越老越值钱，越老越不朽。三十年前，我在中文系读书，陈中凡老先生还在，他是一级教授，此一级非同小可，与今天的"国家一级"，绝对不可同日而语。不过人太老了，只能是个摆设。

大学四年，见陈先生的唯一一次，是在火葬场，眼见要毕业，先生故去，我们去向老人家的遗体告别。老先生是镇系之宝，那一年已是九五高龄，这样的老先生还在，年轻的老先生就不得不谦虚一点。

我们读书时，程千帆先生是三级教授。北京师范大学的启功先生更惨，仅是副教授。那时候学生毕业，跑去向先生讨一幅字作为纪念，不仅不意味，很有些看得起的赏脸。记得第一次听程千帆讲课，说中国古代文人和妓女，常常与爱情有关，因为封建包办婚姻，男子不能自主选妻，只能"十年一觉扬州梦"，到烟花场所去寻找知音。

于是觉得程先生的课好玩。当时的读书原则，我们是课都要逃，却屁颠颠地去旁听他给研究生说唐诗。没有学分，完全是蹭课，白上。所谓我们，也就是我和那位铁哥们，这家伙是个晚上不睡觉的主，打起精神去听课已很不容易，听着听着，打起了哈欠，一而再再而三，不断捂嘴。程先生看见了，突然愤怒，说我七十多岁了，还站在这给你们上课，你要睡觉，回家睡去。

最终没去考古典文学，或许与程先生的这一断然呵斥有点关系，要知道我们当年不知天高地厚，也牛得很。我那哥们儿虽然不至于就此结梁子，很没面子却是事实。老先生发脾气，他的弟子就对我们翻白眼，教室里没几个人，让我们非常难堪。名不正言不顺，本科生去蹭研究生的课，本来就有些佞妄，太不知趣。

有一年和作家格非聊天，问当年为什么不报考程千帆的研究生，跟他后面读书多有意思，又说现如今程门弟子非常厉害，把持了古典文学的很多要害部门。格非是博士，又是清华大学中文系主任，他说厉害，自然是真厉害。与我一样，格非也是现代文学出身，但对本门学问敬而远之。毫无疑问，我们都更喜欢古典，都为最终不能向古代致敬而遗憾。

当年如果报考古典文学，或许也能考中。因为有三门课与现代文学考的完全一样，其他三门，虽然不太好，也未必很差。这一年共招十五个研究生，三个专业各五人。现代文学最多，一百多人报考，莫名其妙的火热。都说近水楼台，本校考生难免沾光，这一级考取的有四位出身南大，居然全在我们这专业。

2010年8月25日

命中注定的前程

我们这一代人，都是读老人家的《为人民服务》长大，思想觉悟很高，基本上没什么野心。干啥都是革命工作，都是为人民服务。要做人，首先要做个普通人，有了这样的觉悟，照例不太会喜欢那些励志的教诲。所谓励志，说白了，就是要不一般，要有出息，要出人头地，要做人上之人。用过去的标准，这可是资产阶级的思想。

成功人士写回忆录，常会告诉我们一些莫名其妙的童年理想。通常情况下，这些理想都是假想，是一些用来吹牛的段子，说着玩玩可以，千万不要太当真。奥巴马从小就爱吹牛，他喜欢告诉别人自己是位神秘的非洲王子，而普京面对《我的理想》这个作文题，竟然说他长大了要当间谍。

一个人最后会怎么样，其实说不清楚。我们没办法预测自己前程，或文或武或官或商，踩准了节奏，平步青云，走错了庙门，一生坎坷。大丈夫马革裹尸还，幸运者将军元帅，倒霉的轻易丢了性命。有人写了一辈子狗屁文章，有人一生当官，搁哪个朝廷都是奴才。

牛人总是有不一样的地方，以前辈为例子，或者家里有钱，想读什么大学，就读什么大学，想学什么专业，就学什么专业。譬如诗人徐志摩，念过上海的沪江大学，天津的北洋大学，北京的北京大学，都是半吊子，念了没几天就换，然后去美国学历史、学经济，再去大英帝国学政治经济学，花了无数银子，结果还是不务正业，当时髦的诗人，靠教外语混日子。

在出版社当编辑，有一阵儿，我的工作证上用的就是这张照片

又譬如无锡钱家的两位怪才，钱钟书和钱伟长，理科差得不像话，一个数学考了十几分，一个国文考了满分，都被清华破格录取。钱钟书进外语系，钱伟长进历史系，结果仍然不务正业，学外语没去好好研究外国文学，成了中国古典文学方面的顶级权威，学历史的干脆成了物理学家，成了中国近代"力学和数学应用之父"。

古典文学研究有很大成就的程千帆，少年志向是当名化学家，他读的是金陵大学附中，按常理，附中毕业可以直升金陵大学，然而注册登记时，却发现读化学系，要缴一百多块钱。恰恰是这一百多块大洋，把程给难住了，因为他爹刚失业，家庭经济正处于困难阶段。结果他"遍查各系交费情况，发现中文系只要化学系的一半，"临时改主意，匆匆进了中文系，从此"走上了一条完全不同的道路"。

当然，学什么专业与前程未必就有关系，大家都知道，鲁迅和郭沫若，原本都是学医的。

当不了和尚

这是十年前的事。当时刚参加过研究生考试的复试，录取在即，已经觉得读书没意思。早知道江浦有一个山上，藏着一座野庙，忽然心血来潮，约了个朋友，骑着破车便去拜访。庙叫兜率寺，其中的"率"究竟是读概率的率，还是率领的率，至今也没弄清。真是个小庙，小得仿佛普通人家。

我们在庙周围转着，见人就问，谁都是扬手一指，说就在那，可我们偏偏摸不到门槛。终于遇到一个脸色红润的小和尚，笑着把我们引进了山门，带到了方丈的房间里。方丈的房间很雅，挂着许多字画，我们去时，方丈大约刚方便过，正在倒痰盂，黄澄澄的尿液，就倒在窗前的漏斗里。

方丈住在楼上，从方丈倒尿液的窗户里，可以看见不远处好几个花花绿绿的姑娘正在采茶。屋檐上的野蔷薇开了，淡淡的一股香味。方丈请我们坐，然后就像熟人似的聊起来。初次见面，竟然没有一丝一毫的陌生。已经记不清当时谈了些什么，反正我们也没什么具体的想法，佛教的道理太深奥了，不是几句话就能讲明白或听明白。很随意地说着，记忆最深的，是方丈自始至终说什么话都认真诚恳，因为他太认真诚恳，结果我们的谈吐，显得特别俗气。

我们在庙里住了下来，跟和尚们一起生活。第一顿饭痛苦无比，简直没办法咽下肚。白米饭一股霉味，炒青菜，烧得就像是喝过的隔了夜的茶叶。看着和尚们吃得喷香，我和朋友都觉得好笑。吃晚饭时，是白粥，由于中午几乎没吃，肚子饿了，就着极咸的萝卜条，吃了两大碗。晚饭吃得太早，到睡觉时，已经饥肠辘辘。第二天一大早爬起来，饿得腿都软了，刷了牙，也顾不上害臊，就去等饭吃。和尚们正在做早课，我们极不耐烦地等着。真不敢相信这就是自己，好像从来也没这么饿过。好不容易熬到吃早饭，稀里哗啦两大碗白粥，连气都不喘，就狼吞虎咽下去。

在庙里待了二十四小时以后，我们除了觉得肚子饿之外，几乎没有别的感觉。肠胃仿佛被彻底地清扫过一样，刚吃下去，转眼就消化了。透着一股霉味的白米饭，远远地闻着直流口水。方丈和我们谈话时，我们饿得头昏眼花，说什么，都是硬着头皮在听。也许我们的原意，只是想体会一下和尚的生活，想知道一些和尚的情况，可事实上，我们很快就发现自己除了本能地想吃点什么，脑子里就像缺了氧，空空的，一无所有。

让我们感到吃惊的是，和尚们的精神状态出奇的好。方丈的眼睛永远是亮的，明亮，没有杂念，喋喋不休地谈着他的禅。方丈并不想把我们拉入空门，他沉浸在宗教的幸福中，同样是出于本能地向我们表达他的这种感受。出家人和俗人的本质区别，就在于他们没有我们那么许多的胡思

大学时代结伴出去游玩

乱想。出家人心静如水，在野山破庙里修行着，与世无争。而俗人闲着无事，常常以小人之心，用自己最卑鄙的念头，去设想出家人会怎么样。出家人完全不是我们想象的那模样。他们感觉良好，活得真正意义的潇洒自在，并不在乎我们会怎么想。

我想，耐得住饿，这恐怕是能否进入佛门的第一关。仅仅是饿，我们就意识到自己在庙里坚持不了几天。我们是不折不扣的俗人，当不了和尚。饥饿是一种考验，是修行的一部分。有道行的高僧，据说过午不食，也就是说一天只吃两顿，中午以后，直到第二天黎明，都要禁食。在和尚眼里，吃，已没有任何享乐的意义。食物的本义，仅仅在于能维持生命而已。觉得饿是健康的一种标志，我想和尚们大约不是不知道饿，出家人俗人都是人，肠胃功能没什么区别。饥饿对于俗人来说，是一种不能忍受的痛苦，对于出家人来说，却是一种对于生命的体验，是生命存在的快乐。只有饥饿的人，才能明白食物的本义。世界上最好吃的东西，不是山珍海味，而是我们饿的时候吃的东西。

我们在庙里煎熬了没几天，就逃下山去。真的是逃，因为在庙里，除了等吃饭，我们已经什么都干不了。实在太没出息了，面对活得自由自在无忧无虑的和尚们，我们感到十分羞愧。我们真的明白了什么叫俗人。这不起眼的破庙里的方丈，是当代一位高僧，精通字画，古刹名寺里，常常可以看见裱工精良的落款是他的画。有一次在鸡鸣寺，一位出家人得知我曾和方丈有过交往，非常羡慕地看着我，眼睛顿时亮起来。他觉得这是一个了不得的缘分。

对母校的记忆

我对母校最强烈的记忆，说出来有些不雅，那就是忘不了宿舍厕所里浓郁的尿臊气。这种焕发着青春气息的味道，如此强烈，如此汹涌澎湃，仿佛划一根火柴就可以燃烧起来。不知道现在的情况如何，反正那时候真了不得，时至今日，那气味仍然让我心有余悸，一想到就头晕。二十年前，我成为南京大学的一名学生，在校读书期间，我庆幸自己可以经常逃回家去，晚上想几点睡觉就几点睡觉。住在学校里则没有这样的运气，学生宿舍晚上十点钟熄灯，到时候铁定拉电闸，对于那些想用功读书的人来说，十点钟就结束战斗，实在太早了，拉了电闸以后，想发奋，只好到厕所那边去，因为只有这里的灯是长明的。

这样的场景真是让人难忘。在令人窒息的尿臊味中，同学们皱着眉头，或站或坐，在那昏黄的过道灯下，用功读书到深夜。我没有任何指责晚上十点钟熄灯制度的意思，事实是，当时如果不这样强制，一代大学生的身体，就有可能被弄坏。不是所有的人都能在厕所的强烈气味里坚持下去，刺鼻的臊味在某种意义上，对同学们的身体起到了保护作用，人们终于被熏得睁不开眼睛，不得不乖乖地回房间睡觉。还可以举一个差不多的例子，譬如吃了晚饭，去阅览室、教室自习，大家得像做生意的小商贩一样，早早地赶到那里，稍稍迟一点就可能没位子。有一段时间，去教室抢座位，差不多成为一件大事，好不容易占到的位置，仿佛是自己抢到的地盘，绝对不肯轻易放弃。如果不是定时熄灯制度，废寝忘食的莘莘学子，不知会用功到几点。一句话，对那些只知道苦读的学生来说，不强制就不行。

当时学校里的许多活动，都和确保有效的苦读分不开。譬如体育锻炼，我们这一届学生，年龄相差悬殊，岁数最大的，差不多可以做最小的父亲，于是见到这样的场景一点也不足为奇：有人跑步，有人打球，还有人打太极拳，当然也有人身体本钱好，什么也不锻炼。各种锻炼的功利性显而易见，在读本科的四年里，我差不多每天都坚持打排球，这在当时，颇有些不务正业的意思，因为当时苦读的气氛太强烈，一个人不是成天捧着书，而是天天出现在操场上噼里啪啦地打排球，就很容易给人误解。大学毕业的时候，同学们互相赠言留念，很多人在给我的留言中，都觉得我是个快乐会玩的人，言辞中充满羡慕，大学生活太刻苦了，在他们的记忆中，像我这样能每天打排球的人，就已经是最幸福最懂得享受的同学了。

毕业以后，我一直在想，如果我们这一代学生，始终能像在大学读书时那么用功苦读，那么玩命，结果又会怎么样?这是一个不切实际的浪漫主义的想法。人不会永远在臭烘烘的厕所边苦读，不应该也没必要，十年

大学毕业二十年后的聚会，都混出些人样了

寒窗苦，这里的十年，已经是一个很长的数字，而在大学里读本科，毕竟只有四年。我在校学习期间，那是一个为了知识可以不要命的年代，当时最耀眼的大英雄是陈景润，所有的人都拼命读书。那时候看重的，不是学历，不是职称，眼睛里只有单纯的知识，说为读书而读书一点也不过分。那时候没人去想为什么要苦读，更不会想苦读了以后会怎么样，苦读成为一种风气，人生活在这种风气中，很自然地就心甘情愿地用功读书了。

南京大学的苦读是有传统的，有趣的是，从来就没有一位老师要求我们应该如何苦读。在科学的春天里，关照学生用功读书显然有些多余，这就好像一辆汽车的油门已经踩到底了，没必要再提醒司机还应该怎么加速。对于同学们来说，苦读既是一种无形的压力，也是一种当然的习惯，大家生活在苦读的磁场之中，不知不觉就这么做了。回忆当年，最能让人感到亲切的，也就是这种盲目的苦读。历史上，南京大学的前辈就以苦读闻名，辛亥革命以后，有一种流行的说法，那就是：要做官去北京，因为那里是北洋政府的所在地；要发财去上海，因为那里是十里洋场；而真要读书，最好的选择就是到南京，因为在那里，除了能读些书，什么也得不到。"三更灯火五更鸡，正是男儿读书时"，这诗句是对我们前辈的形象记录，老辈人提到南京大学学生的苦读，总是忍不住要咂嘴激赏。

如果说现在仍然感到有什么遗憾的话，那就是自己当年读书还不够刻苦。在不同的场合，面对不同的人，我不止一次说过自己不是什么好学生。直到现在，我仍然常常梦到考试，我害怕考试，一度曾经对考试充满敌意，然而又不得不由衷地赞扬考试制度。如果不是恢复高考，我不可能成为大学生，也不可能考上研究生。再也没什么比考试更公平的竞争。我由衷地感谢母校给我提供的苦读机会，苦读的意义不仅在于学到了什么，关键是给了我一种方法，养成了一种自然而然的习惯。时至今日，我仍然经常提醒自己，应该始终保持一种学生心态，我希望自己永远当一名学生。

宴尔新婚

　　"宴尔新昏，如兄如弟。"出自《诗经·邶风·谷风》，宴通燕，是快乐的意思，昏自然就是今天的婚了。我们说某人"大喜大喜"，通常也是祝贺某人新婚。怎么说，新婚也是件高兴的事。时代在发展，人类在进步，婚姻的神圣早就开始受到挑战。据说现在流行的新词汇，是见了某人，不说升官发财，而是很惊讶地说一声："你怎么还没有离婚?"

　　我见过一位很有些名气的台湾长者，走路已经有些龙钟，自然是文化

和妻子在石头城

人，身份地位十分了得。他介绍某位作家，不说此人写过什么，出过什么书，而是一本正经，附带着几分潇洒地说，某某某很了不起，最近娶了一位很年轻的太太，才三十几岁，是大陆的，能写诗，还很有名。

台湾人有钱，有钱便可以折腾，便可以娶年龄相差许多的年轻女人，并且是大陆的女诗人。我想听到这话感到别扭的，绝不止我一个人。诗人从来就是时代的精英，女诗人尤其难得。《红楼梦》中的林妹妹不会嫁给一身汗臭的焦大，可是现代的林妹妹嫁给一身铜臭的款爷，已经不新鲜。有钱人得提高文化，怎么才能提高，泡有文化的妞。至于有钱的文化人，再泡有文化的妞，负负得正，成了什么玩意儿，一下子真说不清楚。

话扯远了，赶快扯回来，还是围绕新婚的话题。好几年前，我们在一家大馆子里吃饭，正赶上结婚的好日子，门口站着好几对迎客的新人，新郎西装，新娘披着婚纱。我们中间有一位写诗的，突然大发感叹，说时代真他妈变了，如今结婚的人，表情都有问题。我们不明白有什么问题，那位朋友说："你看那脸上，哪有一点点羞羞答答。今天晚上对他们来说，根本就不神秘。结什么婚呀，做做样子。"

我们都笑，说他不怀好意，说下流的人，永远只惦记着下流的事。朋友是有学问的人，立刻板起脸来说，结婚的热闹，本来就带有很强的性意识，不相信的话，可以去翻某某某的性学著作。他这么一说，我立刻想起有本挺厚的学术书，确实就是这么说的。所谓闹新房，越闹越发，其实只是掩饰之辞。闹新房是人类不文明的遗留，有点像我们身上尚未完全退化的尾骨。按照那本学术书上的解释，闹是人类原始社会群婚的残余，所以闹得最厉害的，竟然有把新娘的裤子都剥了去。当然这是极端，最常见的，只是口头腐化腐化，或者寄希望于视觉享受，譬如大说荤话，强迫新人亲嘴接吻。

现在只有很愚蠢的人，才会提问或者回答，是否把过去新婚之夜才应该做的事，提前给办了。传统已不复存在，现代的婚礼已经成为一种十分纯粹的多余。"宴尔新昏"这句古语，不妨吐故纳新，望文生义为"吃你的新婚"。婚礼简单成了吃，说白了，不过是人们在领了结婚证书以后的某一天，以宴会的形式大撮一顿。越来越豪华的婚礼，丝毫不意味着社会的进步，丝毫不意味着人类对婚姻的神圣有了崭新的认识。恰恰相反，

与妻子在玄武湖边散步

婚姻不再神圣和安全，正在成为众所周知的事实。豪华的婚姻除了摆阔之外，其实也在流露着婚姻不再保险的忧虑。

我不知道保险公司办不办婚姻保险，如果办的话，把豪华婚礼的费用，投到保险公司，作为投资，一定可以得到一大笔意想不到的回报。人不能光想着在股票上赚钱，现实毕竟是现实，林妹妹嫁款爷，真得到保险公司去投保。有备则无患，人无远虑，必有近忧。都说离婚率逐步提高是现代文明的标志，是人类的进步，可是别忘了这种提高和进步，最获利的是款爷。离婚方便不过是给人一个抬腿就走的机会，要知道林妹妹娇嫩得很，真离了几次婚，也就跌到了花落人亡两不知的地步。

又扯远了，我现在颇有些像一个唠唠叨叨的老年人，应该说新婚，说着说着就跑题，跑到新婚以外去了。整个是一张乌鸦嘴，张口就来，尽说些不合时宜的话，说新婚，非要不知好歹地说离婚。我写文章从来不打草稿，想到什么地方算什么地方。不是存心绕着圈子说话，丑话说在前头，也未必就是什么坏事。我年龄不算太大，好歹也是过来人，而且回忆结婚这种话题，非得过来人才能说。痛说革命家史，回忆宴尔新婚，注定了倚老卖老的口气。

新婚的有趣，自然不是在当时。不识庐山真面目，只缘身在此山中。一个处在婚礼中的人，被热闹弄得晕头转向，被琐事纠缠得心烦意乱，恐怕很难会觉得结婚如何有趣。结婚是俗套的大杂烩，是一系列不心甘情愿，是一大堆的应酬和敷衍。父母吃辛吃苦，把儿女养大了，我们想省事，想简单一点，父母不干。父母开通一些的，自己想明白了，亲戚朋友又不干。人是一切社会关系的总和。理论上的人，可以想干什么就干什么，现实中的人却必须老老实实干什么和不能干什么。结婚是一男一女两个人的事情，两个人的事情并不意味着两个人就能做主。

我和妻子似乎能算青梅竹马。小时候就认识，还没明白男女是怎么回事，便有人拿我们开玩笑。缘分终是缘分，如何就水到渠成，弄假成真，这是个人隐私，没必要在这篇文章中老实交代。反正两个人好上了，遵照婚姻法领了结婚证书，大约过了一年以后，由父母做主挑了个好日子，在一个不大不小的馆子里，办了四桌，宴请亲戚朋友。这规模不算大，也不算小。名单都是父母细心拟定的，请谁不请谁，他们说了算。还是那句话，父母把儿女养大了，娶谁嫁给谁，不让他们做主，已经有些对不起他们，喜宴请什么人，这点小权利拱手相让，再应该不过。

记得是六十块钱一桌，这是1983年的价格，当时已经不算便宜。酒水另算，好像是因为认识人，说好了自带。人到时间都来了，往桌子一坐，发现新郎官不在了，一打听，说是回家拿酒去了。那天留给我的记忆，除了乱，还是乱。都是来吃喜酒的人，没一个帮忙的。没有男傧相和女傧相，我和妻子没一个朋友参加，不参加的原因，是我们根本就没有喊他们。结婚是件麻烦事，不得不麻烦自己，何苦还要麻烦别人。

我曾经和父母开玩笑，说这四桌是为他们办的。父母听了，心里有点不高兴。明知道是实话，然而实话有时候也不好听。不是为了让父母称心，我一桌酒也不办。很多人选择了旅行结婚，我想人们所以这么做，绝对不是贪玩，而是因为怕麻烦。请谁不请谁是个很大的麻烦，为拟好那四桌的名单，我母亲像研究军事地图似的，成天对着名单琢磨，可结果仍然有差错。有人想来，没请；有人不想来，结果又请了。没请，得罪人，请了，也得罪人。吃力从来就不意味着讨好，老人永远不会明白这事理。

不可能再记住那天吃过了什么。我是个性格内向的人，连站起来向大家敬酒都不会，心里就盼着宴会早些结束。我甚至都记不清妻子那天是否和我坐在同一张桌子上。大家只顾吃，有人说一两句笑话，说完了，仍然是吃。来参加婚礼的客人，有的是冤家对头，心里存着疙瘩，此时最好的办法，也就只有埋头痛吃这一着儿了。好不容易宴会结束，来宾纷纷向我的父母祝贺，因为除了几位邻居和亲戚，绝大多数都是向我母亲或者向我妻子姑妈学戏的学生和弟子，这些学生弟子既然是演员，热闹起来，清一色的大嗓门。

那天晚上，我与妻子逃之夭夭，骑自行车回我们的新房。新房离母亲的住处很远，因此没有任何人到新房来打扰，让人疲倦厌烦的一天终于过去，我们感到一种极大的轻松。在掏钥匙开门的时候，我一失手，将一瓶白酒掉在了地上，砰的一声，跌得粉碎。这似乎是一个不好的预兆，虽然我们不喜欢这一天的嘈杂，可毕竟是形式上的新婚纪念日。人难免要迷信，这日子里一点不迷信也不对，于是我们就用"岁岁平安"来互相安慰。

第二天清早，打开房门，外面一阵阵扑鼻的酒香，突然想起了昨天晚上的事。我和妻子意识到，把整整一瓶白酒，洒在自家门口，这是对婚礼最好的祝贺。转眼已经十几年过去了，回首新婚，那扑鼻的酒香，仍然记忆犹新。写这篇文章的时候，我曾戏问妻子，结婚那天，印象最深的是什么，妻子脱口而出，说："当然是那瓶打翻的白酒。"

太太学烹饪

　　我们家最讲究吃的时候，也就是太太上烹饪课那一阵。过去，我曾经买过好多本关于烹饪的书，没事睡觉前翻翻，看过就算解馋了，并没有真枪真刀地操练过。我这人对于想象力的满足，远远超过对于实际生活的要求。往文雅里说，是注重精神的享受，小说家属于知识分子，知识分子的好处，就在于能够平日吃着食堂，把做得不好的菜肴，硬吃出好的味道来。老实说，我害怕自己动手做菜，尤其是大动干戈地做，一是没时间，第二点也重要，那就是懒。

　　太太的学校里办了个烹饪班。学校办班的目的只是为了赚钱，这年头，许多时髦的事，说得再好听，其实都是准备从别人的口袋里掏出钱来。来上课的学生都是有工作的成年人，口袋里多多少少有些钱。上课的动机也简单，先从自己口袋里掏钱，学了些鸡毛蒜皮的烹饪技术以后，再去别人的口袋里掏钱。烹饪班的学生，有想下海开馆子的，因为现如今餐厅的利润极高。有想混一纸文凭的，混一张所谓厨师结业证书，去外国招摇撞骗，打打工骗点外汇。

　　近水楼台先得月，太太是本校人员，可以大觍老脸地蹭课。当时我们家新分了房子，第一次有了像样的小厨房，女儿又在幼儿园全托，而我呢，也稍稍能开始赚些稿费。天时地利一时间全都占了，此时不学烹饪，更待何时。太太学会了烹饪，最沾光的无疑是我，因此人和这一点也不缺，所以极力鼓励，就怕太太改变了主意。

太太当真去上烹饪班了，虽然是夜校，到底有点科班的样子。首先名正方能言顺，来上课的老师，是从外面的馆子里特邀的。有一位感觉良好，口才也棒，可惜毕竟年轻，只是三级厨师。教师的级别低，学校和学生两方面都没有面子，于是自作主张给请来的老师涨级别，反正课堂上先这么介绍，介绍完了，大家鼓掌，没人会站出来像派出所查户口那样核对一番。

老师固然有些心虚，支支吾吾打着哈哈，正经八百地开始上课，就怕让学生看出破绽来，非常用心地教着，一板一眼不敢马虎。口气却大得不得了，上来就是三板斧，说这样烧怎么不对，那样炒怎么又错了，自己跟谁谁谁学过，谁谁谁怎么夸奖过自己，自己的学生谁谁谁在国外现在怎么样。再穿插几个关于吃的小故事，学生顿时就服了。

很快就上完了理论课，几周下来，便进入了示范阶段，每堂课好歹做几个菜让大家尝尝。菜是学校的门卫去采购的，买回来了，同样委托门卫洗干净，送到课堂上。此外备好了液化气炉灶，还有油盐酱醋各种调料。实践课比理论课有趣得多，耳听为虚，眼见为实，听人讲一大堆，不如自

一家三口

己看着做一回。来上课的老师大显身手，一边讲，一边做，做好了，便请大家品尝。当学生的起初还羞答答，喊到谁了，谁便用筷子夹着尝一点。接着是下一位再尝，因为只有一双筷子，每一位都挺文雅地放在嘴里，细嚼慢咽，煞有介事地点头喊好。

学生的脸皮很快就厚起来，看来人的天性都是馋的，平时看不出，是由于没什么东西可以吃。难怪要说人越有的吃，就越馋。一大群学生，男男女女就一双筷子，吃过来吃过去，似乎也不卫生，于是便有人发明自带筷子和调羹。大家跟着模仿，把个好端端的上课，弄得跟过节似的。文雅也很快没有了，教师的菜还没做好，大家已抄好了家伙，就等着开吃。老师一声令下，筷子和调羹立刻在盘子里打起架来。记得我太太那一阵子，临去上课，就把一把擦亮的不锈钢小勺子放在口袋里，那神气劲比女儿去儿童乐园还要神气。

老师示范了一段时间，便让学生自己动手。每个学生都有机会做一次菜，做好了，最诱人的保留节目，还是让大家尝。菜做好了，不吃也是浪费，况且如此用心做出来的菜，味道岂能不好。老实说这样的烹饪课，让谁去上都会乐意，可惜时间太短，最后，学生们聚在一起，再美美地吃上一顿，说结业，也就依依不舍地结业了。

结业以后，尽管业余，太太也算是科班出身了，感觉特别好。回到家里，一套又是一套，烧什么菜，都呼应着菜谱。这是我有史以来，最大饱口福的年头。可惜也是时间太短，时过境迁，转眼女儿上了小学，太太有自己的工作，还要管女儿弹琴和学习，人一忙，要馋，也只能在脑子里想。食堂的菜实在不好吃，然而人要是没时间，也只好乖乖地吃食堂。烹饪有术是有闲的时候才能偶尔为之的事情，而所谓有闲，也是昙花一现，说过去就会过去。对于今天的三口之家来说，最空闲的那段日子，也就是小孩子在幼儿园上全托的时候，在这前后，如果不靠老人，如果不请保姆，我们这一代人，谁不是忙得死去活来呢。

对女儿的期待

新年里，一位女记者前来采访，让我谈谈对女儿的期待。我信口说了些，大致意思，是自己没什么期待。我是个宠小孩的父亲，养不教，父之过，和现在许多做父亲的一样，明知溺爱对小孩不利，可是偏偏硬不起这份心肠。我一直后悔自己对女儿的培养太平庸。如果一切可以从头来，肯定不会让女儿学钢琴，要学音乐，便让她拉二胡，倒不是标榜国粹，而是

女儿在弹电子琴，因为很快买了钢琴，这个电子琴就一直扔在柜子里了

想让她和别的孩子有些不一样，现在满世界都是弹钢琴的。

女儿学钢琴，完全偶然，最初是幼儿园办电子琴班，说小孩开发音乐细胞如何重要，于是火速去店里买了一架电子琴。那时候买一台日本原装电子琴，得花半年的工资。为了上课，妻子骑自行车，又要驮女儿，又要带着那个有违交通安全的电子琴，现在想到都后怕。女儿学电子琴，学了三四年，就被人指责，说电子琴不能算乐器。我对音乐是门外汉，而且的确也不喜欢电子琴。女儿三年级时又买了钢琴，一提起自己的学琴经历，女儿就抱怨我们耽误了她，因为一切都要从头来，手上的坏毛病，据说全是弹电子琴养成的。

从一开始，就没想把女儿培养成音乐家，说穿了，也就是让她弹着玩玩。总算找到了一个好的钢琴老师，对她要求严，加上妻子像工头一样地督促，逼着练，如今要说玩，也应该算是会玩了，可惜并不是太喜欢这样的玩。我觉得女孩子除了学点音乐，最好也能练练书法。也许是有了这样的遗憾，才把希望寄托在女儿身上。音乐和书法是我所不能的两件憾事，现在的父母在儿女身上下本钱，往往注重的不是小孩的天资，更多的是出于过去的遗憾。自己不行，在某方面没出息，所以才想到让后代不走父辈的老路。如今的小学生，功课多得已经不人道，真不忍心在功课之外再增加女儿的负担。我大学有个同学，写了一手的好字，几次想到让女儿跟他习书法，都是说说而已，如今女儿已经十四岁，正上中学，考试一场接着一场，对于书法，显然也只能是心向往之。

做父母的，当然不会希望自己的女儿没出息。什么叫出息，其实是个说不清的话题。我对女儿没有什么过高的期待，只是希望她一生平安、幸福、心地善良。能不能出人头地，是她自己的事情，各人头上一方天，没必要强求小孩干什么。我从小就没什么理想，如今人到中年，对理想更是万念俱灰。人生是一步一步走出来的，把每一步走踏实了，这就很好。

为女儿感动

常在文章中看见"逆反心理"几个字，有人说它是一种生理现象，表现在十六岁的女孩子身上尤其严重。在过去的一个月中，我充分领教了女儿的这种"逆反"，喊她干什么，硬和你对着干，晚上很晚睡，早上睡懒觉，忍不住就看无聊的电视，然后便大谈歌星。我不是个严厉的父亲，却是个唠唠叨叨的大人。女儿出国前的一个月，我们之间并不是很愉快，发生过的激烈争执，数量相当于她长到十六岁的总和。老实说，我们都很失望。

我一次又一次失态，有一天，竟然动手打了她。一直到现在，我都不明白为什么会发生这样的战争。自从女儿出国定下来，我一直在为她操心，起码自己觉得是这样。在父母的眼里，孩子永远长不大，我们不停地要求这样，要求那样。作为父亲，我不明白为什么只看到女儿的缺点，女儿会弹钢琴，一次又一次考上重点学校，这次又以出色成绩，获得出国留学一年的机会。她毕竟只是个中学生，我不明白自己还希望她怎么样。我为她在异国他乡的遭遇

女儿在美国中学毕业典礼上

烦神，有个美国朋友来做客，他正翻译我的一部长篇小说，挺真诚地说："你的女儿英语很好！"一个来旅游的英国女孩，在我们家住了一个星期，用英语和她整晚聊天，谈喜欢的流行音乐，谈男生女生，可是我对女儿的英语程度还不放心，老是和尚念经一样地让她再背些单词。我知道自己在女儿的眼里很可笑，很愚蠢，越是可笑愚蠢，越要老生常谈。女儿出国的前十天，有机会去上海与曾经留过学的中学生联欢，她很希望我们全家一起去，我一口拒绝了，理由是有稿子要赶，女儿很失望，她知道自己有一个很没有情调的父亲，所以都没想到坚持。

我总是让女儿再用点功，要她记日记，要她看一两本名著。在这一个月中，我完全失控，一看到她看报纸的娱乐版，把频道锁定在无聊的肥皂剧上，嗓门立刻大起来，动不动就把她弄得眼泪汪汪。有一天，她去买东西，丢了一个帽子，我竟然很生气地让她去找回来。我不是心疼帽子，而是她什么东西都不知道爱惜，出国后会为此吃苦头。这是很无聊的大动肝火，我平时很宠女儿，因为无原则的放纵，妻子总说我把孩子给宠坏了。也许担心她出国不能自理，也许担心她出国会过于放纵，我突然失去了理

上海机场，送女儿去美国

智，变得连自己想起来都觉得可憎。不仅我不讲道理，女儿也变得非常蛮横。我们成天吵，吵得大家都伤心，不仅伤心，甚至寒心，以至于大家都希望早日成行。终于到了8月9日，去上海机场送她，临上飞机，她悄悄塞给母亲一个小本子，上面密密麻麻的全是字。她的母亲已经在伤心流泪，看到小本子上的这些信，更是泪如雨下。

我做梦也没想到女儿会留下如此美丽的日记。她希望我们在思念她的时候，就翻翻这个小本子。作为父母，总觉得女儿不懂事，可日记上的内容，分明让我们明白，真正不懂事的，是一些自以为是的大人。其实，何止女儿有点逆反心理，扪心自问，我们自己的心态也早就失衡，变得不可理喻。我曾经一再感叹，觉得女儿没什么爱心，因为现实生活中，差不多都是父母在为她服务，帮她叠被子，帮她倒水，半夜里起来帮她捉蚊子，强迫她喝牛奶，也许因为那些本能的爱，我们已经有些畸形，却忽视了一个最简单的事实，那就是女儿已长大。她不再需要婆婆妈妈的唠唠叨叨，需要的是另一种关爱，是理解。我不得不说自己深深地为女儿感动，女儿日记中表现出的那种爱，那种宽容，那种对父母的理解，让我无地自容。

征求了女儿的同意，从她临行前的日记中，挑出三分之二的篇幅，让读者阅读。我想，这些书信体的日记，不仅适合我们看，也适合其他的父母，它代表了一大批孩子的心声，这中间有委屈，有倾诉，有矫情，更有源源不断的真情实感，它有助于我们了解自己的孩子，解除两代人之间可能会有的那些隔膜。过去总以为只有父母才爱孩子，其实孩子更爱我们，父母的爱可能有时很自私，因为自私，会走向反面，会泥沙俱下，充满杂质，而孩子的爱是一股清澈的泉水，透明、纯净、美好，更接近爱的本义。

文学少年

1974年，我十七岁，高中刚毕业，说懂事，什么都懂了，说不懂，真正明白的事实在太少。那是个知识被成群地赶进深山的年代，一切都被扭曲，一切都很荒唐。我是那个时代带着几分奇怪的标本，算是高中毕业，实际水平比初中生还差。我留过一级，从农村回到南京后，又莫名其妙跳了一级，甚至还泡过将近一年的病假。读不读书上不上课都一样，我的字写得像小学生，像外国人写中文，错字别字连篇。高中毕业考试，考数学是珠算，我们只学过加减乘，连除法都没来得及教。

我那时唯一值得自豪的，就是书看得多，相对而言的多。父亲是南京的藏书状元，所藏的书绝大多数是翻译过来的外国小说。"文革"后期是我拼命看世界名著的年代。卖弄自己看过的外国小说，一向是我的嗜好。多少年来，我一向自以为是，觉得在阅读方面没人吹牛吹得过我。我的父亲毕竟是藏书状元，强将手下无弱兵，父亲在他那一辈人中读书最多，我自然在我这一辈中也没什么对手。为了在吹牛时立于不败之地，我实实在在读了不少书。

因为祖父在北京，我经常有机会去，一去就住很长时间。北京这地方多少有些巴黎的沙龙气氛，即使在"文革"后期这一特殊阶段也不例外。作为一个经常有机会接触沙龙的外省文学少年，北京老家给我在文学上的影响的确太重要。我的堂哥三午长年累月在家歇病假，他的客厅永远有人，高谈阔论、胡说八道。三午的客厅是当年北京一些诗人们经常光顾的地方。都是些看上去神经兮兮的年轻人，没日没夜，高兴时来，尽兴则去。三午的客厅常常有人高声朗诵诗，有时候是诗人自己朗诵，有时则是由漂亮的女郎代劳。漂亮的女郎多半是诗人的崇拜者，多才多艺，会唱会弹钢琴。

三午自己就是一个很不错的诗人。我曾在他的客厅里朗诵过他的诗。他的诗免不了有些颓废，有些痛苦，当然也有些矫情。我所以在客厅卖弄他的诗，原因是三午在念自己的诗时大哭起来。事实上我也是一边流眼泪，一边朗诵。在三午的客厅里，感动得哭起来是一桩雅事，没什么可难为情。对于这样的场面我已经太熟悉。常常有人写了一首好诗，大家喝彩，于是当场作曲，当场唱。根据三午的诗作曲的有首歌在北京的一小圈子里曾经很流行，诗如下：

> 不要碰落麦芒上
> 凝结的露
> 不要抹去睫毛上
> 颤抖的泪
> 露珠里映着
> 整个的太阳
> 泪滴上闪着
> 我们走过的路
> 脚在田野里迈
> 衣领上全是露水
> 心在生活里滚
> 脉搏上全是泥和泪
> 露在深深的花芯
> 泪在层层心田
> 烈火枯竭源泉
> 烘不干露和泪
> 手捧起滴滴露珠
> 便成一道瀑珠

心积起颗颗泪滴

那是无边的海

不要碰落麦芒上

凝结的露

不要抹去睫毛上

颤抖的泪

　　这诗写于1972年10月10日。以今天的眼光看，诗当然算不了什么。文学从本质上来说就是历史，在历史的参照系数面前，我们说大话最好留些余地。关键是那么种氛围，与世隔绝，与世无关。是"四人帮"之流肆虐的年代，是文化的沙漠，是没有春天绿色的严冬。三午另一首诗似乎写得更好一些：

　　摸熟了块块斑驳的门牌

　　翻厌了张张嘈杂的脸

凝望

从来到人世，我

就揣着一封无法投寄的信

羞愧　不安　焦急

憧憬　痛苦　渴望

从来到人世，我

就揣着一封无法投寄的信

　　这诗从没有变成铅字发表过。三午写了近百首诗，然而任何一本谈诗人的书都不会见到他的名字。

　　1974年，我这个十七岁的外省文学少年，在三午的客厅里，开始了最初的文学梦想。沙龙的气氛自然使我向往成为诗人的一员。我老气横秋地加入了侃文学的清谈，指点江山，信口开河。这些诗人说到底也不过是一些文学青年，大家生活在浪漫的诗意中，悄悄地较着劲。和年轻狂妄的画家们相仿，都觉得自己行，都看不上别人。那一代诗人似乎都喜欢巴尔蒙特。他们都喜欢这句话：

　　我来到这个世界上

　　只是为了看看太阳

　　三午的客厅里常常为了文学吵架。诗人最多、有作曲的，有唱歌的，有画画的，有摄影的，还有研究哲学的。有的显然是风流潇洒的公子哥儿，一脸的八旗子弟样，有的却像乞丐，衣衫褴褛，只差随地吐痰擤鼻涕。所有的这些人都是野路子，是诗人一定颓废，一定朦胧，画画的离不开一个怪字，都喜欢留长发，言谈时，最擅长的一句话就是："这哪是诗，这哪叫画！"

　　我毕竟只是文学少年，除了多读过几本书之外，一无可夸耀处。在烟雾缭绕的客厅里，我学会了说"这哪是诗，这哪叫画"。我做梦也不会想到多少年后，自己会成为一个小说家，会跻身于混稿费的人流中。

　　三午是我们叶家第三代人当中最有希望成为作家的一个人。他身上有着饱满的诗人气质，他写诗，看小说吹小说，发疯地喜欢外国音乐。

当小工人的时候，也是读外国小说最多的时候

三午常说，他喜欢文学，是因为受我父亲的影响，他说起我父亲不该中途放弃写作时甚至掉眼泪。我父亲早在二十岁前就写了一大堆短篇小说，不止一个人说过我祖父是中国的契诃夫，但是三午一向认为如果我父亲不停笔，真正成为契诃夫的应该是他。我父亲把爱好文学的毛病传染给了三午，这毛病最终又到了我身上。朱自清先生曾夸奖我父亲少年时的文章写得"头头是道，历历如画"，说他的小说中有"他自己的健康的调皮和机智"。三午总是为我父亲抱屈，他老说："叔叔的小说太不合时宜。"

不合时宜的评价同样适合于三午自己，适合于他那一代过早来临又过早凋谢的年轻诗人们。父亲在和我谈起三午的遗诗时曾说过，时至今日，三午的诗歌完全可以发表。这的确也是实情。今日已是个诗人多如牛毛的年代，出版物泛滥，只要是诗，只要是那些分了行的短句子，混迹于刊物之上并非太难。可是三午的诗毕竟只适合于他曾经活着的那个时代，他的诗，包括他在内的那一代诗人，说到底仍然是时代的产物。

我从来不认为三午的诗最好。即使当年我作为一个外省的文学少年，跟在三午后面亦步亦趋，志大才疏且又装腔作势，我也仍然不甘心做一个像他那样的诗人。我的偶像是一位更年轻的诗人。他是那年头突然闪现出的新星中最灿烂夺目的一颗星。当年北京民间沙龙中几乎没有不知道毛头的诗的人。毛头要比三午年轻得多，他狂妄地出现在三午的客厅里，目无一切，孤芳自赏。

他以流浪汉的姿态睡倒

盖着当天的报纸，枕着黑面包

不在乎胡须上淌下的口水

也不在乎雀斑，在他脸上充满

嘲笑

　　这幅艺术家的速写似乎更适合于毛头本人。

　　毛头是天生的艺术家。他会唱歌，正经学过西洋美声唱法。那时候，谁手头有一盘好的意大利歌剧磁带，谁就有幸在短时期内，做他最好的朋友。孤傲的毛头并不是和什么人都可以交朋友。我对毛头的身世不太熟悉，只知道家境不错，人在白洋淀插队，并且知道他曾当过学习毛泽东思想积极分子。在我作为文学少年的那个年头里，父亲的书和三午的客厅，潜移默化地使我和文学产生了不解之缘，毛头的行为却直接为我提供了模仿学习的榜样。毛头似乎具备了一个和常人不同的大脑，他的诗永远让人感到新颖感到震惊。我那时候虽然已经知道了洛尔迦，知道阿赫玛托娃，知道普希金，知道马雅可夫斯基，知道勃柳索夫，知道巴尔蒙特，但是活生生的毛头比任何一本诗集更能影响我。

　　毛头的诗实在太多，太多。他每年都为自己编一本诗集。他的身上永远揣着笔，走到哪，想到哪，有时灵感来了，扯上一张纸，唰唰记下，然后把纸片藏口袋里，继续海阔天空说大话。据说每年的11月下旬，是他结集的痛苦时期。在这时期里，他把自己关在房间里，把写在乱七八糟纸片上的诗整理出来，绞尽脑汁，怨天怨地，就仿佛女人坐月子。他年年都掉一身肉，胡子拉碴、死去活来。大功告成，他又开始神气十足，重新露面。

　　毛头的魅力在于他自身就是一首充满激情的诗。他对诗歌本身的迷恋，对文字的执着，只有过分这两个字才能形容。1976年的唐山大地震把北京人吓得不轻，到处有一种世界末日之感。毛头当时的行为最可笑，他拎着个旅行包，包里装满了他自己手抄的诗集，灰溜溜的像个流窜犯，非常狼狈形迹可疑地东躲西藏。面对大自然的威胁，别人不过是怕死而已，他在怕死的同时，更担心他的天才作品会毁灭。

　　和大多数文学少年一样，我最初的文学梦想，就是写诗，做个像毛头那样的诗人，生产太多太多的诗，满满一旅行包，拎着到处走。在三午的客厅里，我学着三午或毛头的口吻，堂而皇之地说着"这哪叫诗，这哪是小说"。既然我自认为毛头的诗最好，我便老气横秋地用毛头的诗来压别人的诗。像不像毛头的诗是我在相当一段时间内，判断好诗坏诗的唯一标准。

我学着毛头的样子开始写诗，疯疯癫癫，绝对形似。我在纸片上，小本子上，甚至书的空白处胡涂乱抹。十七岁那一年真值得我很好地回忆一番，我开始学着抽烟，偶尔也喝点酒，并且正经八百地开始幻想女人，我变得有些颓废，玩世不恭，我母亲因此对三午耿耿于怀，老觉得我是跟他学坏的。我的读书也是在那时候开始发生变化，我从雨果的忠实信徒，突然转变为对整个19世纪的西欧文学格格不入。浪漫主义文学的作品尚未读完，我已经跳过了现实主义文学作品，一头栽进了20世纪西方现代派文学的皮毛之中。爱伦堡的《人·岁月·生活》给了我无穷无尽的知识。当我回到南京，远离北京的沙龙，我便在爱伦堡的回忆录中寻找刺激。我决心不顾一切地写诗，希望有一天能在三午的客厅里像毛头一样露脸。

诗人也许真是天生的。我很快就写了不少分了行的诗。这些诗丑陋得让人感到恶心。我学会了做作，学会了矫情，学会了把句子折腾得疙里疙瘩，就是写不出一句像样的好诗。在我的文学少年时代，令我最痛心的一桩事就是发现自己实际上根本不可能成为一个好诗人。我经常一个人到野外去找诗，寻章摘句，在春天的草地上，我想着想着便睡着了。干别的什么事时，我的脑子里老在想诗，等到正正经经要写诗，我又肆无忌惮地开起小差。我像诗人一样活着，神经兮兮、无病呻吟，和当时的时代绝对格格不入。我进了一家小工厂当工人，早出晚归，逃避一切政治学习，并且从来不看报。当时的那些出版物和我没有任何关系，在我越来越意识到自己的诗写得实在不像话的时候，我便发誓，除了外国小说，我什么都不看。

几年以后，形势发生了重大变化，小说尤其是短篇小说开始变得时髦。我考上了大学，也跟着起哄写小说。最初的小说跟我最初的诗歌一样糟糕。我曾把这样的小说寄给北岛看，北岛看了以后，写信给我，说我的小说不行，但是很有写诗的潜力。他夸奖我有良好的感觉，大可以在诗坛上闯一闯。他的客气话使我绝望了很长时间。如果我的小说感觉还不如

名与身随

164

诗，要走文学这条道路，还不如去寻死。我已经清楚地知道自己的诗歌不可救药，但却的的确确正在明白，我的小说实在不怎么样，时至今日，我的小说仍然没有真正写好过，重温旧作，羞愧难忍，苦不堪言。十年来，我能不懈地写小说，和退稿做斗争，本身就是桩了不得的奇迹。也许是为了赌气，当然也是因为自己另寻新欢以后，太喜欢小说这玩意，我总算没有像写诗那样半途而废。

十几年前，有一个文学少年幻想着将来会是个骇人听闻的诗人，和大多数美好的理想注定要破产一样，我的诗人梦遥远得仿佛是别人的故事。我并不后悔自己销毁了那些惨不忍睹的诗稿。时光不会倒流，艺术永无止境，过去的一切都化为亲切的回忆。我怀念三午，忘不了毛头，多少次旧梦重温，老毛病再犯。十几年前的文学少年一去不返，隔着时间的长河，我向那个已经死去的已经虚无缥缈的我招手致意。海枯石烂，这毕竟是一个不能忘怀也无法忘怀的我。我看着我，脉脉含情，顾影自怜。我们曾经是个整体，我们永远是整体。

　　我们彼此的思念
　　仍在无声地前进
　　就像雪橇
　　在伤口上继续滑行

文学青年

　　我写第一篇小说是上大学一年级的时候，写作的原因完全是受了作家方之的诱惑。方之是我父亲的挚友，那时候刚从下放的农村调回南京，房子尚未落实，整天泡在我们家聊天。聊得最多的是他一再声称要写的小说，就那么几个故事，反复说，一直说到别人厌烦为止。除此之外，他老是想不通地质问我为什么不写小说。随便和他说着什么，他动不动就眼睛一瞪，非常严肃地说："这完全可以写一篇小说，写下来，你把它写下来。"

　　于是我就试着写一篇小说。当然刚开始只是用嘴写，我告诉方之，自己打算如何如何，开局怎样，结局又怎样。方之总是点头称好，说他正在筹备一个专为青年作者提供机会的文学刊物，我的小说写出来以后，可以在那上面发表。

　　我那时候对发表小说的兴趣并不大，也许是自己书见得太多了，我从小生活在书的世界里，家里到处都是书，总觉得一个人有几个铅字印出来，实在算不了什么。使我入迷的是那些世界级的外国作家，人人都写了一大堆作品，和他们相比，中国作家简直就不能算是作家。方之一有机会就问我小说写得怎么样了，我便一次次敷衍他，说："就写，就写。"

　　一直到方之筹备的文学刊物创刊，我许诺要写的小说仍然没有一个字。这个刊物就是后来一度大红大紫的《青春》。创刊号上的头题小说是李潮的《智力测验》，李潮是与我从小一起长大的好朋友，看了他的小说，我不免有些羡慕，也有些嫉妒，于是正经八百地开始写那篇在嘴上念叨了无数遍的小说。

我写的这篇小说名字叫《凶手》，开头的场面颇有些传奇色彩，一位杀了当代花花公子的青年人，在一个风雨交加电闪雷鸣之夜，背着铺盖敲开了派出所的大门，向正在值班的警察投案自首。接下去便是倒叙，以凶手的口吻，叙述一场凶杀的全过程。小说的结尾也很有戏剧性，凶手忍无可忍，接过匕首，为民除害，开膛破肚，把仗势欺人的花花公子杀了。

这是一个非常拙劣的短篇小说。写到一半的时候，方之便从我手上抢过纸片，一段一段地看，一边看，一边笑。那时候正是改正错划"右派"不久，我父亲、方之、高晓声、陆文夫、梅汝恺几位为同一桩事错划成"右派"的难兄难弟，常常有机会就聚一起喝酒谈文学，方之最不善饮，几口酒下肚，把我正在写的小说当笑话，讲给大家听。大家都觉得方之是在为我的事瞎起劲，明摆着，当时我写的这种小说绝对不可能发表。伤痕文学虽然正走红，但因为描写了阴暗面而屡遭非议，我的小说比伤痕文学

已经上大学了

走得更远，因此父执们都觉得方之太书呆子气。

　　小说终于写完，方之也承认这小说的确难发表。有一次，方之组织了一次座谈会，讨论当时得全国奖的短篇小说，议题是说坏不说好，大家不妨横挑鼻子竖挑眼，谈谈这些得奖小说的不足。别人发言的时候，方之把我的小说又细细读了一遍，会一散，他拉住高晓声，说："兆言这篇小说，我们帮他加工一下，说不定还真能用。把高干子弟改了怎么样？"我已经记不清高晓声当时说了句什么，反正他当时很不以为然，笑着，看着似乎还有些孩子气的方之。方之让他看得有些不好意思，说："老高，怎么啦？"

　　我的小说最终果然没有发表。尽管有方之为我力荐，不止一位编辑说这小说不错，但是无一例外的是在终审的时候被淘汰下来。多年以后，安徽的一位老编辑写信给我父亲，仍然为我的小说发不出来耿耿于怀。小说的原稿早不知到哪去了，有一段时间内，我手上积了近三十万字的手稿发表不了。我和退稿笺结下了不解之缘，铅印的或者编辑手写的不关痛痒的三言两语，常常让我羞愧难当，恨不得将手头正在写的稿子扔掉。有几篇稿子在寄来寄去的途中遗失了，有的却是编辑部懒得退稿，时间长了，写信去讨，连回信都没有。我至今也不明白我的第一篇小说到哪去了，反正也不是一篇好小说，根本谈不上心疼。让我念念不忘的，是已故的方之当年对我的诱惑，没有他，我根本不会写我的第一篇小说。

　　我发表的第一篇小说，刊登在我们自己办的油印刊物上。那是一本地地道道的民间刊物。发起人，都是一班从小就认识的朋友。我们的刊物叫《人间》，在当时很有些影响。《人间》社刚开始分两批人马，一批是写东西的，如顾小虎、李潮、徐乃建、黄丹旋、吴倩，另一批是画画的，如刘丹、朱新建、丁方、高欢、汤国。这批人在20世纪70年代末，很有些新潮人物的味道。有些人已经饮誉当时的文坛，如顾小虎，他是顾尔镡的公子，他发表在《上海文学》上一篇评论文章，反响很大。李潮和徐乃建是20世纪80年代初期十分走红的两位青年作家。黄丹旋和吴倩都去了美国，依然继续在写，听说已得了好几个台湾和海外华语报的文学奖。画画的混的也不差，刘丹早就去美国淘金，他的妻子便是那位大名鼎鼎的洋贵妃魏莉莎。朱新建是这几年风行画坛的新文人画的始作俑者，他属于半仙，法国和比利时都去过一阵，喜欢的女人也多，喜欢他的女人更多。其他几位自然也不弱，各人有各人的成就，各人有各人的福分。

刚开始办《人间》的时候，"四人帮"刚粉碎不久，左的思潮很猖狂。动不动就有人跳出来扣帽子。很多人好心的要我们吸取父辈当年办《探求者》的教训。然而我们根本不肯听劝，一个个仿佛中了邪，别人越说越来劲。

《人间》结果只办了一期。办刊物实在不是桩容易事，我们那时候个个囊中羞涩，而且都缺乏动手的能力。刻钢板天经地义是由画家们承担了，对于这些未来的大画家们来说，刻钢板自然有些委屈了他们。办油印刊物，画家们除了刻钢板，刻那些线条最简单的插图，没任何用武之地。此外，要去买纸，买油墨和订书机，乱七八糟的事多得不堪设想。

刊物办不下去最主要的原因是没稿子。当时作为两大主力的李潮和徐乃建，都因为外面约稿太多，自己写的小说在不在《人间》上发表无所谓。民间刊物的宗旨说穿了很简单，主要是为了发表那些公开出版的刊物上发表不了的东西，一旦大家的发表渠道畅通，民间刊物的气数就到了头。那时候民间刊物又叫地下刊物，和今天的黄色刊物不同，当年我们的刊物很有些艺术追求，发表的小说水平应该说在许多公开发表的小说之

大学时代去扬州玩

上。

我们办的唯一的一期《人间》上，刊登了四篇小说，除了我的一篇，其他三篇都是女作家的。《人间》的几位女将特别能折腾，到哪去都特别热闹，南京的文坛因为有了这几位女将，很长一段时间内，都显得阴盛阳衰。

我发表在《人间》上的那篇小说叫《傅浩之死》。虽然是油印的，这毕竟是我的第一篇发表的作品。小说的情节今天看来实在不值一提，写一个书呆子兮兮的人物，在"文革"中，因为喝酒说了一些不该说的话，被别人向造反派告了密，酒醒以后，吓得半死，于是决定自杀，他跑到了一座悬崖边上，在跳崖之前，把赶来的造反派痛痛快快地骂了一顿，越骂越痛快，结果有人从悬崖后面爬了上去一把抱住了他，他没死成，然而因为积累在心头的怨恨已发泄了，竟然不想死了，决定好好地活下去。这篇小说后来因为朋友的帮忙，发表在安徽的《采石》上。

《人间》时期是我文学活动中的一个重要时期，正是从这一时期，我的兴趣开始转到了小说上。在这之前我觉得写小说很容易，在这之后，我因为连续不断的退稿，越退稿越赌气。我认定了一个死理，那就是别人小说能写好，自己就一定能写好。况且我常常感到别人的小说事实上写得很不好。从《人间》时期开始，我才正式把写小说当回事。

我非常怀念《人间》时期，一本印得很糟糕的《人间》，记录了我的文学青年时代。那是一个躁动的不安分的时代，充满了生气和活力。

我真正变成铅字的第一篇小说，应该是发表在1980年第十期《雨花》上的《无题》。那年暑假，我的创作热情高涨，除了骑自行车几百公里去和女朋友相会之外，我一口气写了八个短篇。《无题》便是其中一篇，只花了一天的时间，写完以后，父亲看了觉得不错，当时《雨花》正准备发一期江苏青年作家专号，父亲说可以把这篇小说交给当时正负责编专号的高晓声，但是字写得太潦草了，最好重抄一遍。我脑子里酝酿的另一篇小说已经成熟，因此也懒得再抄，结果是父亲为我誊写了一遍。在父亲还没来得及誊写完之际，我的另一篇小说《舅舅村上的陈世美》又写好了。

《舅舅村上的陈世美》发表在1980年《青春》的第十期上。这一期的《青春》是处女作专号，虽然是和《无题》同时问世，却因为在此之前我未曾有过铅字，因此大靦老脸地打了确系处女的招牌。没有多少人知道我一下子发了两篇小说，这最初的两篇小说，我竟然斗胆用了两个名字，一个是真名，另一个却是笔名。我那时候对自己有一种莫名其妙的自信，从1980年10月到1981年3月，不到半年的工夫，我发表了五篇小说，用了三个笔名。我自我感觉良好地认为，在未来的日子里，将有好几个都是属于我的名字在文坛上大红大紫。人们将惊喜地发现，原来谁谁谁，谁谁谁，还有谁谁谁，都是我。

我将《无题》寄给了祖父，祖父让我的堂哥给他念，念完了，祖父写信给我，说这篇小说写得不错，说出了一点意思。《舅舅村上的陈世美》我觉得写得不好，因此就没往北京寄。事实上，《无题》在读者中反响极小，而《舅舅村上的陈世美》倒使我收到了好几封热心的读者来信。记得有一封是一个农村的女孩子写来的，写得很动情，她把我当成了小说的主人公，对我的遭遇深表怜悯，而且乐意当我的小妹妹。

我的第一篇真正有影响的小说，是五年以后发表的《悬挂的绿苹果》。我的感觉良好短暂得不可思议。发了最初的五个短篇小说以后，连续五年，我一篇小说也发表不了。

退稿实在是一种磨难和不幸。我的信心打了很大的折扣，在频频退稿的日子里，我总有一种自己犯了错误的恐慌。写小说对于我来说，逐渐变成了一桩赌气的事，我把所有的退稿收集在一起，挑一个好日子，统统寄出去，然后带着惆怅的心情，愁眉苦脸地等待小说鸽子似的一个接一个飞回来。再寄出去，再飞回来，如此不断循环，周而复始。时来运转的美梦做多了，我对写作的前景如何已无所谓。退稿退多了，我一赌气，干脆就把稿子放在抽屉里。

写《悬挂的绿苹果》，正是准备硕士论文期间。这一年也是我可爱的女儿出世的年头，该花钱偏偏手头拮据，人穷志短，我不得不托朋友把这篇小说转到《钟山》编辑部。一年以后，小说竟然在一个不起眼的位置上发表了，我赶快用那笔稿酬买了一个小电冰箱。想不到我这篇小说会得到当时南北两位很红的青年小说家的称赞。南方的是王安忆，她写了一封热情洋溢的信给编辑部，大大地夸奖了我一番。北方的是阿城，我的小说发表一年以后，电影厂的一位导演写信给我，说是他去拜访阿城，阿城说我那篇小说是那一年度发表的最好的小说。这究竟是不是阿城的原话我很怀疑，不过阿城确实不止在一个人面前表扬过我。他去美国以后，写信给我的朋友时，还提起我，说我真是个写小说的人。

我很难用笔墨表达对这两位作家朋友的感激。尤其对阿城，虽然都活在这个地球上，至今也没机会见过一面。走红的作家有时一言九鼎，王安忆和阿城对我的赞许起了非常了不起的广告作用，终于有编辑找我组稿来了，来了便摆谱，便侃：阿城怎么说怎么说，王安忆又怎么说怎么说。上海的陈思和与杨斌华率先为《悬挂的绿苹果》写了评论，我这篇并不起眼的小说悄悄地走起红运来，得了让人羡慕的《钟山》奖，还差一点中了两年一度的全国奖。

时过境迁，人生无常。如今稿债累累，常常听好话，参加笔会游山玩水，想起自己过去的遭遇，免不了一种小人得志的感伤。小说的艺术本来是无止境的，我清楚地知道自己的小说并不像想象中那么好。《悬挂的绿苹果》给我带来了好运气，仅仅是凭这一点，我就应该感谢这篇小说，当然更感谢那些热情关心我的朋友，没有他们，我也许至今仍然一事无成。

人，岁月，生活

1

"文革"开始那年，我刚九岁，记忆中是一种轰轰烈烈的热闹。印象最深的是播放供批判的电影《清宫秘史》，在当时，这种片子不让小孩看，正因为不让看，害得一帮毛孩子心痒痒的，千方百计想混入电影院。看守电影院大门的胖老头平时很喜欢我们，可以混入剧场看免费电影，但是这一次不行，戴红卫兵袖章的造反派把守着大门，事态顿时变得很严重。

有个大不了几岁的男孩混进了电影院，一连多少天，他为我们津津有味地复述《清宫秘史》。这是巨大的诱惑，我们玩弄了种种伎俩，一次次尝试，一次次失败，最后不得不十分沮丧地放弃。《清宫秘史》是部什么样的电影已经不重要，都无所谓，关键在于大不了几岁的男孩获得了成功，这种成功对于我们来说永远是种煎熬。以后的岁月里，我常陷入毫无意义的思考，也许，把守大门的红卫兵和他是亲戚关系，是他的堂哥或者表姐，也许，这个爱吹牛的家伙根本没混进电影院，他只是转述成年人的观后感。

禁止是个很大的磁场，越是不允许，越可能犯禁。犯禁有时候是一种非常美好的享受。我们家以藏书闻名，有人来串门，首先赞叹的都是书多。有一天，造反派冲上门来，勒令父亲将封资修的黑书，统统用板车拉到单位里封存。什么叫"封资修"，当然小将们说了算，结果只留下半橱书，马恩列斯毛，再加上一些革命回忆录。在那些回忆录中，其中一套十六本的《红旗飘飘》，成为我当时唯一的读物，消磨掉许多时间。时隔三十多年，我对回忆录中的故事早已模糊不清，依稀记得那紫红色的封面，而印象最深刻的几位作者恰恰是当时著名的黑帮分子。在当时，许多老红军已不再是英雄人物，不仅被打成了反动分子，而且还被说成是军阀。

换句话说，革命回忆录《红旗飘飘》最初被我当作禁书来读，它们是造反派手中的漏网之鱼。在阅读中，我享受着一些小秘密。

2

"雪夜闭门读禁书"，这是读书人引以为快的一种境界。或许正是因为禁，一些书因此千古流传。各朝各代的禁书并不相同，早在"文革"以前，中国文化中许多瑰宝就上了禁书黑名单，秦代禁《诗经》和《左

和女儿在一起

传》，禁《孟子》和《庄子》，秦以后禁谶纬和天文类图书，禁佛、禁道，到了宋代，开始有意识地禁文人的作品，譬如禁《苏轼集》，禁《黄庭坚集》，禁《司马光集》。相对而言，倒是蒙古人统治的元朝禁书最少，到了明清，文人的笔记要禁，从《逊志斋集》到《袁中郎集》，小说要禁，从《水浒传》到《红楼梦》，戏曲要禁，从《西厢记》到《牡丹亭》，禁来禁去，列入禁毁图书的总数天知道有多少种。现代人大约永远也不会弄清楚焚书坑儒，究竟把什么书都烧了。从秦始皇开始，大规模禁书运动，从来没有真正停止过。

禁书是一种手段，可以用于各种目的。中国封建时代的禁书到清朝文字狱集大成，但是和"文革"相比，古人禁书，无论深度广度，都小巫见大巫，级别上要相差许多。父母进牛棚不久，我被送到江南农村，在江阴长江大桥下不远处的一所祠堂小学读书。记得当时走得很匆忙，偷偷地在书包里揣了两本小人书，便在夜色中上路。一路都在武斗，通过车窗往外看，到处是铺天盖地的大标语，头戴柳藤帽的造反派，扛着长矛大刀，列队从站台上跑过，一边跑，一边喊口号。总是停车，一停就是几个小时，好不容易到站，下火车，转长途汽车，然后再乘小火轮，在河道里绕来绕去。我永远不会说这是一次愉快的经历，整个世界处在疯狂之中，人人自以为是，不明白究竟在干什么。经过漫长的颠沛流离，终于到达目的地，这以后不短的日子里，我突然明白了什么叫寄人篱下。

我随身带了两本根据电影改编的小人书，一本是《堂吉诃德》，一本是《牛虻》。仅仅靠它们对付漫长的岁月，显然不够，我当时还不觉得《堂吉诃德》是一本多么了不得的书，电影连环画已是再创作，我毕竟是个孩子，文学欣赏水平很差。印象中，堂吉诃德先生又高又瘦，一脸愁容，而他的助手桑丘又矮又胖，一脸傻样。也许是离开父母的关系，我对《牛虻》的亲切感远胜于《堂吉诃德》，我不喜欢其中的爱情故事，让人入迷的是蒙泰尼里神父，他连续两次出卖了自己的儿子，两次出卖都激动人心，第一次他让牛虻成为革命队伍中的一名叛徒，第二次索性把儿子送上祭坛，最后，心痛欲裂的神父死了，他是那样的爱自己的儿子，心爱的儿子牛虻牺牲了，神父的生命也就失去了意义。

江南农村的生活显然要慢几个节拍，与城市中轰轰烈烈的运动相比，这里多少还有几分宁静。作为阅读交换，我用两本小人书，与一位比我大十多岁的青年人，换了一本没头没尾的《钢铁是怎样炼成的》。因为没头没尾，我对这部小说的头尾，从来就没有真正弄明白过。一开始，我并不喜欢这部长篇小说，后来，有一个从上海回家奔丧的年轻中学老师，发现我在看这部书，便当着很多人的面，说我思想反动，还是小学生就看这种不健康的书。我忘不了当时的荒唐场面，尽管年轻的中学老师表现得很革命，但是在场的乡下人不明白他在说什么。

当我还是一个小学生的时候，我隐约知道一个事实，那就是革命可以成为一个最好的卖弄，再也没有什么比革命更容易糊弄人，再也没有什么比反革命更容易让人失去自尊。在省城，那些比我大不了许多的孩子，振振有词地高呼保卫毛主席，付诸的实际行动，是用人造革的军用皮带，猛抽一位中年女教师。我到了江南农村以后，村子里发生的每一次运动，都和城里的文化人有关，一旦县里的什么指示下来，老实无知的乡下人立刻忙得屁颠屁颠。回来奔丧的上海人成了点燃革命的火种，不久，村子里便响起一片打倒之声，大队干部和富农挨村地被游了一回街。

《钢铁是怎样炼成的》是一本不应该看的书。在没有认真阅读以前，我已经知道了这本书的症结所在。首先就是男女方面的问题，作者把冬妮娅这位资产阶级的小姐，写得那么美丽可爱，这意味着阶级立场的丧失，因为无产阶级和资产阶级之间没有任何爱情。考虑到读这本书的年龄，我还是一个小学生，爱情不仅不是个问题，对男女有别甚至也很朦胧。然而我却老气横秋，试图带着批判的眼光去阅读，结局自然很滑稽，我因为别人说不应该看这本书，于是存心作对地非要看，想批判冬妮娅，临了情不自禁地喜欢上她。也许现实生活中，遇到的都是一些不可爱的事情，我觉得冬妮娅让人心痒痒的。也许这是一个小男孩异性之爱的前奏曲，反正冬妮娅仿佛冬天里的阳光，只要有她出现的章节，春天的气息便突然降临。真不明白保尔·柯察金最后为什么不爱冬妮娅，我觉得他有点傻。

3

离开江南农村，重新回南京读初中，我开始留心文学作品中的爱情。

"文革"正在向纵深发展，我的父母已成为死老虎，只不过是陪斗的对象，造反派对他们没什么大兴趣。由于单位的房源太紧张，年轻人结婚没地方，我们家被一隔为二，南面的一间大房子腾出来，成为别人的新房。被抄没的藏书也发还了，理由还是因为房子紧张。在这场史无前例的运动中，我们家的藏书损失了五分之二，父亲提到此事，难免一种幸运之感。当初如果不是突然来抄家，父亲很可能把所有的藏书统统送到收购站，作为罪证销赃。由于被没收的藏书还是个罪证，即使发还了，父亲也必须把它留着，随时随地供批判使用。

很长时间内，父亲担心家中的藏书流传出去，会有传播毒素的嫌疑。他开始了一件很愚蠢的行动，就是把很多可能有问题的图书，都用牛皮纸将封面包起来。翻译的外国文学作品大都保留了下来，而损失的都是国产小说，造反派中显然也有窃书不算偷的雅贼，只不过他们的趣味，更多的是《苦菜花》《林海雪原》一类的小说。当时年轻人上门借书是件很尴尬的事情，出于对造反派的恐惧，父亲不敢拒绝他们，可是更担心"放毒"的罪名。好在这样的年轻人并不多，即使有，用今天的话来说，也是素质

1986年去北京，当时的女儿只有两岁，祖父已九十二岁

较好渴望上进的。很多事情现在说起来和梦一样，"文革"前高高在上的省长和省委副书记，这时候成为最大的闲人，借散步偷偷地到我们家做客，像普通平民一样诉说自己如何挨批斗，临走前，在父亲的推荐下，拎一包书带回去看。

越是到"文革"后期，父亲对书中的毒素警惕性越低，虽然心疼自己的藏书，他开始喜欢那些上门借书的年轻人。很快，因为借书终于惹了些事，所幸与政治无关，两个各有家庭的青年男女，通过交换小说，互递情书，而纸条便夹在那些有爱情描写的章节里。吃醋的丈夫大打出手，偷情的男主角狼狈逃窜。我的母亲十分担心，认定是小说在其中扮演了很不光彩的角色，她和父亲展开激烈的讨论，得出了一致结论就是，既然无法拒绝别人借书，为了怕小说中的资产阶级把我也教唆坏，最稳妥的办法是加强对儿子的禁书，我成了男女偷情的直接受害者。

可以说我的整个青春期，都在和父亲的禁书做不懈斗争，"九一三"事件以后，南京又一次掀起了大挖防空洞运动。这一次比林彪在世时规模更大，我不明白它的背景和意义何在，与我们家有切身利益关系的是地基下陷，整栋小楼突然变成了危房。于是只好匆匆搬家，去住学生宿舍，父母一间是楼上，我和几千册藏书在另一间，是楼下，朝北。父亲和我谈过无数次话，希望我做一个听话的孩子，他以自己为例，说明看外国小说的危害。充满了要重新做人的信念。他的话我每句都听了，然而没一句话听进去。那时候的文艺界人士，动不动就下乡，一会是干校，一会去海岛体验生活，少辄半年，多就是一年，父亲想用他诚恳的谈话打动我，完全是白费心机。

还是那句话，我所以入迷小说，最直接的动机仍然是大人不让看。就像禁毒一样，如果不能从来源上一刀切断，禁毒的成效肯定大打折扣。我成天睡在书堆里，因为房子太小，原有的书橱放不下，许多书只好堆放在地上，一伸手就可以拿到，要我像太监一样，成天面对后宫成群的美女不动心，显然不现实。我在无意之中发现了雨果，有一本叫《笑面人》的小说让我爱不释手，这或许是作者最不重要的一本书，然而正是因为"笑面人"的特殊表情，我才会去看《九三年》，看《巴黎圣母院》，看《悲惨世界》。20世纪80年代初期，伯父让我选一本世界文化名著缩写，我毫不犹豫地选择了《笑面人》，着手准备的时候，突然发现时过境迁，我和这样的小说已经格格不入。

在雨果的小说中，我最痴迷的是《九三年》，这本书让人痛哭流涕，我在本子上大段大段摘抄对话，长时间地沉浸在小说中出不来。我永远忘不了那最后一章，断头台矗立在晨曦中，"外形很像一个希伯来字母，或者古代神秘字母之一的埃及象形文字。"男主人公在读者的热泪中，被押上了断头台，太阳出来了，经过一段精彩的对话，郭文人头落地，西穆尔登开枪自杀。《九三年》给我的教诲，远远超过课堂上给我的东西，在文化的沙漠上，雨果成为一片绿地。是雨果奠定了我最初的文学基础，时到今日，我仍然觉得他的作品是最好的中学生读物。

因为有了雨果，才会去看托尔斯泰，看巴尔扎克。高中的一段时间里，我始终摆脱不了《复活》的影响。我总有一种犯罪的感觉，雨果可以激发一个人的英雄气概，托尔斯泰却让你想到原罪。原罪是一种很奇怪的感觉，我想象自己做了什么样的坏事，想象自己如何忘恩负义，如何经受不了魔鬼的诱惑，然后陷入深深的赎罪之中。在同时期，我还看了萨巴哈钦·阿里的《我们心中的魔鬼》，这部并不太著名的土耳其小说让我记住了阿梅尔。阿梅尔和诱奸了年轻女佣的聂赫留朵夫一样让人耿耿于怀，言谈思想和实际行动充满矛盾，他深爱自己的妻子，却可以当着妻子的面拥抱另一个女人，他看不起狐朋狗友，偏和他们保持友谊，他甚至敲诈别人，这使他极端地鄙视自己的行为，结果又把敲诈来的钱扔掉。

我的青少年时代有着太多的时间，中学时代没有家庭作业，高中毕业待业一年，然后到工厂当了近四年的钳工，如果不看小说，我不知道该干什么。恢复高考以后，我进入大学，中文系老师开出一个很长的阅读书目，我突然发现大部分的都已看过，而自己看过的无数小说，并不在书目上。我发现自己在不知不觉中，看了大量小说，深受资产阶级的毒害，为此，我的父母曾经非常失望。小说影响了我的做人，我变得十分内向，当我因为某些事情显得很固执的时候，我的母亲便叹气，认定是小说将我教坏了。

4

我一向觉得自己对"文革"记忆犹新，然而近来在许多事情上，却开始感到了模糊。记不清楚是哪一年，大仲马的《基督山伯爵》在私下里突然很流行，或许是好莱坞拍过电影，电影明星出身的江青同志特别喜欢这本书。由于这部书新中国成立后没有译本，新中国成立前的译本虽然印了四版，总数也不过三千多册，因此有机会看过这本书的人很少。有一年暑假，为了让堂哥三午为我复述故事，不得不把祖父给的零花钱统统买了香烟，因为逼他讲故事的条件，是必须源源不断地提供香烟。

高中毕业以后，我开始对小说之外的故事感兴趣。红都女皇的青睐是最好的包装，我拼命地想弄明白《基督山伯爵》究竟是怎么一回事。诱惑别人阅读的理由可以有许多种，越是不让看，越是不容易得到，人们越千方百计想得到。父亲的全面禁书令既然完全不起作用，他便试图用怀柔政策来控制局势，他让我读真正意义的世界名著，开始让我看巴尔扎克，看狄更斯，看哈代，看契诃夫，看《罪与罚》和《卡拉马助夫兄弟们》，看亨利希·曼和托马斯·曼，看一部分的左拉，因为有些自然主义显然少儿不宜。我总是和父亲的阅读指导格格不入，有的书已经看过了，有的书根本不想看。我变得老气横秋，有时甚至感觉自己比父亲知道的事更多。譬如谈到德国小说，我当时最喜欢的是雷马克，喜欢《凯旋门》和《西部无战事》，20世纪80年代初期，北岛在《今天》上发表小说《波动》，这小说受雷马克的影响显而易见。当然，除了雷马克，或许还能看到一些苏联小说《带星星的火车票》的影子。

我已经记不清自己为什么会喜欢雷马克，在书的海洋中漫步，我曾经无数次的喜新厌旧。可能是受堂哥三午的感染，他比我大十几岁，在文学上给我的影响，丝毫不亚于我的父亲。可能是译后记的介绍，雷马克竟然那样成功，他的书还没写完，译本已经同时在世界各地报纸上连载。他跟当时同样声名鹊起的海明威和菲兹杰拉德是好朋友，很多小说都被改成了电影，其中《三伙伴》由菲兹杰拉德改编成电影剧本。我从未想过将来有一天自己也会成为一名作家，引起阅读的动机，除了想犯禁之外，小说之外的故事至关重要。我喜欢那些有故事的作家，雷马克的小说不只是畅销，更重要的是他能够坚定不移地反战，是一个杰出的"战斗的和平主义者"，他的小说与亨利希·曼和托马斯·曼的小说一起被公开烧毁，同时被扔进火堆的还有布莱希特的作品。因为拒绝回到法西斯德国，雷马克在二次大战爆发前夕被褫夺了德国国籍，而写《我们心中的魔鬼》的萨巴哈丁·阿里，却由于他犀利的笔锋直指当局，最后被"泛土耳其主义者"的特务暗杀，在卡拉拜尔森林里，锋利的匕首刺进了他的脊背。

虽然当时阅读的人群是一个很小的圈子，但是一本人们在悄悄谈论的书，我如果没看到，那真是很难受很难受。20世纪80年代中期《日瓦戈医生》全译本问世，我发现一个让人很难堪的事实，十年前，读到以"内部发行"字样出版的节选本时，我是那么激动，一次次热泪盈眶。我喜欢这本被称之为黄皮书的小册子，虽然它的实际篇幅，只有全书的五分之二，却已经足够了。十年后，终于将初版的全译本买回家，只是翻阅了前几章，竟然再也不想看下去。我曾经是那么喜欢帕斯捷尔纳克的故事，他获得了诺贝尔奖，但是意识到已伤害自己的祖国时，毅然放弃了领奖。这种放弃实在太令人咀嚼玩味，他拒绝离开苏联去"领略资本主义天堂的妙处"，对于一个作家来说，生他养他的祖国是那么重要，以至于离开家乡就没有办法继续生存下去。愤怒的群众在他住所的周围骚扰，呼口号，扔石块，文化官员羞辱他，说他是一头"弄脏自己食槽的猪"。不难想象作家本人内心深处的极度痛苦，人们为一种莫名其妙的意识形态而发狂，大家都不看他的作品，当然想看也看不到，在中文全译本问世以后，也就是已到80年代中期，这本书仍然还没有在苏联公开出版。帕斯捷尔纳克所受到的伤害是致命的，在获奖的第二年，他黯然离开人世。

帕斯捷尔纳克和日瓦戈医生的故事，浑然成为一体，这故事让我刻骨铭心。"文革"后期，我知道很多热爱文学的人，私下里没完没了地谈着小说。这些人几乎全比我岁数大，有的是知青，有的在工厂里当工人。我敢说这都是一些有写作才能的人，然而在特定的年代里，他们并没有去真正尝试写作。写作不仅仅是个禁忌，而且太神圣，因为他们知道伟大的作家们是怎么写作的，既然有伟大的作家作为参照，便有充分的理由鄙视当代写作。今天文坛上的一些著名人物，正是从那个时期开始写作，和我熟悉的那些人不一样，许多"文革"作家利用批林批孔，利用反击"右倾翻案风"，操练了自己的写作才能，结果在"文革"结束不久，借助已经熟练的文字技巧，文风一转，顺理成章地成为文坛骄子。我无心臧否这些成名作家的好坏，想说的话或许只有一点，即总是顺应时代的作家，在不同时代都能成为文坛的幸运儿，这既是好事，也可能不是好事。

事实也证明好事不可能老让某一个人占着。由于阅读不是为了要当作家，我可以随心所欲地读自己想看的东西，世界文学名著吓不了我，它给我带来唯一的功利心，是自己曾经读过这些玩意儿，就好比种过牛痘，有了那块难看的小伤疤，我已经有了害怕别人说自己无知的免疫力。在读中国现代文学研究生期间，有一次和外国文学专业的研究生聊天，我近乎卖弄地大侃哈代，喋喋不休地说《无名的裘德》，结果这位研究英国19世纪末文学的同学大吃一惊，因为在20世纪80年代中期，现代新潮之类的词汇甚嚣尘上，哈代早就是一个很少有人关心的作家。差不多同时期，一家出版社要出版一本书，介绍美国文学在中国的影响，编者让我谈一下自己所知道的美国作品。我觉得如果照实说，不是卖弄也是卖弄，我们家藏有差不多一橱的美国书，马克·吐温、杰克·伦敦、德莱塞、辛克莱·路易斯、尤金·奥尼尔、法斯特，每个人都有不少译本，说全部看过自然是吹牛，就算看了二分之一，也足够多了。

结果只能谈海明威，我曾写过一篇六千多字的文章，谈海明威对自己的影响。我想父亲肯定也喜欢海明威，否则不讲究版本的他不会收集那么多海明威著作。仅以《永别了，武器》为例，便有四种版本，它们分别是《退伍》，1939年启明书局初版，由余犀译述；长篇小说节选本《康勒波康》，马彦祥译；1949年晨光出版公司初版，《永别了，武器》，林疑今译，是大家最熟悉最权威的一个版本，1957年新文艺出版社出版，印了一万多册；最后便是《战地春梦》，这是前一个版本的克隆，译者还是林疑今，改了一些字，1981年贵州人民出版社出版，第一版就印了十万册。有两个新中国成立前的小册子大约很少有人见到，一本是《蝴蝶与坦克》，是冯亦代先生译的，叶浅予先生设计封面，还有一本是《在我们的时代里》，由马彦祥翻译，它曾是我最初写小说的直接样板。

5

从"文革"后期开始，海明威悄悄地被文学青年所热爱。就我个人来说，必须感谢爱伦堡的回忆录《人，岁月，生活》，这本书对我的影响非同一般，虽然我家里只有三卷，它已经足以使我获得一份应该读什么书的名单。这本书让我发现了一个新大陆，从此，凡是印有"内部发行"和"供内部参考"字样的书，都值得一读。在那段时间里，有过阅读经验的人都知道，"黄皮书"中趣味无穷。有一段日子里，我专找黄皮书看，这些内部出版物毫无疑问地成了人生教科书。就好像薄伽丘说的那个故事，为了把年轻人培养得纯洁无邪，我们被放进了文化的沙漠中，为了防止产生欲念，我们又被告诫那些美丽的女孩是"绿鹅"，但是所有这一切都是徒劳，苦心禁忌的结果，是所有的年轻人都惦记买头"绿鹅"回去。

如果不是处在一个禁书的时代，我还会看那么多书吗，答案显然是不会。成天看小说可不是什么健康的活动，在这个世界上，本来有许多有意义的事可以做，因为无聊而看书，是一个社会极大的悲哀。我的父母不让我养金鱼，不让养小鸟，不许说牢骚怪话，甚至觉得儿子越没文化越好。全社会只有八个戏可以看，小说只有《艳阳天》和《金光大道》，课堂上学不到任何东西，中学毕业后程度还和小学生一样，再也没什么比这种现状更糟糕的。时至今日，书店什么书都能买到，图书馆什么书都能借到，人们想看书的念头反而不如过去激烈。就其大趋势而言，这是一种显而易见的进步。现代人往往为做学问才看书，这种美其名曰地做学问，有时候只是为文凭，为职称及待遇，说白了并不比无聊才看书好到哪里去。

黄皮书对我来说，或许要比世界名著更有影响力。"文革"初期，几乎所有的世界文学名著都是毒草，到了运动后期，不少作品事实上已悄悄解禁。青山遮不住，毕竟东流去。一些西方古典名著在"批判资本主义社会"的招牌下，正在成为公众读物，成为好学向上的举动而被社会认可。我奇怪自己为什么会有那么强烈的逆反心理，这种情绪即使到了今天也依然不改。多年的阅读经验让我养成习惯，一个人脑子只要没什么问题，就绝对不存在不能看的禁书，同样，也不存在一定要看的必读书。变好变坏的理由可以有许多，一本书把人看成雷锋，或者看成希特勒，更多的时候只是借口，书并没有那么大的魔力。

但是，确实存在着一类书，让人全心全意想看。内部发行的黄皮书像个百宝箱，一旦打开便让人目瞪口呆。我对那些传统意义的古典作品，产生了厌烦情绪，文学发展的演变史开始对我起作用，因为有了黄皮书，我觉得19世纪的外国文学都有些老掉牙，更能吸引我的是那些现代派作品。现代派作品曾在20世纪80年代中期作为时髦流行过，但是，根本就不是什么新鲜事，它不过是死灰复燃，在中国的文坛上，早已折腾过好几回。对于20世纪70年代中后期读小说的人来说，爱伦堡《人，岁月，生活》是最好的导读，这本书为读者提供了一大堆现代派艺术家的肖像，小说家、诗人、画家、音乐家，一个个栩栩如生，足以作为楷模。现代派的精神实质是反叛，是和社会的不合作，我想象自己如果是作家，绝对不会歌颂战争，而是自发产生一种海明威式的"左倾"，融入红色的20世纪30年代中去。如果我是个画家，就像毕加索那样，和传统的绘画开一次最彻底的玩笑。

处在当时的恶劣环境中，从来没有产生当作家的念头，这是一件很自然的事。我不屑去做一个写听命文章的人，更不愿意去阅读当代作品。当代走红的作品实在惨不忍睹，譬如《虹南作战史》和《较量》，我的父亲出于藏书习惯将这些东西买了回来，居然也能够在书橱上放一大排，除了搬家时有人挪动一下，谁也不愿意把它当作品看待。"文革"结束前后，一批粗制滥造的小说，像雨后春笋一般地冒出来，从那时起，我就产生了一种坚定的信念，世界上从来都存在着不同的写作，如果一些人是作家，另一些人就不是作家，这两类写作者水火不容。写作者是这样，读者也是这样。一段时间里，我被这样一些作品所左右，苏联小说《感伤的旅行》和《带星星的火车票》，法国小说《厌恶及其他》和《局外人》，美国小说《在路上》和《乐观者的女儿》，英国小说《往上爬》和剧本《愤怒的回顾》，这样的名单可以开出长长一大串，它们的共同点都是被当作批判材料引进，毒草可以变成肥料，结果我也成为一名颓废的愤怒青年。

　　黄皮书是"文革"前的产物，在所谓的三年困难时期之后，出了一批这样的内部读物。让人感到奇怪的，同样是爱伦堡的作品，长篇小说《解冻》实在没什么好看，即使到了"文革"后期，这本书仍然那么无趣，让人读不下去。解冻文学和伤痕文学在内容上，有异曲同工之妙，唯一的区别是时间上的差异，当苏维埃俄国对斯大林主义进行全面反思的时候，中国正在酝酿轰轰烈烈的"文革"。产生黄皮书的背景究竟是什么呢，"供批判使用"的"内部发行"的幌子下，是否还掩藏着什么不可告人的用心。

　　作为黄皮书的变种，"文革"中还出现过多种白皮书和蓝皮书，越是到运动的尾声，各种名目的内部出版物就越多。父亲对于收集这些书永远兴致勃勃，即使一边写着深刻检查，刚刚被批斗过。右派在"文革"中是死老虎，时不时被拎出来踏上几脚，习惯成自然，除了在那些最糟糕最黑暗的日子里，父亲总是想方设法将内部出版的书籍弄到手里。或许是对我采取了禁书的原因，他一度很不愿意和我谈论文学，可是一旦禁书不起任何作用，他便成了我最好的聊天对象。为此，我的母亲曾经真正地伤心过，她觉得我们像两只相斗的蟋蟀，整天叽叽喳喳地谈小说。受50年代苏俄文学的影响，父亲更爱看反映苏联现实生活的内部读物，譬如柯切托夫《你到底要什么》，巴巴耶夫斯基的《现代人》，邦达列夫的《热的雪》，李巴托夫的《普隆恰托夫经理的故事》。甚至到了1978年，人民文学出版社还用白皮书的形式，出版了一批"供内部参考"的读物，考虑到翻译和出版所需要的时间，这些书很可能在"文革"后期就开始运作，譬如《岸》，譬如《白比姆黑耳朵》，譬如《蓝色的闪电》。

　　我第一次见到萧乾先生，大约是1974年或者1975年，他正以有罪之身，做些翻译工作。据说巴金先生在"文革"后期，也是享受同等待遇，在翻译赫尔岑的《往事与随想》，不过他的译著要到运动结束以后，才能出版。我现在已经绕不清哪本书和萧乾有关，只记得他走了以后，伯父说萧乾可以用英文思考，这是对人外语好的一种高度评价。他带来一种大字本的《敖德萨档案》，是他翻译还是校对记不清了，反正这是我见到的第一本有关纳粹屠杀犹太人的文学作品，给我带来的震动远远超过二十多年后的《辛德勒名单》。更让我想不明白的，是有一批日本小说，因为时间久远，不能确定是否和萧太太文洁若女士有关，这些小说消磨了许多时间，它们是《日本的沉没》和三岛由纪夫的《丰饶之海》，多卷本的《丰饶之海》太长了，祖父没有精力把它看完，结果只好由孙辈先看，然后将故事复述给他听。

安东尼奥尼的一部电影在"文革"中非常热闹，报纸上曾经连篇累牍地批判，我至今也没有看过，一直不明白这位很不错的意大利导演，如何得罪了中国。我有印象的是黑泽明的《德尔苏·乌扎拉》，记忆深刻当然不是因为它得了奥斯卡最佳外语片奖，因为同时获大奖的还有福尔曼的《飞越疯人院》，无论是中国的读者还是观众，在过去对是否得世界大奖并不在乎，把诺贝尔文学奖和奥斯卡奖当回事，绝对是这些年的时髦。在1974年，《德尔苏·乌扎拉》正在拍摄的时候，中国方面就做出强烈反应，一本名为《反华电影剧本"德尔苏·乌扎拉"》的书很快出版，或者对发生在珍宝岛的冲突记忆犹新，或者林彪曾打算叛逃苏联，在大量的附录文章中，批判的火焰十分炽烈，口诛笔伐，把黑泽明骂了个狗血喷头。

这是一部描写中苏边境故事的电影，黑泽明显然陷于两边不讨好的尴尬。在《拍摄"德尔苏"是我三十年来的梦想》一文中，黑泽明用几乎是沮丧的语调，为自己做着辩护，他认为已经很公平了，但是双方都不满意。虽然他一再表示，"不愿意把政治搬进影片中去"，由于拍摄资金都是苏联方面拿出来的，中国方面更有理由觉得黑泽明偏袒了苏联人。看电影剧本和看电影感觉也许不一样，我当时的印象是，影片的主角是赫哲人德尔苏，他本身就是一个中国人，是正面人物，故事说的是人和自然的关系，如果不是高人指点，还真看不出险恶用心之所在。有趣的是，这本书收录的大批判文章，统统是以日本人的名义发表的，日本左派组成了《德尔苏·乌扎拉》研究会和批判组，遣词造句全是"文革"风格，真有理由怀疑这是个"托儿"。不好的辩解会帮倒忙，影片中的坏人是"红胡子"，也就是通常所说的土匪。把人搞糊涂的是这帮研究会和批判组，硬把土匪红胡子说成是中国人的代表，而少数民族赫哲人反而不是中国人，这说法简直比苏修还反动。

7

　　"文革"是一片文化沙漠，能找到几处绿荫，是一件幸运的事情。其实文化沙漠也并不一定特指"文革"，只要放松警惕，不吸取教训，沙漠化的现象随时随地都可能卷土重来。"文革"语言和"文革"思维，绝不会伴随那场不可思议的政治运动一去不返，旧的禁书取消了，新的禁书说不定正在酝酿。禁书的魅力是无穷的，我记得一位非常好的地下诗人，在"文革"后期看了几首阿赫玛托娃的诗，当然是供批判用的，非常激动地大声嚷嚷，说自己太爱她了，恨不得立刻就娶她为妻。这是一个极端的例子，阿赫玛托娃的年龄足以做这位年轻诗人的祖母，她已在十年前过世。她去世的那一年，正好是轰轰烈烈的"文革"开始之际。

　　年轻诗人并不是在作秀，他只是从批判文章中认识了阿赫玛托娃，不可能对她做出全面判断。但是就像每一滴水，都能折射出太阳的光辉一样，诗人的敏感已经足以让他意识到阿赫玛托娃的不同寻常。1978年，在当了四年钳工以后，我有幸进入大学，在课堂上听老师讲文学概论，那是我听过的最糟糕的课程之一。出于礼貌，我把季莫菲叶夫的几本文学理论方面的小册子找出来看，所以会想到他，是因为一次极其偶然的阅读，从

女儿过生日

他那本厚厚的《苏联文学史》中，读到了俄罗斯白银时代的诗人勃柳索夫和勃洛克的有关章节，我喜欢这些章节中引用的诗歌，这些诗很新颖很出色，而那本《苏联文学史》却不是一般的差劲。为了几首引用的小诗，喜欢上一个诗人或许是片面的，但是，在一个沙漠化的时代里，还能有什么更高的奢求。

进入大学以后，我才发现竟然没有看过《红楼梦》，对中国的古典文学作品，除了大略知道一些唐诗宋词，知道几篇明清散文，自己是那样的无知。回忆阅读生活，我发现自己差不多总是和社会提倡的阅读不合拍，正是由于这个原因，我永远成不了老师眼里的好学生。如果可能，我更愿意做一个书海里的独行侠，爱看什么就看什么，不想看那本书就把它扔掉。我依然还是那个想混进电影院看成人电影的顽童，也许，人生来就享有阅读的自由，父亲试图剥夺我青少年时代的这种权利，我却有意识地想让正上中学的女儿读世界名著，结果都是枉费心机。禁忌往往是最好的动力，也许，不让女儿看书反而歪打正着，我们今天把中学生不读世界名著，简单地认为是由于高考压力，其实也不过是欲加之罪，何患无辞。没有高考压力的成人，又有多少是在读书，我们自己不读书，怎么能够苛求孩子。

年轻的一代，正在成为媒体牺牲品，我女儿现在最关心娱乐新闻，唯一的文学读物只是张爱玲，我并不反对女孩子抱着《传奇》和《流言》，但是，如果只读张爱玲，便会成为很严重的问题。我小时候遭遇了禁书时代，现在却进入媒体时代，传媒挥舞着一支无形的大棒操纵一切，过去是不让读，现在千方百计有意识地让你读。传媒的眉飞色舞，有时候和禁止一样可恶，因为，传媒很可能教唆读一些真正不好的东西。我的朋友聊天时，曾大谈禁忌时代的好处，他从一个写作者的态度着眼，认为20世纪中，中国作家不够出色，根本原因在于不能处理好与禁忌的关系。无所禁忌的前提是有所禁忌，作家不能让他们太舒坦，没有了方方面面的压力，没有这样那样的负担，不戴着手铐脚镣，作家就不会太有出息，艺术必须是苦难和痛苦的结晶。禁忌是过去一代作家的本钱，而当代作家恰恰在这方面吃了大亏。表面上看，当代写作什么都能玩，甚至连另类也是时髦的代名词，都到了这份上，作家还有多大的戏能折腾。

不能说朋友的话全对，虽然有打击一大片的嫌疑。写作与阅读紧密相连，如今什么样的书都能找到，有书看有时候会等于没书看。也许正是从这一点出发，生活在当代，未必就是真正的幸运。

永远的阿赫玛托娃

最初听到阿赫玛托娃这几个字，是1974年。经过八年轰轰烈烈的"文革"，年轻人对知识的沙漠化忍无可忍。一个写诗的小伙子，十分动情地说他要娶阿赫玛托娃为妻，在当时是一种极度夸张的示爱方式。我那年才十七岁，不知道阿赫玛托娃是谁，因为喜欢这个小伙子的诗歌，也附庸风雅迷上了她。其实阿赫玛托娃不过是小圈子中流行的象征符号，和这些符号连在一起的，还有巴尔蒙特、勃留索夫、洛尔迦，能见到的诗句差不多全是只言片语，大都在批判的文章中发现。我并不知道阿赫玛托娃已在1966年春天的寂寞中悄然离去，她的年纪是那样苍老，足以做我们的祖母或曾祖母。

多少年来，我一直在想这个奇怪的问题。究竟什么魔力让我对阿赫玛托娃念念不忘，以至于每次提到她的名字，就仿佛又一次回到了躁动不安的文学青春期。我能够成为一个作家，从某种意义上来说，与阿赫玛托娃分不开，然而很显然，我并不是真的被她的诗歌所打动，不仅是我，敢说有一批她的狂热崇拜者，都和我一样沉浸在想象的虚幻中。这些年来，我一直注视着与阿赫玛托娃有关的文字，一次又一次努力地试图走近她的诗歌。知道的越来越多，阿赫玛托娃就越来越陌生。比较她诗歌的不同版本，同一首诗的不同翻译，我越来越困惑，也越来越相信诗歌真的不可翻译。我们永远无法借助别人的中文真正走近阿赫玛托娃。

记忆往往靠不住，契诃夫死了没几年，大家就为他眼睛的颜色争论不休，有人说蓝，有人说棕，有人说灰。就像阿赫玛托娃不喜欢契诃夫一样，人们有时候只对喋喋不休的话题感兴趣，我们关注的是契诃夫眼睛的颜色，是女诗人是否喜欢他的那些议论。在话题中，契诃夫的作品已经不重要。我想，在1974年，中国会有一批年轻人迷恋阿赫玛托娃，她会成为一个小圈子里的重要话题，最直接的原因，还是因为文化的沙漠化，在那样的背景下，任何一片小小的树荫，都可能成为年轻人精神上的绿洲。在悄悄谈论阿赫玛托娃的年代里，一个叫郭路生的年轻人的诗歌也在广为流传。那首著名的《这是四点零八分的北京》并不是只打动了知青，事实上，知青的弟弟妹妹们也一样为诗中的句子感到狂热。

> 我的心骤然一阵疼痛，一定是
> 妈妈缀扣子的针线穿透了心胸
> 这时，我的心变成了一只风筝
> 风筝的线绳就在妈妈的手中

那时候大家都相信，这个后来以食指闻名的诗人，在车站与亲友挥手告别，面对着熙熙攘攘的人群，在火车汽笛的叫声中，脱口而出这首让众人热泪盈眶的诗。如果当时有人指出这诗与孟郊《游子吟》有继承关系，一定会成为愚蠢的笑柄，这就好比行走在大沙漠里，面对干渴不是拼命喝水，却有一个书呆子跳出来慢腾腾先对大家解析水的分子结构。那是一个饥不择食的时代，人们迫切的需要被一些东西打动，《这是四点零八分的北京》成了一把钥匙，轻易地打开了郁结在人们心头上的那把锁。

与阿赫玛托娃一样，诗人食指同样也有更多话题的意义。车站吟别更像电影上的一幕，显然它与真实有很大的出入。车站朗诵只是艺术化处理，因果关系已经被颠倒了，真实情景是经历了车站上离别的乱哄哄，诗人才在远去的火车上写成广为流传的诗。我一直觉得这首诗的幸运在于，首先，为诗人提供了一个机会，有感而发固然重要，更重要的是有感能发。正是因为可以写诗的这种能力，诗人的个人痛苦得以宣泄和升华。其次，才是诗人用自己的嗓子喊出大家的声音。个人和集体的需要结合在了

一起，诗一旦诞生，便会在不同的地方被人传诵。换句话说，这实在是一个真正需要诗的时代，诗人生在这个时代才是幸运的。

阿赫玛托娃对于年轻人的魅力也在于此。我们更多地诉说着她的不幸，她的传奇。我们喋喋不休叽里呱啦，不是因为知道的多，是因为知道的不多。一个人被打动，根本不用知道太多。我们喜欢诗人食指，是因为他在当时发出了与众不同的声音，是因为一个典型的叛逆者形象，是他受到的不公正待遇，是他居住的精神病医院，如果我们知道，郭路生其实一直想成为被主流认可的诗人，他努力着，曾经花很多时间体验生活，为了写一部讴歌红旗渠的长诗，我们的观点也许会因此发生重大改变。同样的道理，阿赫玛托娃也没想过要当主流之外的诗人，文坛对作家的诱惑无时不在，没有一个诗人不想被认可。真实的情况只是，文坛无情地摒弃了他们。并不是他们硬要拒绝，而是所谓主流中没有他们的位置，拒绝是一种迫不得已。

阿赫玛托娃在"文革"前夕，像出土文物一样重新复活。这时候，她已经是一个七十多岁的老太太。这时候，斯大林已经死了十年。阿赫玛托娃连续获得了两项来自西方的荣誉，获得了意大利文学奖，获得了牛津大学授予的文学名誉博士学位，同时，她可能会获得诺贝尔奖的传闻也不胫而走。虽然差不多又过了十年，阿赫玛托娃的名字才在中国部分年轻人中间流行，但是想一想此时正值中国的"文革"，这种姗姗来迟的文学反应就不奇怪。与帕斯捷尔纳克的结局一样，阿赫玛托娃也是在获得声誉之后的不久离开人世，荣誉不是喜剧收场，而是催人泪下的悲剧结尾。很显然，年轻人喜欢阿赫玛托娃，更多的是对当时的铁幕统治不满，是对枷锁的强烈抗议，换句话说，我们被感动的，首先是诗人的不幸身世，是他们的遭遇，其次才是诗本身，才是诗人获得的荣誉。

虽然诗人常被看作历史的宠儿，动不动加以桂冠的头衔，而且天生感觉良好，真实的境遇却恰恰相反。爱伦堡回忆巴尔蒙特，说有一次挤电车，因为人多，他竟然扯着嗓子叫开了："下流坯，闪开，太阳之子驾到！"自然没有人会理睬他，巴尔蒙特的幸运只是没有因此挨揍，最后不得不步行回家。同样的故事也发生在中国诗人身上，朱自清的日记中就记载着这么一段轶事，他与一位诗人在法国挤公共汽车，这位诗人要和别人理论，结果被身高力大的洋人像抓贼似的扔到了车下。诗人精神上的强大，与现实生活中的孱弱正好形成对比。普希金被誉为俄罗斯诗歌的太阳，月亮就是阿赫玛托娃，但是形容这位月亮，诺贝尔奖得主布罗茨基称她为"哀泣的缪斯"更确切。

阿赫玛托娃生前最喜欢庆祝的节日，是斯大林的忌日，她自己升入天堂的日子正好也是这一天。恰巧可以作为话题供后人无数次咀嚼，对于喜欢阿赫玛托娃的人来说，说到这一点不得不深深感叹。在整个白银时代的诗人中，阿赫玛托娃不是最不幸的，然而却是一位活得最久的历史见证人。她是这个时代的象征，是一种精神力量的代表，在1974年，喜欢阿赫玛托娃，意味着同时也在向那些杰出的诗人表示致敬，他们是在法国潦倒而死的巴尔蒙特，被枪毙的古米廖夫，死于集中营的曼德里施塔姆，流浪在外无家可归的茨维塔耶娃，以及自杀的马雅可夫斯基和叶赛宁。喜欢阿赫玛托娃，意味着我们向往那个闪烁金属光芒的诗歌岁月，意味着对反叛和决裂的认同，意味着为了艺术，应该选择苦难，选择窘境，甚至选择绝望。

1989年，联合国教科文组织将本年度命名为"国际阿赫玛托娃年"，纪念这位伟大诗人的百年诞辰。在记忆中，这并不是一件大不了的事情，几乎没有给我留下任何印象。这个时候的阿赫玛托娃真的老了，老态龙钟，满脸皱纹，超级大国苏联解体在即，她的诗歌变得不重要，变得可有可无。阿赫玛托娃是禁锢年代的产物，坚冰一旦打破，解冻成为事实，她也就真正地从前台退到了幕后。十年以后，《阿赫玛托娃传》出版时，只印了一千本，后来又出版了一本《哀泣的缪斯》，印数同样很少。

阿赫玛托娃在中国的崇拜者，集中在"文革"后期。人数不一定很多，但是质量很高，特别痴情，特别疯狂。人们在批判的文字中，寻找着有关她的语言碎片，不多的几首译诗被到处传抄。阿赫玛托娃成了真正的传奇人物，在那个年代里，只要是说说她的故事，就足以激动人心。对于阿赫玛托娃的崇拜者来说，任何一句亵渎的话都是绝对不能容忍的。阿赫玛托娃代表着一种诗歌精神，代表着一种艺术追求的终极目标。这些狂热的崇拜者中，有个别人后来成了轰动一时的朦胧诗主将，成了中国诗歌界的佼佼者，然而大多数人都沉寂了，与诗歌挥手作别，与阿赫玛托娃再也没有任何恩怨。毕竟那个时代结束了。

纪　　念

一

我对父亲的最初印象，是他将我扛在肩上，往幼儿园送。我从小是个胆小内向的孩子，记得自己总是拼命哭，拼命哭，不肯去幼儿园。每当走到那条熟悉的胡同口，我便有一种世界末日来临的恐惧。父亲将我扛肩上兜圈子，他给我买了冰棍，东走西转，仿佛进行一项很有趣的游戏，不知不觉地绕到了幼儿园门口。等到我哇哇大哭之际，他已冲锋似的闯进幼儿园，将我往老师手里一抛，掉头仓皇而去。

我在十岁的时候，从造反派那里知道自己是一个被领养的小孩。时至今日，我仍然不知道自己的亲生父母是怎么一回事。我只知道我的血管里流着的，是一个普通的平民的血。显然从一开始，我就是一个多余的产物。很多好心人都以为我所以能写作，仅仅因为遗传的因素。有的人甚至写评论文章说我身上有一种贵族气质。溢美也好，误会也好，不管怎么说，我能够在文坛上成名，多多少少沾了我祖父和父亲的光。我的祖父和父亲，不仅文章写得好，更重要的是他们有非常好的人品。他们的人格力量为我在被读者接受前，扫清了不少障碍。我受惠于祖父和父亲的教育与影响这一点不容置疑。

父亲不止一次说过，觉得我这个儿子和亲生的没什么两样。父亲知道这是我们之间一个永恒的遗憾。事实上，多少年来，无论是父亲，还是我的祖父，都对我非常疼爱。这是一个敏感的话题，常常有人利用这个话题，而父亲从不利用我是领养这个事实来伤害我。

我偶尔从一张小照片上知道自己本来姓郑，叫郑生南。照片上的我最多只有一岁。我想这个名字只是说明我出生在南京。

我很小就开始识字了。在识方块字这一点上，我似乎有些早熟。父亲属于那种永远有童心的人，做了一张张的小卡片，然后在上面写了端端正正的字让我认。那时候他刚从农村劳动改造回来，和他的好朋友方之一起写关于"大跃进"的剧本。写这样的剧本究竟会不会有乐趣，我现在实在想象不出，我只记得父亲和方之常常为教我识字，像小孩子一样哈哈大笑。父亲和方之在1957年，为同一件事被错划成了"右派"，他们内心深处自然有常人所不能体会到的痛苦，但是他们留在我童年记忆中的哈哈大笑，比他们教我认了什么字，印象深刻得多。

我记得父亲和方之老是没完没了地抽香烟。屋子里烟雾腾腾，两个人愁眉苦脸坐在那。他们属于那种典型的热爱写作的20世纪50年代的书呆子。我小时候是一个公认的很乖巧的小孩，他们坐那挖空心思动脑筋，我便一声不响地坐在他们身后，很有耐心地等他们休息时教我识字。除了害怕上幼儿园，我从来没有哭闹过。我永远是一个害怕陌生喜欢寂寞的小孩。

我小时候做过的最早的游戏，就是到书橱前去寻找我已经认识的字。祖父留给父亲的高大的书橱，把一面墙堵得严严实实。这面由书砌成的墙，成了我童年时代最先面对的世界。父亲和方之绞尽脑汁地写他们的剧本，我孤零零拿着手上的卡片，踮起脚站在书橱前，认认真真核对着。厚厚的书脊上的书名像谜语一样吸引住了我，就像正在写的剧本的细节缠绕住了父亲和方之一样。

那时候我大概才三岁，有一次大约是发高烧，我在书橱前站了一会儿，不知怎么又回到了小凳子上坐了下来。我经常就这么老实地坐在那，因此正在写剧本的父亲丝毫没有意识到我的异常。现在已经弄不清楚究竟是方之，还是我的父亲先发现我像螃蟹一样地吐起白沫来，反正我当时的样子把他们俩书呆子吓得够呛，他们手忙脚乱不知所措，慌了好一阵子，才想起来去找邻居帮忙。

二

父亲的童年一定很幸福。我读研究生的时候，有一年在杭州，计划去看望郁达夫的儿子郁云。由于某件事的打扰，结果只是我的几个师兄弟去了，他们见到了郁云，对其留下的最深刻的印象，就是他很有感叹地说自己没有一个像我父亲那样的温暖家庭。

父亲出生时，祖父在文坛上的地位已经奠定。父亲是祖父的小儿子，在他前面还有一个哥哥和姐姐。我从没听父亲讲过他小时候有什么不愉快。无论是父子关系母子关系，无论是兄弟关系还是姐弟关系，他每提到时，都能很自然地让别人感受到他童年所享受到的天伦之乐。我的伯母很早就进了叶家门，作为长嫂，她常常照顾父亲。父亲一直把自己的嫂子当作大姐姐，伯母的名字中有一个"满"字，父亲一直很亲切地叫她满姐姐。

父亲显然得到了太多的溺爱。和哥哥姐姐比起来，父亲自己照顾自己的能力最差，我的姑姑常常开玩笑，说父亲小时候连皮球也不会拍，别人不会拍，一学就会，可他就是学不会。父亲甚至也不会削苹果，要是没人伺候，糊里糊涂洗了洗就连皮吃。

父亲的家庭永远充满了融融洽洽的空气。难怪郁达夫的儿子会羡慕，就连祖父的老朋友们，也不止一次在文章中流露出类似的意思。宋云彬先生就直截了当地说过："尤其使我艳羡不止的，是他的那个美满的家庭。"朱自清先生也说过："圣陶兄是我的老朋友。我佩服他和夫人能够让至善兄弟三人成长在爱的氛围里。"

伯父在他们兄弟三个合出的第一本集子《花萼》自序中，写到了这种

父亲的肖像。我做工人的时候，曾迷恋过一段摄影，这是当年我的作品

愤怒的葡萄

[美] 斯坦培克 著

胡仲持 译 叶至善 叶至诚 改写

世界文学名著

改写本丛书

爱的氛围：

今年一月间，我们兄弟三个对于写作练习非常热心。这因为父亲肯给我们修改，我们在旁边看他修改是一种愉快。

吃罢晚饭，碗筷收拾过了，植物油灯移到了桌子的中央。父亲戴起老花眼镜，坐下来改我们的文章。我们各据桌子的一边，眼睛盯住父亲手里的笔尖儿，你一句，我一句，互相指摘、争辩。有时候，让父亲指出了可笑的谬误，我们就尽情地笑了起来。每改罢一段，父亲朗诵一遍，看语气是否顺适，我们就跟着他默诵。我们的原稿好像从乡间采回来的野花，蓬松的一大把，经过父亲的挑剔跟修剪，插在瓶子里才像个样儿。

没有比这更合适更传神的文字，可以用来表达父亲少年时代的欢乐生活。出版《花萼》的时候，父亲刚刚十六岁。在祖父善意的鼓励下，在哥哥姐姐的影响下，父亲很早就表现出了在写作方面的特殊才能。父亲过世以后，伯父和姑姑从北京乘飞机赶来，参加了父亲的遗体告别，姑姑说，父亲从小就想当作家。她有点想不通的是，父亲多少年来始终把写作当回事。事实上他们那一辈的三个人当中，的确也只有父亲一个人把写作当作了自己的唯一职业。尽管伯父和姑姑也写了许多东西，有的文章写得非常好，但是写作只是他们业余生活的一部分。姑姑的专业是外语，伯父是出色的大编辑。和父亲不太一样，伯父和姑姑从来不硬写。他们很少写那些自己不愿意写的东西。

父亲少年时代写的文章，一直让我感到嫉妒。父亲那时候的文章充满了一种让人目瞪口呆的才气。我早逝的堂哥三午，是我们这一代中最有文学才华的一个人，他不止一次说："叔叔的文章真棒。"三午有一篇中学作文，就是讲自己如何抄袭父亲的作文，如何得到老师的好评，然后又如何意识到自己这么做不对。不少评论文章把祖父誉为中国的契诃夫，三午却独有见解地认为，如果不放弃自己的写作风格，也许真正成为中国契诃夫的便是我父亲。

宋云彬先生表扬父亲当年的文章，"没有一篇文章是硬写出来的。"朱自清先生认为父亲那时候的文章，"有他自己的健康的顽皮和机智，""虽是个小弟弟，又是个'书朋友'，他的观察力和记忆力却几乎与大哥异曲同工，""真乃头头是道，历历如画。"

高晓声叔叔是50年代初认识我父亲的，那时候他还没开始写东西，他觉得自己很有幸能结识父亲，因为他曾听人说过，父亲早在十年前，就写出了一手漂亮的好文章。父亲和高晓声叔叔结识的那一年，刚二十五岁。

三

父亲似乎生来就像当作家的，也许是家庭环境造成，也许是命中注定适合写东西。多少年来，没有什么比作家梦更折磨父亲。

父亲常常说自己原来是个好学生，可是上中学以后，一迷上了外国小说，便没有心思再念书。上课时，再也不肯安心念书，偷偷地躲在下面看小说。有一次，父亲躲在那专心致志地读小说，老师绕到了父亲的背后，不声不响地看父亲在看什么书。同学们都以为老师会大发雷霆，谁知道老师突然很激动地对父亲说："喂，你看完了，借给我看看。"

父亲看的显然是一本当时文学青年爱看的书。老师也是一个可爱的书呆子，他没有责备父亲，却和父亲交上了朋友。交朋友当然有那么些功利目的，那就是没完没了地跟父亲借

没有完的赛跑

叶至诚

书看。

没人知道父亲究竟看过多少书。书看得太多，这是父亲一辈子引以为荣的事。文学创作上过早的成功和成熟，使人充满自信，父亲相信自己再也用不着走上大学的窄路。不仅不用上大学，甚至连安安分分把中学念完都不肯，父亲相信自己已经是一名作家了，觉得自己应该迫不及待地走上社会。

祖父尊重父亲的选择。

于是满脸稚气的父亲便进入开明书店当职员。

作家梦折磨着父亲。在开明书店这段时间，父亲写了不少东西。父亲想当作家，更想当一个大作家。从年龄上来说，父亲那时候还是个童心未泯的大孩子，顽固地相信自己唯有像高尔基那样，一头扎入到生活的海洋里，投身社会大学，"在清水里洗三次，在血水里泡三次，在碱水里煮三次"，才能成为一名真正的作家。

作家要"体验生活"这句名言还未风行的时候，父亲已开始身体力行实实在在地这么做了。内心躁动不安的父亲再也不愿意过平庸的日子，父亲显然成不了一个好职员。过早地参加工作走上社会，并不像事先想的那么有趣。于是浪子回头，父亲又考入了由熊佛西先生主办的上海戏剧专科学校，学习表演。上海戏剧专科学校是如今大名鼎鼎的上海戏剧学院的前身，这个学校培养了许多第一流的演员，然而在培养我父亲上，却遭到了彻底的失败。父亲显然也不是一块当演员的料子。父亲演得最好的一个角色，只是舞台跑跑龙套的匪兵，父亲自我感觉演得很潇洒，把主角的戏都盖过了。

父亲很快厌倦了上表演课。也许熊佛西先生是祖父老朋友的缘故，他让缺课缺得有些不像话的父亲改读编导班。

可是父亲的兴趣投入到了"反饥饿，反内战"的学生运动中。为了当大作家，为了更好地体验生活，父亲放弃了自己良好的写作势头。像那个时代所有有理想的年轻人一样，父亲再不肯在课堂里坐下去。

编导班还没毕业，父亲又穿过封锁线，去了苏北解放区，参加革命。

有一段时期，父亲是又红又专的典型。

我为父母拍的合影，背景为我们家的小楼，我在这里度过了童年和少年时光

父亲参加了解放军对溃退的国民党部队的追击，参加了解放初期的历次政治运动。像父亲这样的书呆子，居然也会在腰间挎一支驳壳枪。土改中，父亲作词的《啥人养活啥人》一歌，风行大江南北。广大农民正是唱着这首歌，分田分房，控诉地主斗争恶霸。

这以后，父亲福星高照，官运亨通。到1956年春天，刚满三十岁的父亲已是文联党组成员，是创作委员会的副主任。父亲是当时文联机关最年轻有为的干部。这是父亲一生中涉足官场最得意的黄金阶段。

然而父亲仍然不是当官的料子。父亲的梦想永远是当一个作家，当一个能写出一大堆书来的大作家。父亲和当时几个有着同样理想的好朋友，想办一个稍稍能表现一点自我的文学刊物，这个刊物叫"探求者"。结果是大难当头，老天爷说变脸就变脸。父亲成了反党集团成员，成了臭名昭著的右派。在父亲的难兄难弟中，除了方之，还有高晓声、陆文夫、梅汝恺、陈椿年。所有这些江苏20世纪50年代的文学精英，都因为"探求者"三个字吃尽苦头。父亲过世时，陆文夫叔叔就住在离我们家五分钟路的江苏饭店里，那天晚上他来吊唁，五分钟的路，昏昏沉沉走了足足半个小时才到。一进门，他就号啕大哭，半天也说不出一句话。

被错划成"右派"，改变了父亲一生的形象。在这场厄运中，也许唯一欣慰的，是父亲有了几个荣辱与共的患难兄弟。

四

父亲从来就不是一个坚强的人。父亲的一生太顺利。突如其来的打击使父亲完全变了一个人。据父亲的老朋友顾尔镡伯伯说，刚刚三十岁出头的父亲，一头黑发，几个月下来，竟然生出了许多白发。父亲那时候的情景是，一边没完没了地写检讨和"互相揭发"，一边一根又一根地抽着烟，一根又一根地摘下自己的头发，然后又一根接一根地将头发凑在燃烧的烟头上。顾尔镡伯伯在纪念父亲的文章中认为，父亲就是在那个特定的年代里，"由一个探求的狂士变成了一个逢人便笑呵呵、点头弯腰的'阿弥陀佛'的老好人，好老人。"

少年气盛，青年得志，然而1957年的反右，一切都发生了变化。江山易改本性难移，可是经过1957年的反右，父亲的性格的的确确是彻底变了。

父亲下放到了江宁县去劳动改造。时间不长，前后不过是一年多，然后被调回来和方之叔叔一起写剧本。

我的命运就是在这时候和父亲联系在一起的。我想我的出现，多少会给父亲带来了一定的安慰。父亲一向觉得我是个听话的孩子。那毕竟是父亲一生中最心灰意懒的日子。父亲送我去幼儿园，父亲和方之叔叔一支接一支抽香烟，没完没了愁眉苦脸地改剧本，父亲教我识字，所有这些都是我最初的记忆。我没见过父亲少年气盛的样子，也想象不出父亲青年得志的腔调。在我最初的记忆中，父亲就是一个倒霉蛋。

在父亲调到《雨花》之前，我没见过父亲有过什么扬眉吐气的日子。那是在1979年的4月，父亲的冤案得到了平反。"探求者"的难兄难弟又聚到了一起，开怀痛饮。方之就是在这一年秋天过早去世的，父亲像孩子一样号啕大哭。这是我第一次看见父亲如此淋漓尽致地表达自己的感情。

我的印象中，父亲永远是低着头听人说话。1957年的反右会这么有力地摧垮一个人的意志，今天想起来，简直不可思议。人往往会变得比我们想象中的更可怜。父亲真正做到了夹起尾巴做人，小心翼翼地做任何事。

到了"文革"，作为右派，父亲首当其冲是打击对象。在这场史无前例的浩劫中，常人所享受到的苦头，父亲无一幸免。肉体上的痛苦用不着再说，父亲精神上所受到的折磨，真正罄竹难书。"文革"彻底摧毁了父亲经过反右残存下来的那点可怜意志，诚惶诚恐认罪反省，不知所措交代忏悔，父亲似乎成了一个木头人，随别人怎么摆布。

我帮着父亲一起在街上卖过造反派油印的小报，也不止一次帮着父亲推板车去郊区送垃圾。父亲那时候只拿很少的生活费，卖小报算错账了要贴钱，还有人敲竹杠向他借钱，父亲一生中从来没像当时那么贫穷过，穷得自己必须精确地计算出一天只能抽几支廉价香烟。我清楚地记得父亲抽的是被誉为"同志加兄弟"的阿尔巴尼亚香烟，只要一角七分一包，这也许是中国历史上最便宜的洋烟。

父亲成了当时剧团里最好的劳动力，挖防空洞，敲碎石子，打扫厕所，脏活累活都能揽下来的一把好手。我们那时候在旁边的一家工厂里搭伙，父亲每顿都能吃六两米饭。

"文革"，父亲记忆中最想忘记又最不能忘记的，是父亲在交代时，把枕头边的话也原封不动地交代了。这实在是一种过分的没必要的老实。为了父亲交代的这番话，母亲差一点被打成了现行反革命。父亲为此内疚了一辈子，父亲的哲学从来宁愿天下人负自己，自己不负天下人。自己吃点苦受点罪算不了什么，多大的委

叶至诚

倒霉的橄榄核
daomeideganlanhe

百花文艺出版社

屈父亲都可以忍，父亲唯一不想做的，就是去伤害别人。

父亲干了足足二十年的职业编剧。先是在越剧团，后来在锡剧团。我至今不清楚父亲究竟写了多少个剧本。好像不止一个剧本得过奖。

父亲不止一次和别人合作过写剧本。和方之叔叔，和高晓声叔叔，还有其他别的什么人。写剧本是父亲的一种生活状态。我从懂事以后，印象中就是父亲永远在天不亮爬起来修改剧本。父亲永远是在修改，抄过来抄过去，桌上到处都是稿纸，烟灰缸里总是满满的烟屁股。

父亲和别人合作写剧本，常常把自己的名字写在别人后面。很多人都说这是父亲与人为善，不争名夺利。我的看法是，不争名夺利只是一个方面，另一方面，父亲对于这些和别人一起苦熬出来的剧本，谈不上太多的爱。父亲从没向我夸耀过自己的剧本写得怎么好怎么好，提起自己刚写的散文，提起自己少年时代写的小说，父亲常常流露出那种按捺不住的得意，可一提起写的那些剧本，父亲便显得有些沮丧。

1979年6月，父亲在《假如我是一个作家》的结尾部分，用一种很少属于自己的激扬文字大声宣布："要是我的作品里不能有我自己，就没有存在的价值。"这是一句发自父亲肺腑的话。事实上，父亲对于那些没有他自己的文章，谁的名签在前面，甚至签不签名都无所谓。

职业编剧的生涯对于父亲来说，也许根本谈不上什么乐趣。写那些完全没有他自己的剧本，充其量只是混口饭吃吃。父亲不过是凭自己的一支笔当当枪手而已。父亲和方之劳改回来以后，合写剧本《江心》，写着写着，被领导发现了"问题"，惊魂未定，又吓得不知如何是好。为了保险起见，父亲和方之不得不请当时不是"右派"的顾尔镡伯伯来帮他们把关。即使是写歌颂的剧本，也好像是走钢丝，稍不留神就会出大问题。

除了政治上的风险，写剧本最大的苦处，就是必须马不停蹄地按别人的旨意改。什么人都是父亲的上司，谁的意见不照着办都麻烦。每一层的领导都喜欢做指示，都觉得看了戏不说几句不行。碰到懂行的还好，碰到不懂的活该父亲倒霉。很长一段时间里流行集体创作，集体创作说穿了就是大家七嘴八舌瞎说一通，然后执笔的人去受罪。

我亲眼看见作为执笔者的父亲所受的洋罪。虽然我现在也是一个作家，但是无论在我的童年，还是在少年，甚至上了大学以后，我都没想过自己要当作家。父亲的遭遇，使我很小就鄙视作家这一崇高的职业。各式各样的领导，局领导、团领导，包括工宣队军代表，各式各样的群众，跑龙套的拉二胡的什么事都不做的，只要有张嘴就可以对父亲发号施令。无数次下乡体验生活，无数次半夜三更爬起来照别人的旨意修改作品，父亲在没完没了"没有自己"的笔耕中，头发从花白到全白，越窝囊越没脾气，越没脾气越窝囊。

五

在首届金陵藏书状元的评选中，父亲被评为状元。评选活动很热闹，很轰轰烈烈，又是电视报道，又是电台转播。父亲很高兴地出现在电视屏幕上，乐呵呵地在电台的直播室里接受热心的听众电话采访。不止一家出版社要出藏书家辞典，许多人都来信称父亲已列入到了他编的辞典中，父亲觉得很滑稽，自己无意之中，怎么竟然成了藏书家。

父亲喜爱藏书。书是父亲的命根子，精神寄托的安乐园，然而父亲绝对不是传统意义的藏书家。藏书家的头衔对父亲来说，只是一场误会。

父亲从来不藏什么善版书、珍版书。父亲的书本身并不值钱，全是常见的铅字本，而且几乎都是小说，都是翻译的外国小说。父亲写过《四起三落》专谈自己的藏书，承认自己的藏书："无非为积习难改，无非为藏它起来。"

父亲的藏书始终围绕着作家梦转。很显然，父亲的藏书和自己各时期所喜欢的作家分不开。去苏北参加革命之前，父亲收藏的作品以欧美作家为最多。父亲曾是俄国和20世纪的法国作家的忠实读者，又对同时代活着的作家纪德、斯坦倍克、海明威、萨洛扬、雷马克等兴趣浓烈。参加革命以后，父亲的藏书大大地增加了苏联文学的比例。

藏书只是实现父亲作家梦想的一部分。经历了1957年的反右以后，藏书作为父亲想当大作家的一种手段，逐渐退化成为收藏而收藏的目的。当作家的意志遭到了迎头痛击，父亲并不坚强也没办法坚强，藏书范围终于糊涂不清大失水准，在孤寂的岁月里，父亲藏过小人书一样的外国电影连环画，近乎机械地买过各式各样的新鲜应时读物，买了为数不少的马列著作，各种版本的毛选，数不清的旧戏曲剧本和市面上最通俗流行的电影杂志。作家梦和藏书行为逐渐分离，藏书行为真正变成了一种习惯一种毛病。父亲的藏书是时代的讽刺，记录了一个莫大的悲剧。一个梦想着献身艺术，成为职业作家的年轻人，几经沧桑，结果只成了一个不断买书看的看客。父亲岂是当了个藏书状元就能心满意足的人。

多少年来，父亲一直为自己读的书多感到自豪。对于一个终身都做着当大作家梦的人来说，父亲的文学准备实在太充分。父亲对于文学始终有一种文学青年的热情。随和不好斗只是父亲的处世态度，然而在文学见解上，父亲的卓识和挑剔只有我这个做儿子的最清楚。父亲当了多年的《雨花》主编，事实上却很少过问刊物的事，不愿过问的理由除了精力不够，更难说出口的是因为见不到好稿子。父亲常常和我说谁谁谁的小说怎么写得这么差，又说谁谁谁应该这样写而不应该那样写，得奖小说常常是父亲抨击的对象，红得发紫的小说常常读了一半便扔掉。谁也不会想到老实窝囊的父亲在文学上会那么狂妄，那么执着和生气勃勃。

父亲是由文学名著熏陶出来的，因为读的书太多，脑子里已经有了太多的定了形的文学文本。形式和内容上的重复，没有任何创新，这是父亲自己的，也是父亲一再教给我的判断作品好坏的直接标准。父亲对于文学有一双很毒的眼睛，时髦的伪劣产品很难躲过父亲的法眼。

我是父亲藏书的直接受益者。过去我曾很狂妄地自信在同一年龄段上，看的书多没人能和我比。书是父亲的精神乐园，也是伴随我成长的食粮。天知道如果没有书，我们过去的岁月会是怎么样。"文革"后期，被没收的藏书退还了，堆得满地都是，那时候我正上中学，有好几年一张小床就搭在书堆中。我狼吞虎咽地看书，经常性地看到深更半夜。

父亲刚开始不让我乱看书。也许父亲觉得自己是文学作品的受害者，不愿意儿子重蹈覆辙。父亲常常出其不意地出现在书房里，板着脸检查我是否在读文学名著。为了对付父亲，我不得不在大白天读可以看的书，在半夜里读文学名著。我曾是雨果最狂热的崇拜者，曾经整段整段地往本子上抄。雨果的作品在那寂寞的岁月里，不止一次让我泪如雨下。

那年头父亲已开始戴罪修改那种"三突出"的剧本。父亲的习惯是半夜三更爬起来写，而这时候正好是我开始放下书睡觉之际。等到父亲发现我的秘密，已经为时过晚，他住在楼上，半夜里实在修改不下去，下楼散步时才发现我房间的灯光还亮着，我一边读一边哭泣的情景一定打动了父亲，父亲显然是不声不响地站在黑暗中看了许多次，才忍不住敲敲玻璃窗让我睡觉。

我永远忘不了自己偷看文学名著给父亲带来的烦恼。很长一段时期里，父亲老是为了我偷书看而无可奈何地唉声叹气。父亲的一生为那些不想写而硬写的东西消耗了太多的青春，父亲最不想看到的一个事实，就是儿子也会在文学这棵老树上吊死。

父亲希望我成为一个和文学毫无关系的人。因为这个缘故，高考制度恢复后，父亲坚决反对我考文科。偏偏鬼使神差，又因为眼睛不好的缘故，我只能考文科。接到大学录取通知书，父亲没有向我祝贺，甚至连一个笑也没给我，父亲只是苦着脸，很冷静地让我以后不要写东西。

父亲在会议上发言

六

我考上大学的第二年，父亲的冤案得到了平反。老朋友们出了一口恶气，又重新聚到了一起，高晓声、陆文夫、方之像文学新人一样在文坛上脱颖而出。父亲重新回到作家协会，立刻贼心不死，开始写那些"有自己"的文章，写自己曾经熟悉的散文和小说。

父亲没有像他的老朋友那样大红大紫。我想内心很狂妄的父亲嘴上没说什么，心里一定不会太好过。"有自己"的小说并不是那么轻易地就能在文坛上站住脚跟，尽管父亲遍体鳞伤，可惜他写不来"伤痕小说"。父亲显然不是那种争名夺利之辈，但也许是过去的岁月里太寂寞的关系，父亲对于自己新写出来的作品毫无反响感到不堪忍受。写作的人，对于自己暂时不能被人理解通常有三种态度，一是义无反顾地向前走，一是顺便改造自己的风格，一是干脆搁笔不写。父亲选择的往往是最后一种。事实上，粉碎"四人帮"这么多年来，父亲真正动笔在写的日子并不多。

父亲的作家梦永远有些脱离实际。父亲想得太多，做得却又太少。在一个不能写不该写的时代，父亲始终在硬写，而在一个能写应该写的时代，父亲写得太少。在写作上不像自己的老朋友们那样勤奋，不能忍受一点点干扰，是父亲未能达到理想高度的重要原因之一。在过去的特定的时代里，由于大家都不能写，因此写与不写没什么区别，然而进入了新时期，大家都站在了同一起跑线上，写与不写，便有了严重不同的后果。

父亲病危期间，我一遍又一遍地想到父亲的写作生涯。让我感到吃惊的是父亲自认为可以留下来的作品，不到三十万字。这个数字真是太少了，因为其中还包括了父亲少年时代写的十多万字。一个作家真正能留下三十万字，并不算太少，可是面对父亲终身想当大作家的狂妄野心，面对父亲多少年来为了文学的含辛茹苦忍辱负重，三十万字又怎么能不说太少了。父亲毕竟一辈子都在写，除了写作之外，父亲毕竟什么也没干好过。

成为一个好作家从来就不是件容易的事。父亲常常教导我，也常常这样教导那些向父亲请教的文学青年，他常常说思想的火花，如果不用文字固定下来，就永远是空的。想象中的好文章在没有落实成文字之前，也仍然等于零。父亲自然是意识到了不坐下来写的危险性。

父亲常常有意无意地躲避写作。不写作当然会有各种各样的原因。正如福克纳所说的那样："如果这个人是一流的作家，没有什么会损害到他写作。"父亲似乎永远处于一种准备大干一番的状态，不断地对我宣布要写什么和打算怎么写。我听过父亲说过许多好的甚至可以说是非常好的设想。写作对父亲来说太神圣了，正因为神圣，父亲对于写作环境的要求，便有些过分苛刻。作家太把自己当回事也许并不是什么好事，并不是什么人都能理解写作的神圣。作家永远或者说最多只能当个普通人。作家当不了高高在上为所欲为的皇帝。没多少人会把作家不写作的赌气放在眼里，不写作的受害者无疑还是作家自己。

对于一个太想写太想当大作家的人来说，放弃写作是一种自我虐杀。不写作的借口永远找得到，不写作的借口永远安慰不了想写而没写的受着煎熬的心灵。在这最后的十几年里，宝贵的可以用来写"有自己"的时间，像水一般在手指缝里淌走了。欢乐极兮哀情多，少壮几时兮奈老何。1957年的"反右"，"文革"，修改那些几乎毫无价值的剧本，已经浪费了太多的时间。

也许只有我一个人能理解父亲想写却没写的痛苦。也许只有我一个人知道父亲所找的借口没一个站得住脚。过去的这些年里，作为《雨花》主编，无论行政或者稿件，事实上父亲都很少过问。主编只是一个优惠的虚衔，只是一种享受的待遇。至于编祖父文集这一浩大工程，事实上也是伯父一个人在编，祖父的文集已出至十一卷，父亲充其量不过浏览一遍三校样。祖父在八十多岁的时候，每天伏案仍然八九个小时。伯父更是个工作狂，现在已经七十多岁，独自一个人能干几个人的工作。让人疑惑不解的是，为什么祖父和伯父的这种优秀品质，在父亲身上便见不到了。祖父和伯父都在写作之外，干了大量别的工作。

我丝毫没有在这里指责父亲的意思。我的眼泪老是情不自禁地要流出来。父亲已把他热爱写作的激情传给了我。我是父亲想写而没写出来的痛苦的见证人。事实上，在过去的这段时间里，我总是婉言地劝父亲注意身体，写不写无所谓。事实上，是父亲一遍遍和我说他要写什么，父亲永远像年轻人一样喜欢摆出要大干一番的样子。事实上，他不止一次开始写，又不止一次被不能称其为理由的理由中断。

在父亲的灵堂里

　　我感到悲伤的是，既然不写作给父亲带来了那么大的痛苦，父亲为什么不能咬紧牙关坚持写下去。既然父亲对写作那么痴心地一往情深，要写作的愿望那么强烈，为什么不能振作起来，勇敢地面对那些微不足道的干扰。

七

　　父亲的病来得十分突然。四年前，我的堂哥三午在一夜之间生急病去世。两年前，我姑姑的独生女儿宁宁莫名其妙地被确诊为癌症，而且已经到了无可救药的晚期。我从去年夏天开始，一直为一种怪病缠绕，是一种严重的神经方面的失常，我的血压的高压有时只有七十几，我对宴会恐惧，对人多恐惧，对任何敷衍恐惧，动不动就要吃镇静剂和救心丸，有一次甚至跌坐在上海车站的广场上爬不起来。

　　父亲病重之前，一直在为我的身体操心。父亲显然有一种很不祥的预感，那就是死亡的阴影正大步地向自己的下一代逼近。有时候遇上那种推托不掉的会议，那种根本不想作陪的宴请，父亲便悄悄走到我面前，看着我一阵阵变难看的脸色，关心地问我吃没吃药。有一次父亲注意到我的脸色太难看了，便和我一同中途退场。父亲逝世之后，伯父很感叹地对我说，过去的一年里，父亲不断地给北京的家里写信，说我的身体情况怎么怎么不好，又说自己怎么怎么为我担心。

父亲为我担心这一点我完全相信。伯父在谈到祖父去世以后自己的心情时说，他感到最大的悲哀是失去了一个可以说话的人。我和父亲在一起有说不完的话，很多人都羡慕我们这种关系。多年父子成兄弟，我们在一起无话不谈什么都可以聊。我们在文学上有惊人的相似见解，我们互相为对方想写的东西出谋划策，我们互相鼓励也互相批评。父亲很喜欢我去年发表在《小说家》上的那篇《挽歌》，他认为那篇小说写得非常精彩，只是看了让人心里太难过。小说的主要情节是写一个老人哀悼心爱的早逝的儿子，这的确是我去年写的最满意的小说。我的身体正是在这篇小说写完后不久开始变坏的。

虽然因为历史的阴影，父亲最初的愿望是不让我当作家，可是这些年来，父亲常常流露出培养了一个作家儿子的得意。我创作上取得的点滴成功，只是父亲觉得作家应该怎么当的设想的证实。父亲为我提供了一个最好最有利的读书环境，为我树立了一个没必要争名夺利的楷模，父亲让我学会了如何面对寂寞，让我如何在作品中"有自己"，让我如何坚强有力地克服干扰。父亲的心路历程，成了我写作时的一面镜子，使我从一开始就明白当作家除了写作之外，别无出路。

父亲的病突然得让人没办法解释。本来只是想住进有着良好条件的高干病房，疗养一段时间。父亲好端端地带了一大包书，一沓稿纸，就像以往常有的情形那样，准备在病房里看书写稿子。

我去探视父亲的时候，父亲仍然像过去一样，跟我大谈等手头的这篇稿子结束以后，打算写什么和怎么写。两年前父亲有机会去泰国，当时他感到非常沮丧的就是，自己作为作家出访，竟然没一本个人的散文集。去年，我终于通过一个朋友的关系，为父亲找到了一个出集子的机会，父亲编完集子以后，吃惊地发现自己这些年来，并没有多少文字。父亲甚至都不敢相信，编一本十一万多字的小集子，仍然也要收集不少自己少年时期的作品。

父亲去世的时候，只有六十六岁。父亲一直相信会和长寿的祖父一样，还有许多年可以活。在医院里，父亲和我谈到他想写的两大系列的文章，当然都是回忆录一类的，父亲想写他的少年，写他青年和糟糕的中年，想写他所熟悉的祖父的一些老朋友，写他自己的那些难兄难弟。父亲说着说着，会像孩子一样高兴地宣布："你看，我有多少文章可以写!"

然而父亲在医院里待了半个月以后，就开始有些变糊涂了。最初的诊断是脑萎缩和老年痴呆症。看着父亲突然越变越迟钝，变得像小孩子一样，我不知所措，想不明白为什么一下子会这样。

我不知道父亲是染上了病毒性脑炎。不止一次请好医生会诊，结论都是脑萎缩和老年痴呆症。我唯一能做的，就是顺着医生的思路考虑问题。许多人告诉我，老年痴呆症是一种折磨家属的慢性病。许多人都让我做好长期照顾病人的打算。事实上我的确做好了长期的准备。

我想父亲的思维不像过去那么敏捷已有一段日子。首先我发现父亲写的稿子已开始没有了旧时的光彩。近几年来，父亲对我的依赖越来越大，只要是动笔，事先总是和我讲他的思路，写作途中，不停地向我汇报字数进展，写完以后，不经我看过，一定不会寄出去。如果在几年前，若是鸡蛋里挑骨头，指出这儿或者那儿换一种说法似乎会更好些，弄不好就可能不高兴不愉快，因为父亲一向自视很高。可是这两年，我常常在父亲的稿子里挑出明显的错来，太明显了，明显得只要一提示，父亲连声认错。

父亲对我的依赖到了可笑的地步，去参加一个会议，发言时说些什么这样的小问题，也要在事前和事后向我汇报。父亲的记忆力也开始坏得像话，有些话已说过许多遍了，却又当作新鲜事兴致勃勃地告诉我。买什么书也要向我请教，事实上父亲已很长时间不怎么看书，好书不好的书根本弄不清楚。有些书家里分明已经有了，可是却又买了一本回来。

我做梦也不会相信父亲是病毒性脑炎，既然对医学一无所知，当然只有坚决相信医生这条路。我不得不相信父亲的确是脑萎缩，的确得了老年痴呆症。父亲的病迅速发展，他的智力水平很快降到了一个七八岁的小孩子程度，清醒一阵糊涂一阵，对于遥远的事，依稀还记得一二，对于眼前的事，刚说过就忘得一干二净。

父亲在最后的日子里，除了偶尔还继续他的作家梦，就是反复地想到老朋友高晓声和陆文夫，一提到高晓声叔叔就哈哈大笑，一提到陆文夫叔叔就号啕大哭。很显然，父亲已失去了基本的理智，眼光里常常发呆，哭和笑都让人捉摸不透。我不得不向来探望的人打招呼，让他们千万不要提到高叔叔陆叔叔。来看望父亲的老朋友实在太多，有的在短短的几天里，连着来。父亲的为人众口交誉，大家都不肯相信大限的日子已经到了。

父亲的大小便开始失禁，父亲开始嗜睡，开始浅昏迷，开始整个失去知觉的深昏迷，病情发展之快，让人吃惊得目瞪口呆，伯父百忙中从北京赶来，陆叔叔从苏州赶来，好友亲朋纷纷赶来。

父亲的忌日是9月23日。这一天是省文代会报到的日子，各地代表风尘仆仆来了。父亲咽气以后，天色忽然大变，下起了大暴雨。此后一直天气晴朗，父亲火化那天，又正好是文代会闭幕，大家都说父亲真会选日子，说父亲不忍心让老朋友赶来赶去的奔丧，利用开文代会的机会和大家就此别过。

父亲火化的那天晚上，天又淅淅沥沥下起小雨来。

八

即使在最后的日子里，父亲也没有意识到自己会魂归仙岛。父亲即使死到临头，仍然顽固地相信自己会成为一个好作家。父亲没有认输，在精神上，父亲仍然是个胜利者。父亲带着强烈的作家梦想撒手人寰。在另一个世界，父亲仍然会继续他的作家梦想。

父亲的故事感伤地记录了一代知识分子曲折的心路历程。

父亲的故事只是一个文学时代的开始。

父亲的故事永远不会完。

父亲的话题

曾写过一篇文章纪念父亲，隐隐地觉得还有话想说，于是将写过的旧文章翻出来看，话好像都说了，又觉得还没说透，下面就是当时写的那篇《父亲的希望》：

常有人问我，你写作受了家庭什么样的影响。刚开始，我对

父亲和母亲在"文革"后期

这样的问题，一概以毫无影响作答。我想这也是实情，自小父亲给我灌输的思想，就是长大了别写东西。三百六十行，干什么都行，就是别当作家。父亲是个作家，他这么说，很可能让人产生误会，是干一行厌一行。

事实却是父亲最热爱写作。他一生中，除了写作，可以形容和描述的事情并不多。记忆中，父亲写作时的背影像一幅画，永远也不能抹去。我所能记住的，是他的耐性，是他写作时的不知疲倦。作为儿子，我不在乎父亲写作方面达到了什么水准，出了多少书，不会去想他得过什么文学奖，有过什么文学方面的头衔，进过什么名人录，还有谁谁谁曾对父亲有过什么样的好评价，这些评价是包装父亲的绝好材料，因为这谁谁谁都是大名鼎鼎的人物。我觉得这些并不重要，父亲生前把功名看得非常淡，我若写文章为父亲脸上贴金，很显然吃力不讨好。

恢复高考以后，我费了九牛二虎之力才考上大学，因为录取的是文科，父亲甚至都懒得向我祝贺。时过境迁，重新回忆二十多年前的情景，我仍然忘不了父亲当时的恐惧。父亲说，为什么非要选择文科呢。很长一段时间内，我都相信父亲所以不愿意子承父业，要让儿子远避文学事业，是由于他个人的不幸，由于1957年被错划成"右派"，由于"文革"的挨整。一朝被蛇咬，十年怕井绳。后来我终于明白，除了这些恐惧，父亲顽固地相信，一个人若选择了文科，选择了文学，特别是选择了写作，很可能或者说更容易一事无成。

百无一用是书生，这句老话可以做多种解释。父亲热爱写作，一生都在伏案书写。父亲不自信，尤其是在写作方面，受他的影响，我也很不自信。这种不自信或许只是清醒，建立在写作是种高风险行业的基础之上，高风险不仅意味着政治上容易出错，经济上可能受窘，更大的可能是会成为一名空头的文学家。空头文学家不仅浪费自己的生命，还会浪费别人的宝贵时光。当我读到一些很坏很无聊的文章时，就想起父亲如果还在，一定会非常愤怒地加以指责。父亲生前，我们常为阅读到的文字没完没了地议论，父亲总是一针见血，非常明确地表明什么好，什么不好。他觉得一个人要么别写，要写就一定要写好，写出来就应该像个东西。

我写这篇小文章，想谈谈父亲对我的希望，行文至此，我突然意识到，父亲对我的不希望，远比希望更重要，更有用处。天下的父亲对子女都会有许多良好的希望，然而希望难免虚无缥缈，难免好高骛远，难免太浪漫。不希望却是非常具体，非常简单和直截了当。坦白地说，希望通常要落空，影响我做人的标准，并不是父亲的良好希望，而是父亲深深的担忧，父亲不希望我成为空头文学家，不希望我为当作家而硬着头皮当作家。我所要努力的方向，只是不要让父亲的不希望变成事实。

2001年10月2日，中秋佳节

一字不差地将写过的文章抄下来，当然不仅仅是偷懒。去医院参加例行体检，遇到很多单位的熟人，这些熟人曾经也是父亲的朋友。他们看到我，纷纷向我祝贺，理由是前天的本地晚报，头版上登了一条消息，说我女儿的一篇作文，入选了《中学语文读本》。这并没有什么了不得，但是标题比较隆重，又配了照片，熟人见了忍不住要议论。我忽然想起自己文章刚发表时的情景，一方面，父亲好像很不当回事，一方面，又暗暗得意，他当时的心情正好与我现在完全一样。

女儿今年才十八岁，已经出了两本书。她说起自己的心情，说没什么特别激动的，她说我爸爸出的书更多，不就是写了一些东西。这次有作文入选教材，她甚至都犹豫是否要告诉我，怕我又要对她说大道理。这种姿态和我当时刚发表作品时一样，不是因为成熟，不是故作谦虚。我不止一次告诉那些对文学世家这话题有兴趣的人，说作家后代的文学梦想和其他人可能略有些不同。或许耳闻目睹的缘故，作家后代享受文学成功的乐趣，要比别人小得多，因为我们都生活在父辈的阴影下，说一点不沾沾自喜不是事实，说一下子就忘乎所以更不是事实。父辈像一座山似的挡在面前，作为小辈或许取得了一些成绩，但是真没有太多的理由骄傲。

父亲过世转眼已十年了，我现在住五楼，闲时喜欢看楼下的樟树，那是刚搬进来时种的，也不过三年功夫，郁郁葱葱很像回事。古人说"树犹如此，人何以堪"，从树想到人，不由黯然泪下。十年是一个不短的数字，过去的十年，正是我写作最旺盛的时候，也是所谓个人最出成绩的日子。父亲喜欢书，书架上有一层专门用来放自家人的书。父亲过世时，我正式出版的书只有两三本，当时出书很困难，但是父亲已很得意，现在一层都放不下了，如果他还健在，真不知会如何高兴。

言传身教看来真是很厉害。我发现自己现在与当年的父亲相比，在唠叨方面，有过之无不及。我无数次地提醒女儿，说我们并不想沾光，可是不知不觉就可能沾了光，因此保持一份清醒非常必要。父亲生前是一家杂志社的主编，我发表小说的时候，大家都会想，这家伙近水楼台，开后门太方便。"外举不避仇，内举不避亲"，说是这么说，真正操作起来，其实有很多难度。我如今要说父亲对我在文学方面的要求，要比对别人更严，相信的人有，怀疑的人也会有，因为人们通常更愿意从"人之常情"去思考问题。父子关系毕竟是一种特殊的关系，我没必要做那种"此地无银三百两"的解释，想说的只是，别人怎么说并不重要，重要的是自己真把事情做好。事实胜于雄辩，我曾经很努力想用实战成绩来证明自己，而这种证明才是对父亲教育的一种最好报答。

我想起自己最初发表的两篇小说，那是二十多年前的事，两篇小说写于同一天，上午完成一篇，写完了给父亲看，父亲说还有点意思，就是卷面太肮脏，即使巴尔扎克也不过如此，我为你重誊一遍吧。结果父亲帮我一笔一画地抄，我却在下午风风火火又写了一篇小说，当时真没想到写小说这么容易，小说在同一个月里分别由两家刊物发表了。记得父亲改了几个字，父子还为是不是病句争了一场，我自然是错，然而不服气，狂得莫名其妙。我似乎有过一段才华横溢的日子，可惜在接下来的五年之内，连一篇小说也发表不了。很长一段时间，父亲根本不看儿子的小说，他知道我还在写，写什么也懒得问。一个人真要想当作家，别人帮不了忙。我的小说终于有机会发表，终于有一点影响，父亲那一阵特别忙，别人对他说你儿子的小说写得不错，他便对我说，喂，把那什么小说给我看看。看了也就看了，喜欢或不喜欢，满意或不满意，反正是儿子的东西，儿子大了，有些事已经管不了。

回想父亲对我写作的帮助，热情鼓励少，泼冷水打击多。可怜天下父母心，热情鼓励是希望子女有出息，泼冷水打击是怕子女走错路。他更多的还是不闻不问，父亲生前常说，学医可以传代，学画也可以传代，唯有这写作传不了代。他告诉我，作家不走自己的路，一辈子都不会有出息。他还告诉我，作家的后代不成为作家是正常的，成为作家反而不正常。我想我能有今天，不要说自己想不到，长眠于地下的父亲也不会想到。唯一可以肯定的，是他一定会发自真心的高兴。文学是父亲喜欢的事业，薪火相传，虽然属于意外，毕竟不是一件坏事。

自从父亲过世，每年清明，7月15日，除夕夜，我都要烧些纸钱。父亲生前，对所有的迷信活动都不相信，我受他的影响，也未必深信不疑，但是，还是要忍不住这么做。很多事是不能忘记的，如果没有父亲，就不会有我的今天。还是那句话，我能成为作家，既是无心插柳，又是事出有因。

名与身随

218

鹡鸰之痛

父亲病重，伯父从北京来探视，当时父亲已不能说话，伯父很是伤感。不久，父亲过世，伯父再次从北京飞过来。他临走，留给我印象深刻的两句话，一是父亲走得太早，二是少了个能说说话的好兄弟。

此后我每次去北京，伯父都感慨父亲不能再陪他说话。他不止一次对我说，他们兄弟之间的感情，真是好得不能再好。人世间有许多事，没办法用文字形容，他说其实也没什么要紧的话非得对父亲说，就是想兄弟俩多些机会在一起喝喝酒，随便聊聊。

父亲生前，常对我说起伯父。他对这个哥哥充满敬畏，说着说着，自己就会忍不住笑起来。与伯父的认真严谨不同，父亲的一生中，犯糊涂的事情很多，家里的长辈说到他，常常会有些笑话。虽然是亲兄弟，性格却相差很多。父亲读中学时，正是抗战最吃紧的年头，很多热血青年报名参加国民党远征军，父亲也闹着要去，结果被伯父拦住了，理由是你这样的书呆子去参加国军，还不如去延安。为了这件事，父亲总说是伯父有眼光，救了他一条命，因为当时参加远征军的年轻人，大多都牺牲了。

父亲在中学时代，写了不少文字，这些文字都是被伯父逼出来的。伯父编《开明少年》，每到发稿前夕，就不时地到父亲房间里去绕圈子。父亲说，这种催稿方式真是奇特，你不缴稿，他很快又会过来绕一圈，绕得你坐立不安，绕得你不得不乖乖地坐下来写。父亲死后，整理他的遗稿，我很吃惊那些美妙的文章，竟然就是这么逼出来的。

和堂哥三午

　　伯父比父亲大了八岁，因此处处都是他在关照这个弟弟。父亲很幸运，有祖父疼，有祖母爱，有哥哥姐姐的关心和关照。伯父是长子，家庭中最负责任，千斤重担一人挑。父亲恰好相反，他是老儿子，是家庭中可以最不负责任的一个人。说起来，父亲也算是参加革命的一分子，搁在今天，凑合着也能算是老革命，可是听他说起来，总觉得是浪漫的成分居多。父亲最终没有去成延安，只是去了解放区，成为离休干部中的一员。上海解放以后，父亲穿着军装，雄赳赳气昂昂地回家探亲。伯父依然是带他去逛街，要为他买冰棍儿吃，父亲说，不行，我们解放军不准边走路边吃东西。伯父又要带他去咖啡店吃冰激凌，父亲又说，哪有穿着军装进咖啡店的。伯父当时百感交集，又好气又好笑，想不到自己一贯自由散漫的小兄弟，居然也有被制服的一天。

　　天下无不是的父母，世间最难得者兄弟。鹡鸰之痛，兄弟急难，古人以鹡鸰比喻兄弟，以鹡鸰之痛来形容兄弟之丧。我忘不了父亲逝世给伯父带来的悲伤，他绝对没有想到比自己小的兄弟，最后会走在前面。我知道他舍不得这个时刻需要他关照的小兄弟。

现在，伯父也走了，他们兄弟俩又要见面了，又可以在一起喝酒聊天。天路漫漫，生死相隔，我不由得感慨万千，不知道说什么才好。

人，诗，音乐

我有个非常热爱音乐的堂哥，叫三午。三午是我们这一辈中的老大，他似乎总是一事无成，年纪轻轻，一场怪病，不当回事地便去了。他会拍照，有一段时间似乎拍得很不错，用一架老式的德国照相机，拍人像，一时有"三午肖像"之美誉，记得当年许多人慕名要他拍照。在我们这个文人家庭中，三午对我的影响最大。早在20世纪70年代初期，除了拍照，三午还是一位很不错的先锋诗人。那是真正意义的先锋，在那个时代，能像三午那样写诗的，都是毫无疑问的怪人。我是从三午的客厅里开始步入文学殿堂的。当我还是一名文学少年时，我有幸在三午的引导下，看世界文学名著，妄谈文学，并且深受比后来红极一时的朦胧派更早、更不食人间烟火的诗人们的影响。

比诗和摄影更能吸引三午的却是音乐。他算得上是玩音乐的好手，先玩唱片，以后又玩老式大盘子录音带，最后才是盒带。如果不是过早离世，他一定会成为激光唱盘的收藏者。有一段时间内，他收藏的盒带，在北京的小圈子里很有些名气。一位诗写得非常好，脾气古怪绝对盛气凌人的诗人，也是盒带的收藏者，都是四十岁出头的人了，曾经为了点芝麻小事，和三午孩子气地翻了脸，知道三午盒带收藏丰富，托人带话给三午，说是只要打开柜子，任他挑两盘磁带，便和三午和好。三午一向喜欢这位诗人的诗，私下里，一直和我谈起他。三午觉得这位诗人的诗是中国最好的诗。他们曾经是很好的朋友，翻脸之后，三午不止一次回忆起他们之间过去的友谊，他们一起写诗，写那些好好坏坏的诗，一起玩音乐，用自行车驮着笨重的录音机，四处折腾去翻录带子。重新寻找失去的友谊是三午多年的心愿，但是要三午心甘情愿牺牲两盘珍藏的盒带，等于在他心头硬挖一块肉："他爱和好不和好，挑两盒带，让别人可以，让他挑，那还得了。"知己知彼，三午说什么也不敢冒风险，他坚信这位诗人会抢走他最棒的两盘磁带。量小非君子，无毒不丈夫，犹豫再三，三午非常坚决地拒绝和好。"哼，不和好了，夺人所爱，这不行。"

在一个搞音乐的人眼里，三午是十足的外行。音乐对于他，既谈不上是专业，甚至也不是业余。他只是喜欢听音乐。喜欢这两个字概括了他对音乐的一切感情。音乐仿佛是烟，是酒，是他生活中不可缺少的一种奢侈品。很难想象一个对音乐迷恋到如痴如醉地步的人，一个人听着听着，就会手舞足蹈号啕大哭，竟然对五线谱不甚了了。除了没完没了地听音乐，我很少听到过三午哼上一句半句。

诗和音乐是三午生活中的一部分，有了音乐，自然而然也就有了诗歌。他不止一次向我描述，在优美的音乐声中，写诗的激情如何油然而生。"没有音乐怎么能写诗呢?"我至今仍忘不了他说这话时，一本正经不容置疑的夸张表情。对他来说，音乐是耳朵里的诗，诗却是纸上的音乐。

现在我对你颂诗的时候
那老彩笔已从天才的手
落到百年的尘埃里
你为他
忠诚地
贞洁地
保持着
你千年和真挚的感情
世人谁也听不见
你圣洁的声音

这是三午写的一首诗中的一个片断，当时是1964年，他二十岁出头，青春年华，是一个非常帅非常潇洒的小伙子。十年后，我开始在一个硬壳的笔记本上，用很拙劣的钢笔字，毕恭毕敬地抄写三午的诗集。十年的岁月，十年动乱，三午似乎已经变了一个人。

　　　　我唇角常常
　　　　浮起一丝
　　　　苦笑

　　　　人呵　岁月呵——
　　　　苦楚成了嬉笑

　　　　山盟的无影
　　　　海誓的无踪
　　　　信义的甩脱
　　　　情谊的轻抛

　　　　冷嘲　热讽
　　　　明嫉暗妒
　　　　深深挖了陷阱
　　　　紧紧勒住圈套

　　　　人呵　岁月呵
　　　　残酷成了骄傲

　　　　苦笑　苦笑
　　　　都变形了
　　　　我的唇角

　　不仅思想境界发生了大变化，三午的身体也变得让人感到悲哀。因为类风湿，因为在农场他那身体不堪忍受的体力劳动，他的背驼了腰弯了，成了标准的残疾人。他的诗风变得非常厉害，颓废像面黑色的旗帜，在长长短短的诗行中不时耀眼地闪现。他对人世和生活的绝望，严重地影响了刚步入社会的我。那一年，我十七岁，正是高中毕业的年头，待业在家，根本就没有考大学这回事，前途渺茫，无所事事。我很快变得像三午一样颓废，一样无病呻吟，一样远离活生生的现实生活。在笔记本上，我开始狂热地抄着三午的诗，抄三午那些诗歌朋友们的作品。

> 我来到这个世界上
> 就是为了看看太阳

我开始在小本子上学着写诗，学得非常糟糕。我开始像想象中的诗人那样生活，那样神经兮兮。大冷的天，剃着光头在街上招摇，抽烟、喝酒，衣服脏了坚决不换。"文革"的轰轰烈烈和我已经没什么关系，读书做官也罢，读书无用也罢，批林批孔批周公，批什么都由它去。

除了学写诗，我便是陷在音乐的误区里，迷迷糊糊不肯出来。听音乐也成了我的嗜好，至今我仍然保持着这样一个坏习惯，那就是写作时，耳边一定要放着音乐。音乐的旋律极有助于思考。万籁俱寂或者噪音袭耳，音乐使人在枯燥写作的寂寞中，既感到孤独，更感到充实。和诗歌一样，我爱听音乐，也是受了三午的影响。他总是夸夸其谈，一谈起音乐就没完。有趣的是他对乐理一窍不通，能告诉我的只是音乐家的故事和传说。

音乐家的故事和传说对我的写作起了潜移默化的作用。我渴望着自己能成为一名像莫扎特、贝多芬那样的音乐家。音乐使我在意志消沉颓废的时候，不时体会到崇高，体会到净化的纯洁。当我抄到三午下面这首诗的一个片断时，禁不住热泪盈眶，心里说不出是喜还是悲。

> 你的手指安抚着
> 键盘
>
> 我双肩抽动

只能把脸伏在手心
因为我就是——
你手下
黑色
白色
的键

　　三午的才华从来没有得到过充分发挥。和真正意义的先锋诗人一样，他孤独寂寞，在世人眼里一事无成。他的诗少得可怜，变成铅字的更是微乎其微。他的才华和时代趣味距离太远，而且根本就是格格不入。1975年以后他好像再也没写过诗，诗人的热情在一个悲哀的时代里早已烟消云散。1972年10月29日这一天，三午像受了伤的野狼一样嚎叫：

我们像块木头
被削着　　刨着
钉着　　锯着
最后连自己看着
都陌生了

对整个宇宙我们还将
嘲笑地说
心　　总是那一颗

　　粉碎"四人帮"以后，新的诗人像雨后春笋一样冒出来。除了听音乐，没完没了地收集磁带，诗对于三午来说，已经成了一个遥远的过去。我不止一次问他为什么不写诗，不止一次问他为什么不把自己的诗拿出去发表。然而没有一次他正面回答过这些问题。他似乎一直过着一种静止的生活，天天老一套，吃、睡，看着女儿弹琴，在音乐声中活着。这些年来，我读大学，读研究生，写小说，结婚，为养活和养好女儿挣钱，一次次变化，越变越俗，越变越现实。

三午的死永远是个谜。作为一个残疾人，他总是病恹恹的模样，谁也不会把他偶然的不舒服当回事。他的背已经驼得不能再驼了，心地虽然还像少年一样单纯，却仿佛风烛残年的老人一样龙钟。和他在一起，老是看见他痛苦不堪，孩子气地呻吟，不是牙疼，就是胃疼。他永远像一个被宠坏了的公子哥。我最忘不了他吃小苏打的腔调，别人吃药不过吃几片，他要么别吃，一吃就是半瓶，或者干脆满满一瓶。关于三午的死因，医院的诊断是恶性痢疾。从发病到咽气，还没到二十四小时。死有时实在是太容易。他动不动就呻吟，就叹息，习惯成自然，因此他逝世的那一夜，躺在床上哼个不歇，也没人太当回事。

　　三午死的前几天，有人给他送去了一盘福瑞的《安魂曲》。他一边听，一边和我大嫂戏言，说他若死了，就用这首曲子代替哀乐。三午死了以后，朋友们在《安魂曲》的乐声中，向他的遗体告别。这个场面被摄像机记录下来，无数遍地播放给那些没来得及向三午告别的朋友看。哀乐低低徘徊，三午像生前一样苦着脸，坐在花丛中，朋友们手持康乃馨，一一走上前，把康乃馨往他身上扔。康乃馨是三午生前最喜欢的鲜花。

　　三午的一个朋友含着热泪，把三午生前爱听的两盘盒带，揣在他怀里。在另一个世界里，这两盘盒带将永远伴随着他。

　　堂姐小沫曾和我商量为三午出一本诗集。一个人死了，总希望能有些什么东西纪念纪念。诗和音乐都是身外之物。三午年纪轻轻地就撒手去了，留下了一大堆他视之如生命的磁带，留下一本抄在硬壳笔记本上的诗集。比三午诗写得更好名气更大的诗集都出版不了，三午的诗集何时出，实在难以想象。

　　我和三午都特别喜欢拉威尔，尤其喜欢《鲍列罗舞曲》。记得三午曾向我描述过这首曲子所表现的内容。他告诉我那是一首关于葬礼的素描，下着蒙蒙细雨，人们穿着黑色的丧服，排着队，无声地在雨中走着。乐曲一遍遍反复，发展，有那么一点点细微的变化，越来越庄严，越来越辉煌。多少年来，我一直按着三午的话理解这首曲子。直到有一次，偶尔翻开一本书，我才知道三午的阐释完全是错的。正确的答案应该是关于一位舞蹈着的女郎的故事。在一家冷漠的咖啡馆前，一位执着于舞蹈的女郎，孤独地跳着舞，她自顾自跳着，如痴如醉，仿佛早已被这世界所遗忘。她跳着跳着，终于用她那独特的舞姿，吸引了在场所有的人。大家一起欢快地跳起舞来，乐曲在热烈的气氛中结束。

错误或者正确地理解一首曲子，丝毫不妨碍欣赏音乐本身。有的人一生就像一首优美的诗，像一首哀婉动听的曲子。人生中有太多的误会，误会有时候一样很美，一样心抽紧着让人难以忘怀。

红 沙 发

不是什么好沙发。红的人造革，矮矮的木把手，天生的一种旧。刚买回来，坐上去绷绷的还有点劲，不多久中间便有一个坑。

买沙发时，爸爸妈妈刚从牛棚里放回来。记忆中那段时间最空。没事可做，爸爸天不亮就起床，也不锻炼，静静地坐在冷板凳上，抄《哥达纲领批判》，厚厚的一个硬皮笔记本，禁不起天天抄，毕恭毕敬的，都是字。差不多同时期，爷爷也在北京抄书，不过他抄的是《毛选》，用英文。

时间多得真恨不得拿来送人。妈妈就是在这段时期学会烧菜的。那时什么菜都不贵，四毛钱一斤的大刀鱼，随时有卖。有一天，从哪冒出来个人，说："哟，你们家怎么没沙发?"

大家陡然发现家里果然没有沙发。于是商议买沙发。商议来，商议去，于是买了一对小的红沙发，价钱很便宜，一对沙发，包括熟人的应酬，一百元都对付了。

有了沙发，才知道冷板凳的不舒服。过去也不算没有钱，爸爸妈妈都觉得奇怪，结婚二十年，为什么就没想到买沙发。虽然结束隔离有一段时间，再不是批斗的重点对象，妈妈仍然还保持打扫单位公共厕所的习惯。也许只是一种习惯，没人让她一定要打扫，也没人一定要她不打扫。记忆中妈妈常坐在红沙发上抱怨女厕所的脏。

爸爸每星期去郊区送一次垃圾，他是牛鬼蛇神中的强劳力。有时他一个人去送，有时也带我。一辆破车，回来的路上，口渴了便拿出几个硬币买大碗茶喝，又忘不了买几包廉价的阿尔巴尼亚香烟。"阿巴"的味很冲，却不难闻。爸爸常坐在红沙发上，有一支没一支地抽着。

"文革"的急风暴雨已经过去。武斗之类的事也很难再听到。所有的人都随着"文革"的惯性在走。当时最倒霉的是"五一六"。斗来斗去，斗死斗活，和过去的日子相比，爸爸妈妈坐在红沙发上，不免有些知足。打扫厕所，送垃圾，这算什么。

我那时念初中，糊里糊涂念着，学习时好时坏。晚上从不看功课。有时偷着看小说，有时便傻傻地陪爸爸妈妈坐着。"文革"最糟糕的年头里，一会儿抄家，一会儿游街，一会儿这样，一会儿那样，今天家里的藏

在李白纪念堂前（前排左三为作者）

书被没收，明天凡是门都贴上封条，一家三口人各一方，成年累月碰不到一起。

渐渐的，妈妈不再打扫厕所，爸爸也不送垃圾。日子不知怎么就慢慢地好起来了。"四人帮"还在台上，"臭老九"还是"臭老九"。恢复了原工资。再下来，扣发的工资补了，时时有苦着脸上门借钱的造反的年轻人。没收的书全部退还，借书的人便多了。爸爸又开始坐冷板凳，夜夜都写，写那写不好也写不完的剧本。妈妈又开始练功，快五十的人了，天天一身汗。

我进了郊区的小工厂，天亮去，天不黑不回来。

红沙发上有了灰尘。一家人似乎都有事可做，"文革"后期，竟然有了保姆，天天沙发擦干净了，也没人坐。一家人不死不活地瞎忙。终于"四人帮"倒了霉，这个平反，那个恢复，我们的日子，一天更比一天好。红沙发却依旧闲着，没人有工夫去坐。

这样的日子并不长。爸爸妈妈说老就老，悠闲的岁月转眼演变成历史。一个眼见着头发就白了，一个浑身是病，三天两头要去医院。爸爸去了《雨花》，先是副主编，继而主编，说不出的忙，又不会骑车子，上下班都要跑。气喘吁吁地回了家，酥酥地软在红沙发上，迟迟不愿起来。妈妈老一套地喊这儿疼，那儿痛，坐在红沙发上，常惊叹"文革"中最糟糕的那些年头，怎么就挺了过来。人老了，总喊累。红沙发上一坐多久，还是喊累。

有一天来了个人，对着沙发上下打量。他是沙发厂的厂长。看了一会儿，皱着眉头说："这沙发哪是人坐的，这是玩具！"

我们一家都很狼狈。经他一提醒，开了茅塞，突然意识到这沙发的不好。靠背太矮，枕不到头，扶手太局促，摊不平手，弹簧太软，太少，钢火不好，人革呢，冬凉夏暖。难怪越坐越累，越坐越不舒服。于是又商量，下决心换一对沙发，好的。

那时候，方之是我们家的常客。当年爸爸妈妈在牛棚，听说方之戴着光荣花，兴冲冲下放，说不出的眼红。爸爸的"罪行"似乎更重，下放也有缘分，不是谁都能轮上。记得爸爸买了针灸针，拔火罐，赤脚医生的小册子，还有固体酱油，无望地等着对于别人是发配，在他来说意味着解脱的机会。

方之从南京下放，自然还该回南京。也不过几年工夫，老了许多，更黑，更瘦，人还是原来的那个人。回南京后，最要命的是没有房子住。原先不大的窝，别人已在里边孵儿育女。因此只好去住另一个人的厨房。那厨房大，放得下三张床。一家三代，挤了再挤，居然也住下。本来就没有什么书，写字桌没地方放。方之是个只能写东西的人。不写作，便好像没事可干。从他那厨房的小家到我们家，直线距离，公共汽车得开过五个站。但是他天天不辞辛苦上我们家，跟上班一样。有时一天能来几次。来了，必定是坐角落里的那只红沙发。那时候我们家有一句笑话："这张红沙发，是方之的。"

方之天天来，说不完的空话，谁在家谁就得陪他聊。我当时刚上大学，自信得像个人似的。他的《内奸》连续从两个编辑部退回来，人有些萎，深深地陷在红沙发里，抽烟，笑，咳嗽，有时也叹气。

我们依旧聊天说空话。不知怎么主题到了沙发上，也不知怎么的，我讥笑起这对红沙发。无非那句老话：靠背太矮，扶手太局促，弹簧太乱，人造革太怎么怎么。方之极认真地听，又极认真地想。他个子太小，体重太轻，更没有一个安身的地方可以待，这红沙发所有的缺点，他似乎一丝一毫都体会不到。好沙发该是什么样的标准，他想象不出。突然，他一笑，三不着两地说："兆言，我现在和丈母娘老丈人住一起，大家一个房里用马子（马桶），真，真有伤风化。"我怔了一怔，他又说，"你们都说我不写。写，写什么？"说完又是笑。

我至今还记得方之的这一笑。当时他深陷在红沙里，和红沙发一起畏缩着，嘴角上留着唾沫星子。酒瓶底一般的眼镜片把眼珠子都凸大了。黑的眼珠子，颧骨更高，一口烟牙。《内奸》的手稿半躺半卷，撂在红沙发旁代替茶几的小圆桌上。谁也不知《内奸》能不能发表，更不会想到得奖、加几级工资。

好在《内奸》发表了，最终还有些影响。方之对两家退稿的编辑部不免耿耿于怀，坐在红沙发上说了些背后的狠话，便火烧火燎地和爸爸商量怎样尽快弄房子。这时候，他的身体已经不能不考虑戒烟。我忘不了他总是抓着一支未点燃的香烟，放在鼻子下嗅来嗅去，样子极其狼狈，有时憋急了，便让爸爸吸足一口烟，往他脸上喷。为了房子，他和我爸爸到处找人。我看着他不止一次伏在红沙发的扶手上，一边咳嗽，一边在刊登《内奸》的那期《北京文学》上，哆哆嗦嗦地签字。当时南京一定有好几位首长收到了"××首长斧正"的签名本。大约有一年，他就是这么乱忙。精力不济，但是整天滥用精力。他总是说要写，要写，我起码听他讲过十个短篇小说的构思，有的构思反复讲，听着叫人都觉得腻味，觉得凄凉。

方之说死就死，没人想到他会病得那么厉害。为了他住院，住了院又转院，我爸爸妈妈奔来走去。当时"探求者"声誉日起。作家们开始被人们刮目相看。高晓声、陆文夫、方之引起了全国文坛的注目。但是终于有一天，爸爸精疲力竭地从医院回来，说了句："你方叔叔，死了。"

我们黯然神伤地注视着方之常坐的那张沙发：那太小，玩具似的，该淘汰的，给了方之最后慰藉的红沙发。

方之几乎享受到了不该受到的礼遇。由于朋友的帮助，由于一些领导的关怀，作为一个普通的作家，他死在南京级别最高的高干病房。那病房里有暖气，有大沙发，有可以洗澡的卫生间，卫生间面积比他家三世同堂的厨房都大。他的追悼会，参加者之多，殡仪馆最大的礼堂都容纳不下，最后人们都站在寒风凛冽的露天。他的好运气来得太迟。书生老去，机会方来。他死了，《内奸》得奖。他死了，房子有了，一个大套。

如果方之不死，他自然不会再像过去那样，一个劲地在我们家的红沙发上傻坐。物尽其用，一旦最起码的要求满足，这普通的红沙发对他又有什么意义。用不着别人替他担心，他自然会写，说不定还要继续得奖，做作协的副主席或者主席。

我们家已经搬了再搬，沙发也换了再换。过时的沙发早弃之一旁。爸爸妈妈已经完成了中年向老年的过渡。有时想想，何苦换来换去，沙发不过是给人坐坐，那么讲究干什么。有时却想，也许正因为给人坐的，坐的是人，因此要讲究。沙发如此，何况于人。

红沙发

233

徐 老 师

我是从工厂考进大学的。那时已经做了四年工人，是钳工，好歹也算有了点儿手艺。高考制度恢复，我们这些让历史误了一大截好青春的年轻人，一窝蜂都去考大学。

考大学就得复习功课。中学毕业考试，我们考数学是珠算，只学了加减乘，除法还没来得及教，轻而又松就算毕业。准备考大学，复习二字无从说起。得老老实实从头学。于是请了徐老师教我数学。

徐老师比较瘦，住在秦淮河边一排旧房子里，会拉小提琴和二胡，没什么家具，墙壁上是地方就贴着他临的古碑帖。

第一次见面的印象已不太深，只记得他很热情，很认真。我当时的志愿是报考数学系。这是个很有浪漫主义味道的选择。那年头有一个叫陈景润的书呆子像今天的电影明星一样走红，我很想在数学上与他一比高低。

不知道徐老师是否打算把他的学生培养成陈景润第二。他按部就班地教我数学，几乎是从中学一年级开始。作为一个名牌大学的数学老师，即使对付我这么个志大才疏的初中生，他也没学会搭架子。一是一，二是二，他只知道认认真真地教。不会，教，再不会，再教，还不会，还是再教。寓教于乐，诲人不倦。

我那时候的学习够得上刻苦二字。哥德巴赫猜想绝非那么容易就猜出来。考大学难免急功近利，难免盼望速成。俗话说久病无孝子，我对数学的感情说淡就淡。这山看着那山高。有一天我对徐老师说："我不想报考数学系了，干脆还是考文科容易一些。"徐老师说："只要你想学，报考什么都是可以的。"

于是我开始在应付文科考试上下功夫。准备了没几天，市工人大学招生，这是个机会，我糊里糊涂就报名应考，竟然高分录取，是热处理专业。徐老师说："你怎么又要学工科了？"我十分为难，谁都向往名牌大学，工人大学的招牌似乎弱了些，然而那年头盼望能读书的人像正月十五的夫子庙，多得气都喘不过来。个人志愿和理想是一回事。

大学时代

有奶便是娘，捞着书就读却是另一回事。徐老师说："工科自然要数学，我乐意继续教你，难道你真的喜欢热处理？"

我说我当然喜欢，毕竟是有书读了，一样发校徽，坐在明亮的教室里，远离工厂机器的轰鸣。我说，只要我想学，还怕学不好？徐老师似乎也赞成我的观点，含笑不语，点点头。

事实是第一天上课便让我感到忍无可忍。完全是为上学而上学，教室里叽叽喳喳，教师在讲台上信口开河，我可怜兮兮坐在那，横竖都别扭。下课铃声响了，男男女女，十分愉快地说着话。我感到很孤独，热处理这专业究竟和我有什么关系呢。别人的高兴愉快兴奋启示着我自己的选择出了差错。

我终于又对徐老师说不打算再学热处理。徐老师脸上流露出一些惋惜之情，他不是在乎我放弃了一个读书的机会，而是觉得太不应该三心二意。无论学什么，三心二意是最大的敌人。徐老师没有责怪我，责怪又有什么用呢。我重新开始准备参加高考，考文科，离考期只有一个月的功夫。信心这玩意已经打了折扣，我后悔得恨不能去买几贴药吃吃。徐老师仍然指导我复习数学。考文科，数学这门功课并不太重要，我也不可能在数学上下太多功夫。徐老师只是耐心认真地教我，绝不含糊，他用他的认真和耐心感染我。他老是让我感到一种无形的压力。这无形的压力，就是你必须认认真真一心一意。

　　考大学已是十几年前的旧事。我依然还没改掉三心二意的老毛病，但是，至少我还能经常想到徐老师，想到他那诲人不倦的认真态度。徐老师教给我的数学知识早就忘得差不多，他当年留给我的那种无形的压力，却让我终身受用。

陈瘦竹先生

我在南京大学读了七年书，课堂上聆听陈先生的教诲却没有几次。印象中都是讲座，记得有一次是讲莫里哀的喜剧，从头至尾，陈先生都很严肃，即使说到俏皮话，也面不改色。

陈先生与我祖父我父亲都熟悉。我考上大学以后，有一次遇到我父亲，陈先生说："让你儿子来找我好了，我有话对他说。"于是我就去见陈先生。当时我很拘谨也很狂妄，刚上大学，雄心勃勃志大才疏，什么都想干，又不知道怎么干。陈先生直截了当问起我今后的打算，我犹豫再三，不知如何回答。这次谈话给我留下了一个非常窘迫的记忆。陈先生很热心地为我订了一个学习计划，那就是将来不管从事什么职业，在大学期间，除了课上好，必须每天两小时外语，两小时古文，每周一篇散文，每月一部短篇小说。

说起来便惭愧，如果真正贯彻执行陈先生的学习计划，一定受益更多。不管怎么说，这学习计划是我当时的座右铭。人难免偷懒，难免三心二意，有了这样的座右铭，一旦荒废了时间，起码可以让我感到自责和不安。读研究生时，有机会比较多地拜访陈先生，每次见到，必然问我最近的学习打算，叮嘱再三，让我经常去，说哪怕只是闲谈谈也好。和陈先生在一起，我总是拘束和脸红，当我见他放下大厚本的外语原著，手上用来读书的放大镜不知放在何处，笑呵呵向我走来时，一种自己是坏学生的内疚立刻涌上心头。虽然我已经下了不少死功夫，而且取得了一点点很微弱的成绩，但是从陈先生家出来，我每次都能萌发出新的发愤用功的念头。

南京大学中文系有个传统，三年寒窗，研究生毕业，弟子一毛不拔，老师倒过来请学生美美地吃一顿。我的导师是叶子铭老师和邹恬老师。用叶老师的话说，陈先生是我们专业的老爷子，自然应该请坐首席。在学校读书，唯有到了这一刻，师生欢聚一堂，举酒相祝，才突然明白下面的路，全靠自己去闯。对授业恩师的感激之情，千言万语，都聚集在一杯薄酒之中。宴席上的陈先生变得十分豪爽，喝酒便喝酒，一饮而尽，吃菜就吃菜，吃到临了，酒足饭饱，一个弟子为他撷去一只鸡腿，一个弟子怕他吃得太多，连忙阻止，陈先生笑容可掬，说："没关系，我能吃。"

我永远忘不了陈先生，忘不了那严肃，也忘不了那笑容。陈先生为我制订的学习计划，仍然是我现在工作学习的座右铭。时光如流水，事过境迁，学校的生活，遥远得仿佛是书本上的故事。我常常变得消沉，变得世故，变得急功近利。一生中能遇到好老师是最大的幸福。在消沉世故和急功近利的海洋中，老师的教诲如春风，如时雨，一次次给人鼓舞，给人鞭策，给人无尽的力量。

不肖弟子

先生过世，记者打电话过来采访，劈头第一句，就是"作为叶子铭老先生门下的得意弟子，您感觉到他老人家给您印象最深的是哪几点？"

一时语塞，不知道说什么好。过一会儿，我说能不能容我好好地想一想。貌似简单的问题，往往很难回答。对自己先生，要说印象当然很多，关键是这个最。印象中，先生始终是年轻，没办法和老先生老人家挂上钩。我读本科的时候，先生还是讲师，说青年才俊也没大问题，他当时是全国最年轻的中文系主任。

考研究生时，先生被评为副教授不久。当时的副教授不能授学位，报名后，我曾一度犹豫，又改报古代文学研究生，后来弄明白学位可以通融，才改了回来。先生开业授徒，按照进师门的先后顺序，我应该算是第一批，第一批几个人中，我又是年龄最大。

研究生毕业那一年，先生被评为博导。当年就有个师弟成了先生的博士生，这以后，断断续续，其他师弟或师妹，都修成了博士正果，唯有我一直是个半吊子。一想到这事，就觉得愧对师恩。我成了一个小说家，出过几本书，略有些俗名，先生偶尔提起，也不无得意，然而我知道只是说说有趣而已，毕竟邪门歪道，仿佛种西红柿最后收获了土豆，就现代文学这门学问而言，我已经被逐出了师门。

一日为师，终身为父，我不是先生的得意门生，只是个不肖弟子。未能继承先生衣钵，一直是我心中的隐痛。或许与做学问相比，我更喜欢写

中间是我的导师叶子铭，右边是作家苏童

小说，也更适合写小说，不过当初读研究生，是真心希望自己能成为一个学问家。先生是个认真的人，很谨慎，他留给我的印象，总是乐呵呵的，然后突然变得很紧张，变得愁眉苦脸。乐呵呵是因为他看到我这个弟子，就像见到自己孩子一样。他的容易紧张，表明他是个喜欢操心的人，会为许多事情着急，有些事该急，有些事完全可以无所谓。先生生前，要是能少操点心就好了。

记得当年上课，都是去先生家，坐在沙发上听讲，那年头研究生少，要把我们这几个弟子带毕业了，才会接着招下一批。也说不清这样的上课有什么显著特点，因为是在先生家里，除了随意和轻松，想说什么就说什么，其他印象已十分淡漠。先生早年以研究茅盾著名，后来成了茅盾专家，很多人并不知道他曾经是师从陈中凡先生的古典文学研究生，对苏东坡情有独钟。也许，对古代文学的兴趣，才是先生做学问的根基。

我的硕士论文是研究钱钟书，先生不反对，也谈不上赞成，他有些传统，却绝不顽固。他总是让我多读书，因为只有书读多了，才会有扎实的根基。无论做什么学问，都得狠下心来坐冷板凳，书读多了，真读进去了，该明白的道理自然会明白。我一向自恃读书多，在先生的督促下，我只能是更加玩命地读书。作为先生的弟子，我不敢说自己学问好，只能说读书还算多，这是要特别感谢先生的地方。

不肖弟子

纪念一个朋友

　　我的好朋友实在算不得太多。主要是我不善于交友，自从当了作家以后，满脑子都是写作，除了写，我好像不知道再干些别的什么才好。我似乎习惯于和自己想象中的人物对话，许多欲望已经在创作中得到满足。我交的朋友，大多是他们来找我，他们陪我聊天，看我写得太苦，都叫我悠着点写。我有时也想到出去找朋友聊天，聊天是一件有趣的事，可以多得到一些写作的信息，譬如体验生活。但正是这个一闪而过的念头，使我放弃了走出书斋的企图。我压根就不相信体验生活，况且为了自己写作，去找朋友聊天，起码也是对朋友的不恭敬。

　　我的一个朋友去世以后，我一直为此感到心痛。不仅仅是想到一个年纪比我还年轻的生命失去了，也不仅仅是因为少了个知心的朋友。人总是要死的，海内存知己，天涯若比邻，扯开去说，只要是知心的朋友，或死或活都是一样的。我的心痛是因为自己太马大哈了，因为我的朋友在生命的最后关头，忍受了太多的痛楚，我甚至不知道这位朋友得了不治之症。我想我的朋友在弥留之际，一定希望我去看他一眼。

　　我最后一眼见到我的那位朋友，是在火葬场。他躺在人造的鲜花之中，经过所谓整容，已完全不是我熟悉的那个模样。这是一个我所完全陌生的人，涂着胭脂，戴着一个假发套，西装革履，手上拿着一块洁白的手帕。我不敢相信自己的眼睛，真的不敢相信。直挺挺躺着的那个人仿佛和我毫无关系，我知道我的朋友已经死了，我知道躺在那的就是他，可是我一时悲伤不起来。

我的朋友太生龙活虎了。《风流一代》向我组稿，我一直犹豫着不知该写一篇什么样的稿子。今天又打电话来催，刚挂了电话，我便想到了这一位死去的朋友。他那副生龙活虎的样子，好像突然活生生地又出现在我面前。我几乎是立刻就决定写他了。我没有在晚上写稿的习惯，挂了电话以后，经过一个小时的沉思，虽然已经十点多了，虽然明天就是大年夜，而且我的书房正好今天住了亲戚，然而所有这一切都不能阻挠我立刻坐下来写稿的决心。

我决心在给《风流一代》的这篇稿子中，纪念我的朋友，也是事出有因。六年前，我的朋友找上门来，说是很喜欢我的小说，要给我写一篇文章。后来终于写了一篇文章，这篇文章就发表在《风流一代》上。我从没有给《风流一代》写过稿子，事实上在今天通电话以前，我也没想到自己临了会写这篇文章。好像是很突然的，然而我相信这种突然，其实是一种注定。

我的朋友是一位精力旺盛的小伙子。我们第一次见面，说了些什么，现在已经记不清了，我所能记得的，就是他生龙活虎的样子。不是所有的年轻人都能做到生龙活虎。那时候，他正在一所中学里教书。很显然，他更热爱写作，而写文章的目的，似乎也只是为了跳出教育界。很快那篇关于我的文章就写完了，我不知道他通过什么关系，让这篇文章，刊登在《风流一代》上。这篇文章并不重要，重要的是通过这篇文章，他和我，和当时的《风流一代》的主编，都成了好朋友。我正是和这位主编一起去参加他的追悼会的，这位当年的主编在火葬场感叹地说："如此有才华的人，这么年轻就死了，真可惜！"

我所以说那篇写我的文章不太重要，原因就是我的朋友对我太厚爱。厚爱往往会太多溢美之词。我想我的朋友所以会对我那么好，其实也完全是爱屋及乌。他喜欢我的小说，因此便认为值得和我交朋友，认为和我在一起，是一件很有趣味的事情。有一阵子，他经常来我家，打听我正在写什么，告诉我某刊物上又有了关于我的评论。到后来，他对我正在写的小说，已了如指掌。我的小说刚写完，他就赶来，将我的稿子拿去复印。我写稿一向一稿就定，因为没有底稿，每次寄出去，都害怕弄掉了，送出去复印，又有些舍不得银子钱，于是麻烦他去找人。他那时已经离开中学，在一家报社工作，求他的人多，他便毫不客气地让那些求他的人，乖乖地替我复印。

我的这位朋友很快就发现我是一位很无用的人。替我复印只是他帮我做的无数事情中的一桩。在如今这个办什么事都得靠关系的现实世界中，我承认自己是一个走投无路的书呆子。我所以选择写作，也许也正是因为自己不善于面对现实世界。我的朋友似乎很同情我的处境，他总是十分乐意地承担为我尽力的义务。我的女儿病了，他帮我去找医生。有一次，我女儿两颗乳牙还没有掉，牙的背后就迫不及待地长出了新牙。大家都说要赶快去医院拔去乳牙，否则新牙便会往里长，影响美观。我当时很着急，既心疼女儿小小年纪，便要吃拔牙的痛苦，又为女儿未来的相貌担忧。最后是我的朋友带着女儿去拔牙的。我没有勇气去，多少年前，一位医生替我拔牙，像杀猪似的，拔了足足四十分钟，都没把一颗牙拔下来。一想到这段痛苦经历，我的腿肚子就打战。我害怕亲眼看见女儿的痛苦，结果当女儿拔了牙回来，向我傲气十足地展示两个小洞洞，向我讲述拔牙的过程，我意识到自己真是没用。

我的朋友不仅是帮我的忙，而且也帮我其他朋友的忙。正是因为有了这位朋友，有时候，我竟然也觉得自己开始有了些能耐。出于感激，我和妻子也尝试着能为我的朋友做些什么。可是我们还是太没用，想帮忙也帮不上。我们为他的婚事着急，曾为他介绍过一个对象，见了一次面，就吹了。

终于我的朋友自己搞上了一个对象，大致定下来以后，便带来给我们看。我的朋友年纪已经不小，操办自己的婚事未免有些过急。我从第一次就感觉出他对自己的婚事不太满意，然而还是很快就当了新郎。结婚时，自然要大办喜酒，而且让我也去参加婚礼。我给了他一百块钱，让他随便买一样什么礼物当作纪念，对于婚礼那样的热闹，却实在不想去凑。我的朋友也不勉强我，只是很真诚地说："也好，你不去最好，这样的人家，你去了，会觉得俗的。"我连忙解释，我的朋友又说，"真的，这样的婚礼，要去，一点也没意思。"

这以后，便有一阵子没见，再见时，我的朋友已是一脸疲倦。自然是谈了些婚姻如何不称心的话，我作为朋友，又好歹比他大两岁，便劝他将就着过。他苦笑着说："我要是不将就，恐怕早就没办法过了。"我的朋友走了，我和妻子闲谈，说他不结婚时，我们老想着要为他找个女朋友，真结了婚，又是这么不快乐，那何苦还要结婚呢。

我想我的朋友一定尝试过寻找爱情。既然愿意结婚，说明他一定相信这种爱情的存在。我至今仍然相信男女成了夫妻之后，会产生爱情，很多人都是在婚后越来越相爱。然而我的朋友显然惨遭失败。婚后的朋友完全变了一个人，他来看我的次数明显减少，每次来了，都怕提起自己的小家庭，又偏偏每次都要提起。我的朋友过去从来不苦笑的，可是结婚以后，他常常苦笑。

有一段时间突然不见了他的踪影。过去一向是他来找我，因此他若不来。我真不知该到什么地方去找他。我们自然是往好处想，毕竟不是单身汉了，也许小两口现在已经如漆似胶。有一天，他终于来了，剃了个大光头，见了我，苦笑了半天，不说话。我问他怎么了，他十分平静地看着我，说："你知道，我差一点死掉。"

原来他的脑子里突然发现生了一个瘤。他指着脑袋上的伤疤告诉我，医生从什么地方，掀开了他的脑壳，又怎么样取了那个瘤。他告诉我，幸好不是恶性的，又幸好发现得早，要不然，后果不堪设想。那天他没有任何的紧张，整个是一种大病痊愈的兴奋。我虽然很吃惊，但是他的情绪影响了我，我丝毫也没想到他的病还会有另外一种潜藏的可能性。我记忆中最深的，是他临走，苦笑着告诉我，他做了这么大的手术，全是他兄弟照顾他的，而他那位新婚不久的妻子，却几乎没尽过什么义务。

我的朋友临走时，曾留给我一个地址，是他结婚的小巢的。我买了几盒太阳神前去看他，连续去了三次，都没见着，最后，只能将东西留给他的邻居。隔了一个月，我的朋友戴着一顶假发套来了，他原先有些秃顶，一戴上乌黑的假发，给人的印象有些滑稽。他告诉我目前正在练气功，并开始练书法，离开时，还借了我一大本字帖。他的气色很好，小夫妻的关系已有所改善，那天中午在我们家吃饭，胃口也不错。他还告诉我，他已经决定去上班了。

这以后又过了一段时间，有一天他气冲冲地跑到我家，把我拉到书房，把一个摩托车安全帽往地上一摔，半天说不出话来。我问了半天，他才告诉我，说他的妻子偷偷和人约会，在路上给他逮住了，这摩托车的安全帽，便是那男人的。任何男人遇到这样的事，都会气得要命，我的朋友当然不会例外。我当时真不知该怎么劝他，事实上这时候说什么话都是废话。我记得自己说了句很书呆子的话："既然这样，那就离婚好了！"我还书呆子气地借了几本有关离婚的法律书给他。

一直到我的朋友死了，我才知道他患的是恶性脑瘤。许多人都知道这个秘密，偏偏就是我不知道。他的妻子自然是首先知道这一秘密的人，正是因为她知道，她的某些做法，从道义上来讲，就太有些欠缺。从发现长脑瘤到离开人世，不过一年时间。我的朋友死了以后，他的妻子想去火葬场看他最后一眼，朋友的哥哥和弟弟都不要她去，理由是她给我的朋友造成了巨大的心理痛苦，而且在最后弥留之际，都没有去医院尽过妻子应尽的义务。当死亡威胁着我的朋友时，他的妻子以一句"我们只是名义上的夫妻"，就搪塞了一切责任。当然，在这里，我并不想指责谁，只是想到我那位生龙活虎的朋友，就这么撒手人寰，太冤了。

同时，我也为自己没能到病榻前去看他几眼，陪他说几句无关紧要的话，感到深深的内疚。我根本没想到过他会死。朋友总是在失去的时候，才突然一千倍地感到重要。活着的人，很少去想友谊的意义，等到人死了，再去想，又已经来不及。记得知道噩耗的时候，我整个人傻了，当我在电话里重复这一噩耗时，我的女儿首先哭了。小孩子做不了假。我放下电话，人处于麻木之中，真不敢相信这竟然是真的。然而这又的的确确是真的。在不知不觉中，一切开始了，一切又结束了。

回忆两个人

　　1986年的4月里，我开始为自己的前途着急。这时候的前途就是职业问题，眼见着研究生要毕业，毕业了以后干什么，突然之间已经迫在眉睫。我理想的选择是留校，并不是喜欢教书，而是觉得在学校里时间待长了，一切已经习惯。一动不如一静，我喜欢大学里的氛围，如果可能，让我在大学里当一辈子的老学生也无所谓。

　　但是我变得有些浮躁，虽然想留校，在择业志愿上却没敢填写。那年头，研究生找工作还不像今天这么困难，只要你真心愿意去，大多数单位都会伸出双手热情地欢迎你。我填的三个志愿是出版社、《钟山》杂志社、省社科院文学研究所。分别和有关的领导谈了话，都表示欢迎，都说你愿意来，我们当然乐意。

　　最后去了出版社，那里福利好，很快就会有新房子。坦白说，我完全是为了房子才去出版社的。那时候，我对以后要干什么，仍然十分茫然，只知道自己已经快三十岁，既然成家，谈不上立业，起码要把家搞得像个样子，稍稍改变一下自己的生存环境。我当时住在沿街的一间小平房里，囊中羞涩，女儿快两岁，一家三口窝在狭小的空间里，干什么都别扭，想写文章，想看书，总是不能称心如意。

　　每当想起自己当年去出版社，我就有一种屈辱感，因为这是向世俗大大地让了一步。不是说当编辑有什么不好，而是我内心根本不想当编辑。人穷志短，我觉得为了一套不怎么样的房子，就放弃自己的理想，实在对不起教我养我的父母和师长。人在屋檐下，不能不低头，我对自己说，反正是定了，那么就下决心做个好编辑，编些好书。天下事无可无不可，凡事认真去做，去做好，这就足以自慰。

于是这一年的5月，我主动请缨，风尘仆仆去北京组稿。离毕业还有两个月，我似乎已经等不及，很冲动地到了北京，冒冒失失拜访了许多作家。我的家庭背景，在这种时候起了关键作用，大家很给我这个小辈面子，想见谁就能见到谁，并且都答应给稿子。由于我在学校里学的是现代文学，对当代文坛的知识差不多等于零，于是父亲的老朋友林斤澜伯伯让我去见李陀，他们当时在一个单位工作，是《北京文学》的正、副主编。

等见到李陀，才知道他年龄原来也不大。当时李陀已经声名赫赫，圈子里的人戏称他为"陀爷"，然而我却一无所知。结果在李陀家里，我非常虚心地上了一课。用"听君一席话，胜读十年书"形容这次见面，略微有些夸张，可是我确确实实受益匪浅。是李陀第一次为我撩开了当代文坛的朦胧面纱，他属于那种才气逼人的作家，说什么话一针见血，爱憎分明。我不知不觉想起了俄国的别林斯基。

李陀给我开了一批名单，要我在未来当编辑的岁月里，很好地关心这些人的作品。名单中很多作家，后来名震一时，写出了不少让人赏心悦目的小说。这些人的名字现在没必要说出来，因为其中有好几位大将，已经成为我的好朋友。李陀是一位伯乐，睿智过人，慧眼识英雄，除了善于发现人才，他留给我最深的印象，是他对文学本身的热爱。

在李陀的名单中，有一位福建作家袁和平。李陀特地指出，袁和平是最早关心环境问题的作家，他的小说，着力于人和自然关系的研究。这在当时很不容易。这年年底，我恰好有机会去厦门，有了先入为主的印象，与袁和平一见如故。这时候，我已经对编辑工作产生了兴趣，见了他，忘不了问正在写什么，能不能给我所在的出版社写稿。袁和平已经是福建作协的一位什么官员，因为当时人多，事多，他说了什么，已记不清楚，反正这问题没有深入下去，仅仅开了个头，就不了了之了。

当时是参加好几家出版社联合召开的长篇小说讨论会，这是我第一次参加文坛聚会。会议很热闹，也很嘈杂。在十天的会议期间，我不仅有幸结识了袁和平，还结识了秦文玉。袁和平是东道主，秦文玉是出版社邀请的作家代表。参加这次会议的有很多走红的作家，秦文玉与我是同屋，他和袁和平是鲁迅文学院的同学，我们似乎还说得来，常常一起逃会去干些别的事情。

有一天晚上，唐敏夫妇请客。袁和平喝了许多酒，他在内蒙古插过队，大家想既然他是海量，就应该让他多喝一些，结果便醉了。文友相聚，有人醉是常事。回到宾馆，大家一起说笑，慢慢地酒劲儿上来了，袁和平去厕所呕吐，吐得很厉害，人坐在地上，死死地抱着抽水马桶不放，一阵接着一阵做痛苦状。因为是在我房间，我便过去照料他，他先还说没事、没事，可是突然抱着我大哭起来。我感到很意外，因为这场面颇具戏剧性，刚刚还一起说笑，怎么一转眼工夫，就像小孩子一样鬼哭狼嚎。俗话说酒能乱性，他的举动让我感到有些尴尬，一时真不知说什么好。我是向来不会安慰人的，没别的办法，就只能陪他坐在厕所的地上，替他捶背。

袁和平哭了一阵，指着自己的心口，十分凄楚地对我说："兆言，你不知道我心里有多痛苦！"

我不知道这话从何说起，人喝醉了，说什么话也别当真。我不知道他有什么痛苦，这次在厦门，更多的是看到他的得意。这种得意其实不难从言谈中发现，袁和平在文坛上已经有了些名声，而且仕途春风，得意感仿佛短大褂里的长内衣，想掩藏都掩藏不住。官场得意是明摆着的事情，是他们这期鲁迅文学院同学的共同之处，有人曾称这批人是文坛上的"黄埔系"，虽然刚毕业，但是一个个都已身居要位，已做了官或即将做官。

后来还是老同学秦文玉说破了谜底。他说袁和平是真的痛苦，因为他已经很长时间没写东西了，对于一个写东西的人来说，还有什么比不能写东西更痛苦的呢。我当时似乎没有这方面的体会，毕竟刚从学校出来，有些器官很麻木，虽然也写了一点东西，基本上和文坛无关。我的身份是编辑，是一个没有什么名分的小编辑，会议期间遇到一位会算命的文人，号称"黄半仙"，自称是"妖女唐敏"的师傅，他看着我的手掌，说你这人可以写点诗，不过绝对不能写小说。记得我当时很沮丧，面对那帮当红的作家，总觉得矮人半头。

那天闹到很晚，第二天，袁和平又跟无事一样。后来，在没人的地方，他拍着我的肩膀，为那天晚上的事抱歉，连连说自己出洋相了，见笑见笑。再后来，会议结束，大家分手，各奔东西。这以后，我们又见过几次面，他似乎在官场上越来越得意，红光满面，来去都有车，每次见面，都向我热烈祝贺，说想不到你竟然写出来了，而自己真是惭愧，这些年来一直想写，可始终不曾写出什么像样的东西。他虽然是福建人，个子不高，人却很魁梧，也许祖上是山东人的缘故，看到我，总喜欢表现出一种北方人的豪爽。他显然属于那种很有办法的人，我的一个朋友曾说过一句笑话，说到了福建的地盘上，有事就找袁和平，没什么问题解决不了。

我曾问过他，是不是真像传说的那样神通广大，他不承认也不否认，只是摇头一笑。这一笑，似乎等于默认了。

和袁和平在一起，难免会谈到秦文玉，和秦文玉在一起，也同样会想到袁和平。

秦文玉和我是江苏同乡，南京师范学院毕业后去了西藏，在那一待就是许多年。说到缘，我愿意结识袁和平，因为有李陀的介绍，结识秦文玉却完全由于会议期间同屋。秦文玉没有那些当红作家的架子，他显得很虚心，开会认认真真记笔记，听人讲话，总是很专注的样子。会前会后，喜欢和别人真诚地谈文学，别人有时候其实很不真诚，他似乎也没有察觉。

由于住在一起，加上袁和平的缘故，我们变得很熟。有一次为了一个什么文学问题，我说了一句在他看来大约很狂妄的话，他吃惊地看着我，半天没有说话。最后，喃喃地说："你不写东西，要是写了，就知道不容易！"我毕竟是刚从学校里走出来，年少气盛，无知胆大，他显然不忍心多教训我。

记得他常常和我谈自己未来的打算，他当时是《西藏文学》的副主编，正在北京学习。是党校，还是别的什么速成学校，已经记不清楚。他属于那种愿意不断学习的人，能吃苦，而且不怕吃苦，自己已经是大学生，后来又去鲁迅文学院深造，像他这样的人，大约只要是个机会，总不会轻易放过。一方面，他想写这写那，野心勃勃，写作计划巨大；一方面，他又不能不为自己的前程地位操心。似乎是想回到家乡来，叶落归根，他在西藏待了那么多年，衣锦还乡也不为过，又想留在北京，不管怎么说是首都，天子脚下，山高池深，更有利于发展。

临别那天晚上，参加会议的人纷纷展示自己买的土特产。我突然发现自己应该买些紫菜带回去，秦文玉也深有同感。然而一切已经为时太晚，明天一大早我们就要离开，我比他略迟，他的时间好像是天不亮就要上路。没想到第二天我醒来，发现床头放着一包紫菜，一封短信，他人已经走了。原来在我们住的楼下不远就有一个菜场，他起来赶了一个早市，不仅自己买了一份，还顺带帮我也捎了一份。

我很感激，回到南京，便将紫菜钱如数给他汇去。不久收到他的回信，说我锱铢必较，反倒太伤感情，好歹同住了那么多天。信末了大谈自己如何如何杂乱，不能尽兴写作，又说到自己的前程仍然摇摆不定。这以后，我们见面的机会要比见袁和平更多，他是个喜欢跑动的人，回乡探亲，参加江苏文学方面的聚会，隔一段日子便能见上一面。每次见面都是匆匆，无非老熟人一般打打招呼，竟没有一次深谈的机会。

记得有一次去无锡开会，我们一行人排着队一起进站，上了车，久等他不来，直到火车已经离站，才看见他脸色煞白，气鼓鼓地从车门口那面走过来。我们没想到他已经和检票员吵了一架，吵得很厉害，为什么事也记不清了，反正听他身边的人说，秦文玉这样的老实人，真急起来，也有些书呆子气。火车是不等人的，他自己豁出去了，和他一起的人却紧张得要命。

随着时间的推移，我们之间似乎交换了角色，开始认识的时候，我是出版社的编辑，秦文玉是作者。渐渐地，我因为不断写些东西，也成了庞大作家队伍中的一

吃盒饭

员，而他最终去了北京，成了作家出版社的领导。在中国，因为写作走上仕途的人太多，袁和平是这样，秦文玉也是这样。无论是袁和平，还是秦文玉，他们后来遇到我，无一例外地表示出对我的羡慕，羡慕我一直在写东西。这些年来，他们应该说都很得意，在官场上如鱼得水，但是，他们的内心其实都不平静，因为他们毕竟都是写作出身。写作才是他们的老本行，官场给他们带来满足，显然也带来了遗憾。

秦文玉曾给我写过一封很热情的信，字写得龙飞凤舞，衷心祝愿我能写出更好的传世作品，为国争光。我觉得有些好笑，因为大家是老熟人，何至于如此客套，他的口气天真得像前辈和领导。仕途春风往往会使人的性格发生不大不小的扭曲，开会时坐主席台，有话说无话说都得发言，大道或者小道的消息都比别人先知道，不断地有人敷衍讨好，为了能在他主事的出版社出书，所有这些世俗的应酬，会让一个本来很熟悉的人变得陌生，有时甚至变得滑稽。

最初听到秦文玉出车祸的时候，我绝对没有想到事情会那么严重。只知道袁和平当时和他在一辆车上，报告消息的人说秦文玉正处于昏迷状态，我当时就想到日后见到秦文玉和袁和平，一定要问清楚他们的历险经过。后来听说秦文玉从此就没有醒过来。

我曾经设想过遇到袁和平会怎么样，我和秦文玉之间的交情，虽然不像他们之间那么深，毕竟有过一段交往。我想如果遇到了袁和平，我们一定会回忆过去，大谈秦文玉。然而有一天，突然在报纸上看到了袁和平病逝的噩耗，白纸黑字，我不相信真会有这样的事情。

福寿康宁，固人之所同欲；死亡疾病，亦人所不能无。生死由命，这是没办法的。我印象中的秦文玉和袁和平，都是生气勃勃的人。秦文玉在西藏锻炼过，袁和平在内蒙古当过知青，他们的共同点是不知疲倦，要生活有生活，要环境有环境，既精力充沛，又前途无量。谁也不会想到他们竟然都英年早逝，仓促之间，便莫名其妙地离开了人世。按说这两个人完全可能在文学上大有作为，袁和平在不多的文学创作中，已经显露出了才华。秦文玉的才华也许略逊于袁和平，但是吃苦耐劳方面似乎更胜一筹。才华和吃苦耐劳是一个优秀作家的基本素质。有了这样的基本素质，只要用心去写，写出好作品来，这一点也不奇怪。要是老天爷保佑，他们还活着，从官场上抽出身来，全力以赴地写作，结果怎么样，真是难预料。

我想如果大家有什么遗憾的话，不仅仅是由于他们走得太早，太匆匆，还在于他们未能实现自己的文学梦想。官场得意，处级或者厅级干部，出入有车，住大房子，公款出国，毕竟不是一个写作人追求的目的。我不反对从事文学创作的人做官，人各有志，我只是忘不了多年前袁和平醉酒后表现出来的痛苦，那情景仿佛就在眼前，一伸手甚至都能触摸到。对于一个以文学为事业为生命的人来说，文学创作才是第一位的，而人类的最大苦恼，莫过于梦想的破灭。过去的许多年里，作家们被人为地剥夺了许多机会，后来，这些机会好像已经还给了作家，但是很多人又轻易地让它失去了。

死者为大，我在这篇回忆文章中，没有任何责备的意思。扪心自问，这世界丰富多彩，这世界诱惑太多，作家不是圣人，没必要求全责备。从前种种，譬如昨日死，以后种种，譬如今日生。我只是觉得自己有话要说，一直想把这话说出来，以纪念早逝的两位朋友。骨鲠在喉，一吐方快。李白说："生者为过客，死者为归人。"杜甫又说："存者且偷生，死者长已矣。"文章不管怎么写，话不管怎么说，都是留给活人的，我们既是过客和偷生，有些事也就不用太在乎，想说就说吧。

记李先生

　　李先生不属于老派的人，年龄不能算，作风也不能算。称李先生，是江南人喜欢这么称呼文化人。文化人是个大概念，可以学富五车，可以只读几本书，更可以什么书都不读。李先生上中学，课堂上读到祖父的《多收了三五斗》，老师让写读后感，他洋洋洒洒写了一篇，结果大获好评，当作范文在课堂上念了一遍。好像还产生一些别的影响，同学中引起一阵不小的骚动。李先生就想，为什么不把读后感寄给原作者看看，于是买了邮票，将作文寄给祖父。祖父是个很认真的人，有信必复，照例为他改了一下，指出错字，纠正病句，认认真真回答问题，说一番表扬和鼓励的话。

　　隔了没多久，李先生突然心血来潮，不愿意再读书，冒冒失失地出现在北京。自从与祖父通信，他变得好高骛远，已没情绪继续在学校里待下去，一般人最多只是想想而已，他却浪漫得毫不含糊，说走人就走人。他希望祖父能为他在北京安排个工作，最好安排在祖父身边，并且觉得这事很容易，打个电话就能解决。这是个让人哭笑不得的事件，国家机关又不是谁个人开的，想进就进，想干什么就干什么。对于一个固执的人，有些道理绝对说不清楚，但是毕竟关系到一个人的前程，因此只能好言相劝，仔细解释，加上说一些大道理，然后为他买张回程的火车票。

　　这还是"文化大革命"之前的事情，李先生回到自己所在的那个小城市，是继续读书，还是就此开始工作，我弄不太明白。总之，他经常和祖父通信，即使在运动最激烈的那些年头，仍然保持着联系。他成了一名中学教师，还会画几笔画，70年代初期，他的一幅画参加过省里的书画展览，画了一群猪，标题是"猪多，肥多；肥多，粮多"。我没去看展览，只是听他说起，有一天，他匆匆地赶来，很高兴的样子，脸色红润，眼睛放光，说了一气他的画，又匆匆地走了。显然是一幅宣传画，我觉得这很有意思，那年头的书画展，要写字，大多是毛泽东诗词，要不就是毛主席语录，相

中学时代在北京

比之下，我更愿意看看那群肥猪画成什么模样。

　　"文化大革命"后期，李先生又去了北京。他有很严重的晕车症，乘车意味着受罪。记得是安排睡在客厅里，离他很远放着一个冰箱，晚上睡觉老用枕头蒙着头，后来才知道是害怕冰箱的声音。冰箱启动会让他产生一种飞机从头顶上掠过的感觉，还会让他想到晕车。李先生天生了一副读书人面孔，描述任何一件事情都一本正经。他读的书不算多，知道的事也不多，而且不擅于言谈。如果和他开玩笑，他一定当真，所以谁都不敢和他随便瞎说。堂哥三午知道一些上层的皮毛，来往朋友中颇有一些纨绔子弟，细下里喜欢议论，那年头北京的年轻人和现在一样喜欢小道消息。李先生最喜欢听，一听就来劲，听什么都当真有其事，眼睛一眨一眨，永远恍然大悟。

　　来了北京，总应该出去看看，起码形式上要这样。李先生不能坐车，大家都为他急，近处可以步行，去郊外就是大问题。我那时中学刚毕业，自告奋勇要陪他，祖父有些担心，但是除了我，还真找不到其他人来胜任这项工作。于是挑了个好日子，风和日丽，揣着祖父给的旅费，兴冲冲上

路。那年头北京车少，过动物园，差不多就是乡下，马路边是高大的白杨树，骑很长时间才能到达颐和园。我是刚学会骑自行车，有用不完的力气，倒是他觉得有些疲倦，说居然这么远。和李先生出门郊游很无趣，他没什么话，而且也不喜欢玩。

临走，跟祖父要张字是免不了，祖父抄了一首诗给他，是自己的，还是毛主席他老人家的，已记不清，只记得我在一旁牵纸，他在一旁看，一边看，一边称赞。后来就裱了起来，给他的儿子做背景，拍了一张照，自题了"后继有人"四个字，感觉良好地寄到北京来，当时大家都把这张照片传着看，都笑。"文化大革命"很无聊，也很寂寞，有这么个小插曲乐一乐，真不是什么坏事。那是我在北京待的最长的一段时间，差不多整整一年，这一年，我明白了不少事，是个人成长中很重要的年份。

1986年秋天，我在出版社当编辑，与父亲共同张罗了一个小笔会，请汪曾祺、黄裳、林斤澜来江苏一游，路过李先生所在的那个城市，不知如何被他探听到消息，火急火燎赶来了，我们去哪儿，也跟着去哪儿，还是晕车，我们的汽车在前面开，他便骑着一辆破自行车在后面拼命追。虽然已是一大把年纪，追星的心思丝毫不比年轻人逊色，他孩子气地盯着汪曾祺要字，盯着黄裳要字，还硬逼着林斤澜写篆字，终于达到了目的，这才心满意足地离去。

这以后的第二个除夕，祖父过世了，电视上做了报道。第二天，李先生便眼泪汪汪赶到了北京。当时家里正忙得一团糟，他似乎不太想到此时出现，会给家属添乱，要安排他吃，安排他住。他喜欢由着自己的性子做事，不太考虑后果。大家都说人的性格一旦形成，不会再改变，李先生到什么时候，还是李先生。谈起李先生，谁都忍不住要摇头，都觉得可笑，然而人唯有可笑，才觉得可爱。人无癖则不可交，有的人永远长不大，岁月已改，痴心不变。

再以后，就没见过李先生。

初识弘一法师的岁月

三十多年前，还是一个高中生，伯母带我去浙江上虞白马湖边的春晖中学。那时候"文化大革命"，我对这所大名鼎鼎的学校一无所知，傻乎乎跟伯母后面听她说这说那。

在一个小得不能再小的火车站下车，坐人工摇的小船，不一会到了。三十多年后，我十分怀念那个小车站，根本没什么站台，一间欧式的小屋，车到站，把门打开，下去就行。印象中也不用检票，上车买票，下车拉倒，全无今天是个火车站就一定乱糟糟的惨象。当然还有那个湿漉漉的小木船，河水清清，小船儿轻盈，一路桨声。

白马湖待多少天已记不清，有一天，伯母很认真地指着一丛断壁残垣，说李叔同当年就在那住。当时并不知道他是何方神圣，只知道是个有些名气的和尚。弘一法师是我祖父最佩服的人，伯母解释说，大家都说你爷爷做事认真，他要比他老人家更认真。接下来，又说了许多李叔同的旧事，今天要是写出来，都会是很好的文章。伯母说当年请李叔同吃饭，和尚是要吃斋的，菜做咸了，伯母的父亲夏丏尊先生感到歉意，一个劲埋怨。李叔同就说这菜不咸，很好吃啊。后来他又去河边洗脸，从包里拿了条破毛巾，夏先生要为他换一条，他连声说还能用，说你看，这不是挺好。

在老宅阁楼上，看到许多落满灰尘的玻璃底片。由于底片是黑白颠倒，加上历史知识浅陋，我并不知道照片上的都是谁。伯母告诉我，她二哥喜欢拍照，这些底片都是他年轻时拍摄的。李叔同对书法有着过人的领悟，他出家成了弘一法师，把所有的书法作品都留给了夏先生。在李叔同眼里，这些都是俗世之恋，弃之如同废纸。

随着对李叔同的逐渐了解，我对这位传奇人物一度非常入迷。与弘一法师有关的一切，都会引起我的注意。我有意无意地收集李叔同的资料，一直想以他的故事写部小说。弘一法师出家前最要好的友人就是夏先生，难怪伯母有这个资本，可以喋喋不休地说起他。

我一直在想，当年阁楼上看见的那些玻璃底片，会不会有李叔同的影像。曾经为这事问过伯母，可惜她当年太小，后来又太老糊涂，始终没有一个确实答案。这些玻璃底片后来也不知道弄到哪去了，现在的白马湖边，有弘一法师的晚晴山房，有丰子恺的小杨柳屋，有夏丏尊和朱自清的故居，但是没人知道这些珍贵底片的下落。

这篇小文章匆匆写于去奔丧的飞机上，伯母过世了，即将举行遗体告别仪式。再差一个月，就是她九十岁的诞辰，望着窗外云海，我想到更多的竟然是李叔同，是初识弘一法师的岁月。

圆霖法师的回忆

我对佛法一窍不通，这是门很深的学问，始终敬而远之。读旧书常会遇到妄谈禅三个字，知之为知之，不知道就是不知道，因此总是提醒自己，虚心使人进步，低调是一种美德。见了菩萨要先磕头，这是表达敬意，我虽然不懂佛教，无缘进入法门，但是敬仰几位修行的法师，也见过一些很好的和尚，他们给我的基本印象，都是认真，都是不打诳语。大家都习惯用俗世的目光打量那些信佛的人，习惯以小人之心，度君子之腹，其实我们什么也不知道。

1982年的一个春天，一位大学同学火车上结识了一位和尚，两个人聊了起来。和尚说，你的面相很有佛缘，不妨到我的小庙来看看。于是同学便拉着我一起去拜访，小庙叫兜率寺，在江浦老山的丛林中，现如今要去很方便，当年绝对不容易，骑自行车，摆渡过江，要翻山越岭，得大半天时间，去了，不在庙里住下是不行的。

这位和尚就是兜率寺的住持圆霖法师，见了我，也说面有佛缘，说如果与佛学有兴趣，应该是很有前途。当时我正面临大学毕业，那年头，大学生青春气盛，牛得很，对前途并不担心。况且他说的那个前途，差不多是要让人出家，这当然更不靠谱。圆霖法师说，修行最好是能够出家，不过你只要有心，在家当居士也是可以的。我不记得对他说了什么，反正有些心不在焉，胡乱敷衍。为了表示自己对佛学也有一知半解，随口提到了李叔同，一听到这三个字，圆霖法师顿时满脸红光，问我是如何知道弘一法师的，说这个人可了不得，能知道这样的高僧，太有缘了。

在今天，知道弘一法师的人太多了，在20世纪80年代初，年轻人大都不知道这人是谁。我只能回答说曾听祖父提起，又说李叔同的至交夏丏尊先生是我们家远亲。圆霖法师满脸红光的样子让我不知所措，显然是对李叔同非常敬仰，他实在太真诚了，跟这样的人敷衍你会感到心中不安。

圆霖法师喜欢书画，他的卧室就是画室，四壁皆字画，迎面一张很大的林散之，看内容，原来与林老也是有交往。圆霖法师的字很有弘一法师的味道，很淳厚，我看了喜欢，开口问他要字，他就把刚写给弟子的一幅小字递给我看，说你先拿着这张吧，我待会再给你写。这事情后来没了下文，因为我们一直在听他说，除了吃饭睡觉，他始终都是在开导我们，写字的事搁在了一边。

这次会面，印象最深的不是圆霖法师的字画，而是刚吃过就肚子饿，不管吃多少，一会便饥肠辘辘。这是非常奇怪的事，你可以说是庙里的食物不扛饿，总之，所有的注意力不知不觉地都集中到了自己的胃上。我读过李叔同的断食日记，形容饿的感觉有"腹中如火焚"和"腹中熊熊然"，当时就想，我注定是个俗人，不说别的，就这一个"饿"字的门槛便迈不过去。坦白地说，我们完全是因为饿逃下山去，想不明白为什么会突然饿得这么夸张，这么忍无可忍。让人百思不得其解，一到山脚下，我们竟然就不饿了。

若干年以后，古鸡鸣寺重修，形神兼备的罗汉画像都是圆霖法师所绘。一位女居士听说我见过绘画的画师，非常激动，说人生有四个幸运，你已占据其三。有幸成为人，没当畜生；有幸成为男人，而不是做女人；有幸遇到明师，这是很了不得的缘分，圆霖法师是当代最出色的法师，在佛教界有着很高的地位。十全十美只剩下最后一个，那就是有幸进入佛门，女居士的话让我感到惭愧，同时也没太往心上去。

又隔了若干年，我太太学会了开车，心里便琢磨周边可以去的地方，很自然地想到了兜率寺。于是开车过去，太太觉得这地方很美，很幽静，适合隐居，我便告诉她当年更美，更幽静，更适合隐居。没有通往山上的公路，连山门都没有，就几间破房子，柱子都是歪的，比现在要小很多很多。当然了，即便是到现在，兜率寺还是一座小庙，一点都不金碧辉煌，还是没有几位和尚，但是圆霖法师的名声早已传出去。坊间有"徐悲鸿的马、齐白石的虾、圆霖法师的观音菩萨"，他的名声之大完全出乎意外，据说有许多藏家和官员都喜欢他的字画。不少寺庙挂着他画的佛像，看到这些佛像，我心中不免一阵涟漪，情不自禁会想到当年的会面。

再次见到圆霖法师，老人家快九十岁了，由于画名传开了，想见他一面不容易。我远远地看着法师的寮房，门前挂着牌子，上面写着"师父休息"四个字，心里便不忍打扰。带着太太四处看，向她介绍这地方原来的样子，告诉她哪些字是圆霖法师写的，分析他的字与弘一法师的区别。盘桓许久，走着走着又绕回到圆霖法师的寮房前，"师父休息"的牌子还在，却看见不时有人进出。太太知道我非常想见法师，说人家不是照样进去，你干吗不试一试呢。

还是鼓不起这个勇气，我对太太说，就算了，凡事都是缘。今天能来到这里，与法师隔墙相望，已经心满意足。这时候，一名老和尚从里面出来，太太便上去搭讪，说我先生二十多年前来过这里，与老住持有过交往，今天旧地重游，很想再见一见圆霖法师。老和尚说这还不简单，你们直接进去就是了。太太指了指门上的牌子，老和尚摇摇手，意思是说别理这个，进去吧。

圆霖法师居然还能记得我，他确实老了，完全不是二十多年前喋喋不休的模样。反应略显迟钝，说话要慢上半拍，很安静地坐在那里，慢吞吞地回应我的问候。我突然发现自己只是非常想见圆霖法师，真见面了，却不知道说什么好，一时间，感到非常羞愧。穷巷唯秋萍，高僧独坐门，二十多年，法师还是那个法师，隐居在此山中，依然一尘不染，我再也不是当年的那个幼稚的学生，早已满头华发，一身尘土。

圆霖法师为我写了一张字，这是对当年许诺的一个了结。回去的路上，既高兴，又若有所思，很想与太太讨论，如果真有缘进入法门，一直隐居在此山之中，又会是一种什么样的人生。然而这话说不出口，我爱我的太太，我们在一起无怨无悔，事实上从未有过真正的出家念头，偶尔会想到隐居，想过几天与世隔绝的清净日子，也无非以退为进，一闲对百忙，自己依然还脱不了那个俗字。

皇帝的小红裤衩

认识朱新建，是在20世纪70年代末。那时候刚考上大学，青春得不像个话。有一天，他来到我家，送了一本小画册，大家就算认识，成了朋友。说过些什么话，记不清，他怎么来的，也记不清。能记住的是那本小画册，江苏少年儿童出版社出版，画的是《皇帝的新衣》。这样的小画册出版社出过许多，我印象最深刻的就是这一本。朱新建画的皇帝，穿了个小红裤衩，大约这就是时代特色，我们都知道皇帝他老人家，应该是什么都没有穿，可在当时，你还真不得不给皇帝穿点什么。

很快，时代风气变化了。思想解放，皇帝的小红裤衩，说脱，也就脱了。在首都机场画《泼水节》的袁运生到南京来办画展，做讲座，把偌大的一个南京师范大学，弄成了乱哄哄鸡犬不宁的大码头。那几天，到处都是形迹可疑的年轻人，穿喇叭裤，留长头发，哼邓丽君的歌曲。我们一伙人正折腾一本民间刊物《人间》，我和朱新建混迹其中，既不想管事，又多少要跟着瞎起哄。反正在哪都是碰头见面，哪儿乱，就在哪儿捣乱。天天赶过去凑热闹，拜见张三，兴会李四。我又不是画画的，对画的好坏也弄不明白，听袁运生说教，完全是因为熟悉的朋友都去的缘故。

袁运生能获得年轻人的欢心，与《泼水节》上的裸女被禁有关。什么玩意一禁，年轻人心目中立刻有很大反响。我们这伙人有画画的、有写小说的，美术院校已开始裸体写生，画画的没事喜欢说这事，写小说的听着心里痒痒的。有一天，朱新建拿了一大沓写生稿给我们看，画的都是裸女，有鼻子没眼睛的，一个个全夸张变形，我们觉得奇怪，议论纷纷，说怎么都是这副腔调。自恃懂点画的，便说这是马蒂斯风格，是有来头，而且来头还不小。又说那不叫写生，是速写，是快速地写。别人写生，一节课至多画一两张，他一节课就可以画一大沓。

那一阵我正恶补世界美术史，到处跟人借画册看，知道了一点现代派皮毛，又仗着有好几位画画的朋友指点，并不觉得朱新建的写生稿有什么特别的好，当然也不觉得有什么特别不好。不知道朱新建对我是什么态度，说老实话，当时大家并不太关心对方，他不留心我的小说，我也不在意他的画。都是刚起步，年少气盛，很多事都还不明白。心里只有一个单纯的念头，相信他是个好的画家，起码以后会是。如果当初的交友还有什么功利心，那就是你隐隐约约地能感觉到，彼此之间的友谊，多少能给对方一些事业上的促进。我们乐意成为对手，物以类聚，人以群分，什么人玩什么鸟，他喜欢画，我喜欢写，干的事不一样，行当不同，追求的艺术趣味却差不太多。

说白了，画画也好，写小说也好，都只能按照自己的感觉去做，有什么样的感觉，就有什么样的东西。这么多年来，朱新建很勤奋地画，我老老实实地写，在各自的路上越走越远。虽然一个城市里住着，见面的机会并不多。我心里常常惦记他，也常常听朋友说起他。他的名气越来越大，传说越来越多，故事越来越离谱。反正是皇帝的小红裤衩一旦脱了，就不可收拾，从此以后，很少再穿上。有个好朋友说起朱新建，说他的画真他妈的"色"。这个色，是很赞赏，是极度的赞赏，那意思就是看了他的画，感觉还真有点不一样。感觉是个说不清楚的东西，得心里真有才行，反正我喜欢他的画，老想到他的那里去看上几眼，学习学习。有一阵，还看到他的书法，自然是画画的风格，与书家的字相比，别有奇趣。打个不恰当的比方，这字就像小孩子看皇帝新衣的目光一样，单纯天真，不掺任何假。

朱新建曾送给我父亲一张画，是个小和尚。父亲跟我一起欣赏，一边把玩，一边嘀咕，说他画的裸体女人最有意思，为什么偏偏要送这么一张给我。我笑着说，画以稀奇为贵，都不穿衣服，穿衣服的就珍贵了。父亲也笑，说这话也对，穿衣服就穿衣服吧，这小和尚的一袭袈裟倒别有深意。

　　不能说把皇帝的小红裤衩脱掉，是朱新建一个人的功劳，但是他确实开了风气。小裤衩的有无之间，实在是一种大学问。有一年看画展，所谓"新"字当头的，还用什么"文人"和"水墨"出来点缀，声势浩大，很有些江湖气。我匆匆而过，可惜许多人物画，都一个味道。对画界的事，我不想多说，不过坐实了要说有些画是学朱新建，也没什么大错。所幸画展中没有朱新建在凑热闹，真是可喜可贺。武侠小说中有一种境界，叫孤独求败，朱新建心里是怎么想的，我不知道，想来也是去之不远，对今天的画风应该有种说不出的寂寞。无可奈何花落去，我想有些人，我们自然是不愿意与之为伍。现实生活中，《皇帝的新衣》仍然还在上演，大家仍然喋喋不休，继续为皇帝的新衣大唱赞歌。残酷可笑的现状却是，眼下已不是穿不穿衣服的问题，而是连皇帝都根本没有了。皇帝已经跑了，皇帝跑哪去了，我不明白，不知道朱新建明白不明白。

　　我第一篇小说中的插图，是朱新建画的。对我，这是第一次，当然记住了。在朱新建，未成大名的时候，反正是经常帮人画插图，画了也就画了，不会往心上去。如今是不是悔其少作，我说不准。那天在电话里聊天，说起当年的事，都忍不住哈哈大笑。一转眼，二十多年过去了，很快要三十年，我们显然做梦也不会想到能有今天。

大桌山房

　　盛世玩收藏，五个字里很多意味。盛世自然不用解释，爱怎么想怎么想，一个玩字，五花八门千奇百怪。我对玩收藏一向不当回事，常有人跟我卖弄，去哪淘到什么宝贝，哪朝哪代，北京潘家园捡了个漏，南京朝天宫得了个宝，仿佛真赶上买彩票必中的盛世，到处遇上好东西。

　　天下哪有那么多好事，碰上这种人就想笑，我有个叫高欢的哥们，收藏丰富，拥有的好东西之多，与那些三脚猫相比，仿佛拳王泰森站拳击场上，看一个三岁孩子挥着棉手套，天真地要跟自己叫板。

　　都说现如今的黄花梨按重量卖钱，和民间的俗人一样，我总忍不住要用银子来衡量事物。说老实话，直到现在，也不明白什么叫黄花梨。有一次在外地玩，到场诸位都有头有脸，突然谈起了收藏，又议论附近的古玩市场，说某家有好玩意，很多人过来淘宝捡漏。于是酒足饭饱随大流赶过去，走进一家神秘店面，溜到布帘后头，拿出了一样样小东西，其中有张小凳子，造型古朴，都说是黄花梨，就听见热热闹闹一番叫好，夸夸其谈绝对是真，一说真似乎就假不了。当场砍价，喊得高，砍得也狠。瞄一眼赶快往外走，心想这么个玩意，请回去也只能搁个花瓶，不值得一惊一乍。

　　高欢有张黄花梨大桌子，得十几个人才能搬得动，如果要按重量算钱，我算不过来。桌面是整张的，厚度一只手量不了。有多长不好说，就说那个宽吧，一个大男人趴上去正好。那根本不是张桌子，是东北人家的火炕，给人的感觉就是，十多张老板桌并排放，可以坐下来召开军事会议，讨论乌克兰的克里米亚前途。

始终想不明白，明朝人弄这么一张大桌子干什么。这大家伙完全邪门歪道，不符合常理。晚明人弄小品，他生未卜今生休，尊崇唐宋八大家古文，写点小文章，有张普通的写字桌足矣。唐伯虎画美女，文徵明写行书，八大山人苦苦吟诗，都不可能想到天下还会有这样的玩意。

反正故宫是见不到这样的大桌子，皇帝他老人家肯定不会喜欢，它更像《金瓶梅》里的物件，是小说家写出来蒙人的，现实生活中竟然真有，你不能不目瞪口呆。艺术高于生活，还是生活高于艺术，不好说。高欢是我几十年的老朋友，说起这大桌子也有些不明不白，它肯定是明朝的，从海外用船运过来的。

高欢为大黄花梨桌子盖了个大房子，又索性造一个庄园，取名为大桌山房。还把几十年的收藏转移过来，据说当年搬家，光好东西足足装了六卡车。一转眼，认识高欢三十多年，标准的老友。这年头，套近乎称老友的很多，标准二字真不能随便用。

很多年前，在他家聊天，他突然拿出一把剪子来，要给我剪头发，为什么会有这一幕，年代太久，已记不清。或许是去理发店，看到人太多，就跑到他家吹牛去了，反正两家挨得近，一抬腿就到。他那时还跟父母住在一起，有一间自己的小房间，到处堆放着东西。必须要说明的是，那些乱七八糟玩意，基本上都是有品位的文物，他的烟灰缸，他的垃圾筒，全都是艺术品，都可以拿出去拍卖。

用剪刀理发是卖弄功夫，不是那种艺术家的长发飘飘，那个可以乱来。是简简单单的小平头，头发一般长的寸头，用推子推，不稀罕，他是用剪子剪，上下左右一样齐整，这就厉害了。我是不相信，他想做的就是要让我相信。一边剪，一边还跟我聊天，最后一照镜子，完活。也没弄得到处都是头发，在一个狭小的空间，谈笑间，居然剪好了，很满意。

玩艺术的人必须手巧，古来万事贵天生，熟能生巧只是一方面，他不是剃头的，或者说根本没在理发店待过。他只在照相馆工作过，我一帮朋友中，高欢是最聪慧的一个，画画，做雕塑，搞刊物，编报纸，玩过的门类太多。一开始是玩油画，却为我刻过图章，印象中，似乎什么都干过，什么都能干，不怕事，敢折腾。养过马，想当年，他是南京最有名气的马场老板。玩艺术的人按理都该心无旁骛，专心自己的门类，就像传统基督教一样，结婚讨了老婆，就得一心一意终身厮守。高欢的人生不是这样，他的活法，是首先让自己变成艺术。

高欢有一点跟我相似，就是别人说起我们，总要跟上人连带在一起。这种捆绑让人无话可说，很不舒服。我到哪都是谁的孙子，他呢，人家要介绍，必定是谁的公子。因此这篇文章，没必要再强调高欢父亲是谁，是多著名的画家。当年我们认识，几个画画的，几个写东西的，因为家庭出身，常被讥为没出息的八旗子弟。别人眼里，我们都属于那种带有贬义的"二代"。谁人背后没人说，谁人背后不说人，我们好像也不在乎，当然事实上，心里还是蛮在乎的。

前天去大桌山房，高欢让我看最近画的一组画，厚厚的一大沓，是真画得好，一起去的速泰熙一边看，一边赞赏。然而最让人感慨的还是，说如果老爷子还活着，能看到这些画，多好。我也是，过去很多年，写一堆书，如果父亲还活着，看了会多高兴。

高欢为庄园起名"大桌山房"，道理很简单，喜欢这大宝贝大桌子。不是因为黄花梨，不是因为值银子，是因为它的独一无二，因为它的霸气。所谓庄园，不是土豪豪宅，就几间平房，不过有些特色，无非是些文化。当初花不少心血，一转眼，做了许多年庄主。

早听说有人要撵高欢走，早听说他已成了钉子户。这是个让人哭笑不得的消息，我查了网上文章，当初十足的正面报道，言犹在耳，标题是"艺术家高欢卖掉房子在南京建博物馆"，卖掉房子是指南京的住房，博物馆就是"大桌山房"，又名"古歌博物馆"。

当时晚报文章上还有这样的煽情文字，"捐出半生收藏，在南京开建首家艺术类私人博物馆"。这全然是个义举，也是所有玩收藏的高人必然之举。再好的东西都身外之物，玩大了都是国家的，收藏者大不了也就是个看管人的角色。收藏家目的很简单，愿聚不愿散，百年之后，个人总会灰飞烟灭，这些宝物由于有心人的照料，才得以流传后世，传递历史的声音。因此，高欢不惜要借用"古歌"这看上去有点斯文的两个字。

然而说搬就让搬走，当初高高兴兴来，皆大欢喜，没想到说变卦就变卦，该翻脸立刻翻脸。就在庄园旁边，一家大的国际化酒店已准备动工，工人居住的活动房正源源不断搬过来。我曾跟有关领导提过这事，人家觉得这根本不是事，大局谁也不能改变，叫你走只好走，树挪死人挪活，换个地方不就行了吗？规划永远赶不上变化，谁都知道安居乐业最好，谁都知道政府最大文件中有"不折腾"三个字，在一个讲究利益最大化的时代，开发乃头等大事，发展和创新有时候会成为最大的不讲理。

留得青山在，不怕没柴烧。都说好女不愁嫁，此处不留爷，自有留爷处，但是高欢跟我同岁，毕竟也是五十好几，重新选地，重新设计，重新这重新那，想想都让人不寒而栗。秀才遇到兵，文化人遇到不文化，还能怎么办呢。

高欢妻子喻慧，现如今南京最好的女画家之一，写文章说在庄园里种了五十棵海棠。我太太看了很吃惊，五十棵垂丝海棠，花开依旧，多么壮观的景象。一向喜欢海棠，前几年种过两棵，没很好照料，花开两年死了。想到高欢处于危急之中，趁火打劫之心顿生。他好东西太多，六朝的文物，唐宋元明清的国宝，不敢有觊觎之心。眼见着雨疏风骤，割爱挖棵海棠，巧取也罢，豪夺也罢，让他们先痛一下。

3月21日下午，春分时节，在大桌山房，海棠花似开非开，高欢赠画一幅，大喜望外，这是更应该记录的一件妙事。

不谈汤国的画

　　这篇文章不谈汤国的画，写小说的和画画的，常有隔行如隔山的感觉。我有好几位画画的朋友，交上了朋友，不是因为他们画出了名和挣了大钱，而是早在他们出名和挣大钱之前，就是朋友。交友在前，成名在后，写文章谈到他们，虽免不了吹嘘攀附之俗，但是声明一下，仍然是必要的。

　　十五年前，南京聚集了一批志同道合的年轻人，都是些愣头青和急先锋，有写小说的，有画画的，鼓噪着要办一本属于自己的刊物。事隔十五年，往日的年轻人，每个人的故事似乎都能写一本书。我和汤国也许是这批人中最不起眼的，记得当年为了出那本油印的刊物《人间》，我和汤国的手上推橡皮滚都推出了血泡。手上留下血泡的还有一个叫高欢的年轻人，当时出的那刊物的封面，便是高欢设计的。

　　十五年前，是南京的一批年轻人起步的年代。因为年轻，又赶上了解冻的时代，我们的行为十分幼稚和激进。有些事重新回忆，真不敢相信当年竟然就是我们这些人干过的。记得有一次在秦淮区文化馆，我们坐在那为文学乱吵了一气，然后便有汤国等人当众表演起新潮舞来。那时候能否跳舞尚在正经八百的讨论之中，迪斯科这词还没在中国出现，汤国等人开风气之先，很快就蹦出了一身臭汗。

　　画家和小说家相比，画画的身上更有艺术家气质，更浪漫，也更邪气。有一次，汤国骑车在途中与人相撞，碰撞的对象自称是南京某拳师的徒弟，言语之傲慢，气焰之嚣张，让汤国无论如何也咽不下这口气。于是大家都试了试拳头，汤国一拳出去，把对方的脸上，打出了一道划口，裂开着仿佛是一张小孩的嘴。天知道他是怎么打的，就好像用了什么暗器一样，结果只好乖乖地将人送到医院去。

汤国没上什么大学，用时髦的话来说，是自学成材。他的画室，很长时间里，只是一间靠街的小平房。那地方离我住的地方极近，没事的日子里，我便去他的画室里聊天，随意地翻他的画。他自然属于勤奋一类的，光看看他的画，就可以消磨掉许多时光。一捧出来就是厚厚的一大沓，他还是准发烧友，有朋友去了，便可以一边欣赏音乐，一边观看他的画。

我已经声明过了，这篇文章不谈汤国的画。很多比我更有名的人已介绍过他的画，说他画好的也不是一位两位。他的画中国人买不起，外国人却愿意掏钱。我知道他不止一次参加过什么展览，还专程去香港办过。汤国今天的名声已用不到我来替他捧场，往直里说，我也是实在不懂什么画。我写这篇文章的动机，无非是想说明一下自己拥有一位这样的朋友罢了。

江宏伟的《野草闲花》

　　一个画家，有时候，随手可以写出十分优美的文字。这年头提到江苏作家，常有一种人多势众的错觉。有一句话，我始终不太愿意说，其实多未必好，气势汹汹，有时候只是瞎起哄，江苏的作家并不像舆论赞扬得那么杰出。

　　江宏伟对宋画的见解，让人感动。宋画是一种极高的境界，说到它，人们很自然地就会想到宋诗，想到宋词。宋朝在军事和政治上，不是很有作为，尤其南迁以后，中国人的阳刚之气，一下子不知跑哪去了。好在艺术领域，宋人还能不同凡响，继承和发展传统方面，宋人给后人很多启示，不仅发扬光大了宋词，而且在唐诗的辉煌之后，仍然写出了属于自己的宋诗。

　　"诗分唐宋"，要害在于宋诗和唐诗截然不同。说江宏伟的画像宋画，不是什么表扬，好比说宋人的诗像唐诗不是夸奖。我不太懂画，犯不着装懂胡说八道。宋画表现自然的美，有自己的独特方式，而江宏伟似乎已经找到了破译的密码。"看自然仿佛在阅读宋画，读宋画仿佛在看自然"，江宏伟的努力方向，在于他能够始终琢磨宋人，这种琢磨本身就是一种艺术探索。隔着时间的薄纱，江宏伟从宋人如何表现美，如何表现自然中获得了灵感。现代艺术家的目的，不是为了单纯地学会某种方式，掌握一家的独门秘诀，而是要努力找到一条隧道，借助这条秘密的捷径，悄悄到达艺术的彼岸。

通过眼前的这本书，不仅可以直观地看到画家的画，更有趣的，是还能明白无误地知道画家怎么说。言为心声，艺术的本质就是如何表达，江宏伟的文章虽然短小，却是道地的小品文风格，清新自然，富有哲理又不做作，这种文字很多作家写不出来。

李小山的箴言

李小山开一辆豪华越野车，宝马还是奔驰，搞不清楚。看人看车，什么人玩什么鸟，什么身份配什么车。能开这车，肯定是混得很牛的人。李小山学画出身，20世纪80年代中国艺术界风云人物。什么叫风云人物，就是那种搅得画坛不得安生的家伙。

画画的款爷眼里，拿稿酬的作家都是乡巴佬。李小山是不是教授我也不知道，真不知道。很多年前，他很生气地说，我们这个艺术学校现在就我和毛焰不是教授，这句话透露着狂妄和得意，反过来理解，意思是他和毛焰才配是教授。

这个李小山还写小说，写长篇，一写好几部。时髦的说法叫跨界，其实是手太长，一个开豪车在美术界呼风唤雨的人，有什么必要再到文坛上来搅和。文坛不是禁地，谁都可以来撒野，问题是态度比较可恶，因为他就是来捣蛋的，就是想证明文坛是个狗屁。

李小山很轻易地证明了自己比文坛上很多人强，强得多。他觉得这样很爽，爽就爽吧，还要逼着人表态，逼着我承认，逼着我对他的小说发表意见。我很恼火，他给我打电话时，一场好看的NBA还剩几秒钟，绝杀还是被绝杀，心口怦怦直跳。在这节骨眼上，他来电话了，要跟你讨论文学。

我说我们搞文学的人，现如今都不谈文学。真这样，作家们碰到一起，什么话都可以说，就是不谈文学。李小山立刻生气，说这样对吗，这样当然不对。我也知道不对，但是现实总是有道理，我说你们画家碰在一

与作家朋友的合影（中为作家史铁生）

起，难道都谈论绘画吗，这画怎么样，那画不怎么样。李小山怔了一下，说这倒也是。

李小山继续跟我谈他的小说，问这小说到底看过没有。他的意思显然是你若不敢跟我谈，就说明你没看。这又让我十分恼火，电视里绝杀没有成功，比赛还要打延长期，我却不得不回答咄咄逼人的追问。有一句气话差点脱口而出，经常有人送书给我，凭什么非得看，而且我也曾送书给别人，如果也像他这样追着问，像老师考学生，这叫一个什么事。

好在我是看了，所以会看，知道这家伙可能查岗。果然查岗来了，而且一定还要说感想，跟他妈突击考试没任何区别。我说我这样的人，搁在你们画界，就是个死心塌地画画的，就知道埋头苦干画画，你突然送一张画来，问我这张画画得怎么样，让我发表评论，说出美术史上的意义，不是存心为难兄弟。我向来不是个会发声的人，你应该找那些搞文学批评的哥们，他们习惯这个，张口就来。

李小山说我就是不想找搞什么文学批评的人，他没说搞文学批评的人是狗屁，但是能够感觉到电话那头的他就是这么想的。一提起文学批评，他口气更加不屑。在他心目中，不仅当代写小说的人狗屁，搞文学批评的更加狗屁。跟李小山这样的人谈文学，我总是感到很不自在很尴尬。显然，他在文学上表现出来的热情和专注，远比文学圈子的人更强烈。

想不明白的是，既然文学这圈子如此不堪，何苦还要过来插上一脚。当然我也明白，树欲静而风不止，文坛现状的确有严重问题，先天不足后天失养，不仅现在有毛病，自有新文学以来，五四新文化运动之后，每个文学时代都可以痛心疾首地指责一番，总会有着这样那样的不应该。

李小山文学上始终是个理想主义者，这是他的可贵之处，也是他让人难受，更让他自己难受的原因。20世纪80年代，一篇《当代中国画之我见》石破天惊，李小山成为画坛著名的坏小子，从此玩画画的，大白天遇到了鬼，不拍他的马，也得绕着他走。

李小山或许不会承认在文坛上也有类似野心，不过若想人不知，除非己莫为，事实上他早就身体力行，已有了实际运动，正用货真价实的长篇小说表明自己的"当代中国小说之我见"。文坛是潭死水也好，是个大粪坑也好，他搬起一块块石头，非常淘气地往里扔，结果扑通几声，然后呢，什么也没有了。

这是李小山为什么要生气的缘故，好歹接连三部长篇，好歹还都有特色，偏偏文坛上没事一样。有几篇评论，有几个哥们叫好，然后呢，然后又什么也没有了。

这就是文坛，大家早已习惯。李小山不甘心，非要别人发表意见，我只能汇报，要说喜欢，喜欢小说中的非现实，喜欢关于"禽人"的描写，一个人在天上飞来飞去，这很好玩。我还喜欢吃麝香的细节，一个女人拿把金属汤匙，在男人肚脐眼里掏麝香吃，一汤匙接着一汤匙，吃得津津有味，吃到最后，把分泌麝香的肉囊拔出来，举在手上看，发现它很像平时吃的猪肚子。

一个玩画画的，天生不会缺乏想象力，当今文坛上最缺的就是想象。真要说点不足，小说中的写实部分，大约也就是李小山的软肋。我不太喜欢新闻报道上常见的那些真实和荒诞。小说越新奇越好玩，我一直在想，神通广大的"禽人"为什么玩不了女人，为什么。

李小山将小说命名为《箴言》，封面亮光闪闪，仿佛清明烧给先人的银锭。不明白为什么要这样，自然会有道理。作为老朋友，我更愿意相信，他没安什么好心。

徐乐乐的开脸

现在人怕已不明白SARS怎么回事，十多年前，那个学名叫"严重急性呼吸系统综合征"的非典型肺炎家喻户晓。SARS病毒成了电视主角，屏幕上全是它的报道。大街上不再熙熙攘攘，公交车是空的，商场里像荒芜沙漠。机场上的候机者全都戴着口罩，有哥们偷偷去首都会情人，后果呢，当然很严重，东窗事发，跟老婆没法交代，连带一栋大楼里的住户都被隔离。

十多年后，近乎惨痛的往事仿佛不曾存在过。只记得风声刚过去，我们跟着徐乐乐去乡下看房子，地方很远风景很好，有山也有水，价格还便宜。当时便果断拍板，决定像她一样，山洼里选个竹林深处盖栋房子。徐乐乐扬扬得意，自己宣布是带头大姐，是"毒王"，这是"非典"流行期的一个时髦词，代表着病毒源头。她最先在这有了落脚点，然后一大拨人传染中毒，都跟着在这插队落户。

徐乐乐是著名画家，那些追随她一起玩乡村别墅的哥们姐们，自然会有一批也著了名的书画家。美协的朱道平主席，书协的孙晓云主席，还有南京艺术学院的江宏伟教授，方骏教授，杨志麟教授。一时间，竹林中又有七贤，山沟里突然有了文化，我这美术界门外汉，也跟着附会风雅，凑热闹追随其中。

可惜好景不长，春风桃李花开日，秋雨梧桐叶落时，都说这地方很漂亮，已被批准为国家三星级风景区，非常适合养老，然而画家们一个个太有钱，来得快，去得也快。新房子住了没几天，人还没老，还没退休，说走就走，说翻脸就翻脸，又花更多的钱去买更奢侈的豪宅。江宏伟率先走，紧接着，徐乐乐顾不上各位兄弟姐妹，走了。孙晓云房子空关很多日子，一年之中，无非是带条黄狗过来玩玩，最后也走了。

山还是那山，水还是那水，竹林依然竹林，想象中的那份美好，那份可能会有的快乐，顿时不复存在。串个门去看孙晓云写字，看徐乐乐绘画，看朱道平布置园林，立刻从可能会有的现实，变成了根本不现实。不是我不明白，这世界变化快，变化太快。剩下来的居民形影孤单，物是人非，房子还是那房子，人已经不是那人，风景再好又有什么意思。

有些事真要仔细想，也能够想明白。回顾大中华的优秀历史，盛唐也好，大清的康熙乾隆也好，画家们日子从来没这么美好过，肯定是空前，会不会绝后，真很难说。除了画家们太有钱，徐乐乐的搬走，与家中的一次失窃多少有点关系。大家都知道，乡间别墅总是空关日居多，有一次，她的房子遭撬，小蟊贼破门而入，竟然将冰箱给搬走了。庞大的冰箱都能偷走，这叫一个什么事，是可忍，孰不可忍。好在蟊贼毕竟蟊贼，只看中了冰箱，没将墙上的三幅画偷走，他们哪会知道，徐乐乐任何一幅画，都可能是一套房子。

"悄悄的我走了，正如我悄悄的来，"与民国年间那位著名徐姓诗人一样，徐乐乐挥一挥衣袖，没带走一片云彩，便把我们这些追随者给扔在山沟里。她就这么被吓走了，甚至来不及去品味此地民风中还残存的淳朴。山丹丹开花红艳艳，咱们的中央红军去了陕北，冲这一条，带头大姐头衔已严重不称职。所幸南京郊区山都不大，水都不深，离城市也不太远。我们留下坚持抗战，因树为屋随遇而安，不欢迎蟊贼，也不害怕小偷，反正没啥细软，更不可能有值钱字画。

南京话中有个词叫"刷刮"，意思是干脆爽快，用徐乐乐自己的解释，就是"稳、准、狠、快"的总和。很显然，这是她很喜欢的一个词，做人要刷刮，做事要刷刮，绘画更要刷刮。跟她谈话，讨论问题，经常用到的一个词是"好玩"，要不然就是"不好玩"。朱新建生前也喜欢说"刷刮"，动辄是"好玩"和"不好玩"。可惜她搬走了，刷刮也好，好玩也罢，见一面不容易，听她怎么谈绘画更不可能。能听到的传闻就是她还在画，躲在新豪宅里拼命用功，画价还在涨。有一段日子，又听说她不怎么画了，说是钱太多了，不想画了，老是挣钱挣大钱，不好玩。

偶尔在一起，感觉她总是在抽烟，在国内是这样，在国外也是这样。哈着腰，撅着嘴，垃圾筒旁边吞云吐雾。烟瘾是不是那么大不重要，重要的是旁边必须得有个垃圾筒，这样才像艺术家，这样的POSS才好看，才酷，才值得玩味。徐乐乐永远是徐乐乐，不刷刮不好玩，就不是她。她是画人物画的，不喜欢别人为她拍照，可是她自己也许不知道，徐乐乐其实很入画，绝对属于世界名画上的人物。

今年12月12日，徐乐乐画展在南京隆重开幕。我人在云南丽江，来不及凑热闹捧场，只能事后补课。补课的好处是可以静下心，避开喧嚣，展览馆里慢慢品味。我不懂画，看了也就看了，不敢乱说瞎评价，反正是觉得好，觉得像徐乐乐做的事，像她画的画。

为配合这次画展，印了一本精美的画册《开脸集》，副题是"徐乐乐的功课"。看完画展，回家再翻阅画册，感慨很多。"开脸"容易解释，"功课"含义丰富，三言两语说不清楚，无端地特别喜欢，真的很喜欢，先留着这两个字以后再细说吧。

从傅抱石看中的一方印说起

话得从许多年前说起。"文化大革命"还没开始，50年代末60年代初，有一位画画的美术老师想拜傅抱石为师，那年头的大画家没什么架子，见一见也不难，只要心诚，只要你脸皮厚。美术老师有了画作，便送去给傅抱石看。有一次，美术老师捧着一张得意之作去见傅抱石，傅抱石看了片刻，眼睛一阵发亮，很认真地表扬说："这上面的一方印刻得不错。"美术老师有些尴尬，结巴了一会，支支吾吾地说这方印是自己学生的哥哥刻的。

美术老师得费些口舌，才能把刻这方印的人究竟是谁说清楚，而这个绕了个圈子的刻印人，就是我这篇文章想说的速泰熙。我刚听说到这故事的时候，心里产生了一些很奇怪的念头。事情要回头看才有趣，像傅抱石这样的大师，活着的时候，也没什么人把他的话太当真，再说，他老人家说这话之际，速泰熙正在大学里读书，学的是化学，和美术几乎没什么关系。一个学理科的大学生刻图章，至多也是玩票。速泰熙后来终于成为一个画画的，成了优秀的装帧设计家。根据结果回头看，傅抱石倒真是有一双慧眼。

速泰熙能成为今天的速泰熙，和"文化大革命"分不开。"文化大革命"有许多不好，却无形中给了一些人机会。事物往往走向反面，今日仍然能见到一些毛笔字写得不错的人，这些人的书法功底，说来可笑，得力于"文化大革命"中的抄大字报。速泰熙大学毕业，当了一名化学老师，

在青海湖前

按照他自己的回忆，本来想好好地做老师，为人师表，教育出几个科学家来。可是在轰轰烈烈的运动中，这机会等于零。他显然不是当造反派的材料：批斗别人没这心思，自己挨批斗又轮不到。闲着也是闲着，于是就画毛主席他老人家的宝像。本来以为很难画，一画就画出来了。别人看了都说好，自己也觉得奇怪，学校里有正经八百的美术老师，他画得一点不比那些科班出身的人差。

南京有好几个与我年龄相仿的画家，是速泰熙的学生。譬如杨志麟，速泰熙当过他的班主任。一个画家要是告诉你曾经和自己的化学老师学过画画，一定有点滑稽。但是滑稽归滑稽，却是事实。这是特殊年代里的故事，在"文化大革命"这样的风雨中，有些什么样的传奇都不为过。化学教师带出了搞美术的学生，杨志麟后来成了南京艺术学院的高才生，在北京举办的某个先锋艺术画展上，他设计的招贴画曾经名噪一时。

在画家朋友中，朱新建我认识最早，也最熟悉。掰手指数数，竟然已经有二十年。我最初听见朱新建称速泰熙老师，有些吃惊。速家弟兄几个，面相都很嫩，总觉得和我岁数差不多，朱新建好歹比我大几岁，而且似乎比较牛×，轻易不大会开口叫人老师。我奇怪他们的关系，问速泰熙，才知道他们之间存在着一种共同学习绘画的缘分。共同学习当然是速泰熙谦虚的说法。

"文化大革命"后期，速泰熙和朱新建做过一段时期的雅贼。他们那时候怎么会结识不值得细究，应该细究的，是怎么就发现围墙内的一座大楼里藏着许多画册。世界上没有无缘无故的恨，也没有无缘无故的爱，偷画册很像朱新建少年时的勾当。他身上有名士气，喜欢好的画，见了心痒以至手痒，于是就翻墙打洞不肯学好。我想象他们两个当年合伙偷画册的旧事就想笑。想象中，身先士卒应该是朱新建，文绉绉的速泰熙能干什么呢，至多也是忙着为朱新建托屁股，望风放哨，有人来了咳嗽一声。

最有趣的是偷了书，下回还要去还，还了再偷，偷了再还。这种行径可以写入雅贼列传中，所谓盗亦有道，盗未必一定坏了心术和人品。还是回到前面说过的那句话，"文化大革命"耽误了许多人，偏偏造就了速泰熙。身为化学教师的速泰熙，不用像今天的化学老师一样，为了升学率焦头烂额，他竟然有那份闲心和他的学生一起去盗画册。

盗画册的目的不是为了占有，仅仅为了临摹，难怪速泰熙说起这段历史，大有痛说革命家史之慨。资料严重匮乏的年代里，他们这么做，也算是为艺术铤而走险，或者说是为了艺术而献身。很希望他们的故事中，有被捉这一段，因为非如此这般，才能增加戏剧性，可惜恰恰没有，连有惊无险都说不上。特殊的岁月里，艺术早就被人遗忘，画册躺在灰尘里睡大觉，能有个把贼光顾，真是它的幸运。

和速泰熙认得，是1986年，江苏文艺出版社刚挂牌子，这之前文艺出版社只是人民出版社的一个编辑室，正是招兵买马之际。我先到几天，他来上班，我帮着搬过桌子，一来二去熟悉了。这时候的速泰熙，终于正式下海，结束漫长的玩票生涯，告别了化学老师，到出版社当美术编辑。

我们合作的第一本书是张爱玲的《小艾》。这是我着手编的第一本书，从柯灵老先生那里辗转过来的，我因为喜欢，颇想让书出得漂亮一些。20世纪80年代中期，改革开放已经有七八个年头，但是书的封面装帧设计，总体水平还非常低，差不多清一色的中小学课本风格。低水平让速泰熙在一开始便占大便宜，他仿佛闯入了无人之境，一出手就技惊四座。速泰熙是最早把照片用到封面上的书籍装帧设计家之一。时至今日，把照片移植到书籍封面上来，不仅非常流行，而且已趋近恶俗，但是在当时，他的做法却有着革命性的意义。

记得当时花了很大的力气，我提出的要求，不只是封面要有设计，扉页插页包括版心尺寸，都不能马虎。或许旧书看得多的缘故，脑子里总忘不了那些装帧精良的旧图书，既然是我当责任编辑，就希望能出一些和别人完全不一样的书。但是提要求容易，真做到并不容易。如果说我们合作的这本书，是江苏文艺出版社第一本全面讲究设计的书，绝对不过分。有兴趣的读者不妨找来翻一下，那年头尚未进入电脑时代，制版的难度要比今天大得多，位置的移动，尺寸的大小，墨色的深浅，在今天可能不是难事，而在当时，全是大事，非常复杂。

和速泰熙合作，结果是愉快的，不过坦白地说，过程并不愉快。他是个慢性子，你急他不急，你说差不多了，他偏说不行。速泰熙给人的印象，是打个普通喷嚏也要比正常人慢半拍。我们之间有着好几年的合作历史，我既喜欢他的认真，又有些害怕他的过分。好几年前，他为我的文集设计封面，这时候，我已经离开出版社，当了专业作家，他颇感叹地说："过去合作，都是出别人的书，这次是为你出，绝对不能马虎。"

速泰熙本来不是马虎的人，再说不能马虎，其重视程度可想而知。封面上说好用照片，我这人自然条件不太好，用照片招揽读者实在勉强。他很有信心地带着儿子速加来为我拍照，拿了好几架照相机，在家里拍，上公园拍，还到那些很旧的巷子里去拍，弄得行人都停下来看，不明白我们在破乱不堪的巷子折腾什么。拍照也慢，他慢，受罪的是我，一连好几天，我的脸部肌肉像打了麻药一样。他采取的是疲劳战术，我总是不够放松，他就过分耐心地等待，以逸待劳、守株待兔。记得最后是在我家，为了一件并不怎么可笑的小事情，我像疯子一样坐在地毯上，狂笑了十分钟，无论怎么都停不下来。我已经被折磨得受不了，终于突破极限，痛痛快快大笑起来。

有人和我谈起速泰熙得过很多奖，这年头，装帧设计方面，只要是个什么奖，通常不会缺他一份。因此常有人托我找速泰熙设计封面，理由是他乃得奖专业户，只要能通融出山，得奖就没什么问题。我对这种奔奖而去的做法，总是感到有些奇怪，你若不喜欢速泰熙的设计，要个鸟奖又有什么用处。

我觉得速泰熙有两个优点。第一是认真。也许这也算不上什么大优点，世界上很多人都认真。我不过是顽固地相信，人们通常说的好坏与否，有许多其实就是一个简单的认真问题。很多事情并不是能不能做好，而是我们究竟认真不认真。速泰熙常让人感到他过分认真，譬如他重新装修一个厨房，竟然能花上两个月的时间。如果新房子装修，倒也罢了，人已经入住，而且已经住了颇有些年头，属于重新改造之列。通常人家能马虎就马虎，能将就则将就，偏偏他会有情绪大动干戈，就在那么小小的几个平方米里大兴土木。结局尽管美满，可是女主人在工程进行的两个月里，其烦恼和不方便真难以想象。

我曾将速泰熙改造过的厨房称为作品，因为是作品，他一点不会感到烦恼和痛苦，而且乐在其中。人要是讲究起来绝对没有完，用什么样的灯光，安排在什么位置，料理台多高多宽，种种一切，有的人会因此苦不堪言，有的人却其乐无穷。什么东西，一旦成为作品，结果就完全不一样。作品和产品的最大区别，首先在于认真不认真。产品是标准件，合格就行，而作品可以无穷地认真下去。速泰熙的图书装帧设计，每次似乎都有些黔驴技穷，不把自己逼得没办法绝不罢手。从图案风格到材料选择，总要花比别人多得多的时间，只要是书籍上能用的材料，都准备试一试。记得他给冯骥才设计，竟然配了个木匣子，古色古香，看了让人煞是眼红。

人生态度可以分成两种，有的人省事，有的人不怕费事。不怕费事的是苦命鬼，这种人永远不要指望他能潇洒。速泰熙在思考的时候，脸上的表情有些忧郁。忧郁是认真的结果，是给自己找痛苦，找不自在。其实为速泰熙想想，称心如意的事情真不少：个人事业一帆风顺，夫妻恩爱，家庭幸福美满。他是个儿女心肠太重的父亲，一儿一女，既漂亮又有出息。儿子在出版社，女儿在上海的东方电视台，都和美术沾着边，一个个前途无量。

速泰熙的另一大优点，是他的爱心。我曾有机会参加他女儿的婚礼，速泰熙被安排致辞，说了些什么，我全无印象，唯一能记住的，就是他脸上洋溢着的那种幸福。当时灯光闪烁，照相机摄像机都射向他，他有些窘迫地站在那，不知所措，像个大孩子一样天真。这让我想起他儿子的一次摄影展，他也是这么站着，面对来宾喜形于色，发怔，痴笑。

按照我的傻想法，认真和爱心是任何一位艺术家必须具备的两个条件。事实是，在从事艺术活动的人中，并不是什么人都认真也不是什么人都具备爱心。爱心也不是什么稀罕之物，大多数人都爱自己的子女，但是对于他所从事的艺术活动，是不是真的无条件去爱，便有些说不清楚。对于一些人来说，爱是有条件的，爱只是自恋，或者至多是自恋的放大，这些人只爱那些和他们有着直接关系的事情，爱和功利紧密相连。速泰熙的爱心十分广泛，他喜欢文物，喜欢旧的老的玩意，喜欢带有民间色彩的东西，甚至喜欢那些和艺术似乎毫不搭界的事。

记得有一年在北戴河休假，我的女儿才两岁多一点，北方天气干燥，她又不爱喝水，结果便秘，连续一个星期不拉屎。刚开始我们也不在意，后来就急了，忙得像热锅上的蚂蚁，夫妻之间互相怪来怨去，弄得当时也在北戴河度假的速泰熙一家同样不安生。事情已经过去十多年，我仍然能够记得速泰熙当时的表情，他总是细声细气地弯下腰来，问我女儿是不是拉过屎了。看得出来，我们急，他也跟着急，是真的着急。当时，他曾为我女儿拍过一张照，画面上是我妻子的背影，抱着女儿，女儿一双大大的眼睛，充满忧伤地看着镜头，煞是传神。这张照片的构图很有意思，虚实得当，多少年来，它一直放在女儿钢琴上的小镜框里。

速泰熙养了一条黑色的鬈毛狗，他来我家串门，常牵着狗。我的女儿一开始很害怕，在这一点上，她完全得到我的遗传，我们都怕狗，即使是宠物狗。速泰熙的鬈毛狗来了，我女儿吓得站在沙发上不敢下来。为了抵消害怕，我们便拼命讨狗的好，用它的名字亲昵地呼唤。渐渐熟悉了，有时候就做游戏，用链子拴着狗，让速泰熙做离开状，狗急得在地毯上用爪子乱抓，仿佛世界末日来临。这时候，速泰熙特别得意，也非常孩子气，因为狗通人心，总算没辜负他对它的宠爱。

速泰熙不是个擅长讲故事的人，可是说起自己的鬈毛狗，非常精彩生动，让人怎么也忘不了。

关于速泰熙的采访

1、您是什么时候第一次见到天人椅的，第一感觉是什么？

叶兆言：一个很偶然的机会，在餐桌上，泰春让我看他的微信，看微信上的动画。他说你看看我哥哥玩的新东西，一边说，一边笑。然后我就掏出了老花镜，兴致勃勃地看了，一边看，一边笑。老实说，我一点都不吃惊，一看就知道是泰熙的东西。我跟泰熙已经是几十年的老朋友了，他弄出一些什么新玩意，我丝毫不会吃惊，他要是弄不出一点新东西，我反倒会觉得很奇怪。

我不知道为什么叫天人椅，这个命名肯定是有用心的，故意的，而且显而易见，不深奥。见面的时候，我想问他，可是聊着聊着，就说到别的事情上去了。好像他嘀咕了一句："总要有一点什么不一样吧。"这句话也许就是最好的回答，关于天人椅，专家也许会做头头是道的解释，泰熙自己也会有意点破，我们都知道，世界上很多说明都是被逼出来的。

按照我的傻想法，这把椅子肯定不会像"天人合一"那么复杂，也不会像"天人合一"那么简单。说没那么复杂，因为不管怎么解释，它也就是一把椅子，四个脚要着地，还是要让屁股坐上去。天人合一说白了也就是个药引子，一个导航的指路牌，它可以引起话题，引发想象，但是太复杂就不是椅子了。当然，天人合一又不可能会那么简单，凡事只要和玄学扯在一起，不复杂也复杂了。关于天人合一，古人有古人看法，现在人有

第16届华语文学传媒大奖获杰出作家奖

现在人的观点，儒家道家禅宗各不相同，最最重要的一点，是速泰熙有速泰熙的独到之处。

泰熙的独到之处，常常让人会心一笑，让人思考，让人拍案称绝。于无声处听惊雷，换句话说，艺术也就是他不知不觉的那声嘀咕：

"总要有一点什么不一样吧。"

2、今年，天人椅参展威尼斯双年展。您觉得一把椅子能漂洋过海，入选世界顶级艺术设计展的价值在哪儿？

叶兆言：其实用不着漂洋过海，价值已经在那里，是泰熙的这把椅子增加了世界顶级艺术展的价值。它不过是锦上添花，泰熙兄已经一把年纪，功德早已圆满，早就有了定评，又有名又有利，算不上什么雪中送炭，他有没有这个荣誉都一样。

当然，我们是个喜欢出口转内销的国度，有了洋人肯定，有了"世界顶级"字样，起码还可以再次吓唬一下外行，吓唬吓唬那些冒充的内行。外来的和尚好念经，外国的月亮更圆，平心而论，洋大人有时候确实比中国人更识货。

3、您和天人椅的设计者，有三十多年的友谊，是同事，是邻居，是志同道合的朋友，您是如何评价设计者速泰熙？

叶兆言：速泰熙是个认真的人，太认真，都说世界上怕就怕认真二字，其实世界上很多人最不讲究的也是认真。现实生活中，不认真的人远比认真的人多，多得多。我们都知道，认真才能做成事情，认真才能做好事情，不过，人太认真有时候也会让别人讨厌，让别人受不了，对泰熙我不敢说讨厌一词，可是为他着急，为他摇头跺脚，不是一次两次。

他不仅认真，而且是个十足的慢性子，认真加上慢性子，基本上就永远是让他的朋友哭笑不得。我们合作过很多次，对他的态度是必须要有足够的耐心，要耐心耐心再耐心，你着急也是白着急，摇头跺脚都没用。他就是这样一个人，事无大小活无轻重，对别人是这样，对自己也是这样，什么事只要上手，只要开始做了，好像怎么也马虎不起来。

我曾经写过一篇文章，说他装修自己的厨房，那种老房子中的厨房，面积很小，可是硬被他弄成了一个艺术品，好像那小厨房不是用来使用的，而是用来展览的。说到底，认真的人只会认真，永远认真，有没有意义，值得不值得，常常不在考量范围内。泰熙是学化学出身，他的所作所为，不仅是个处处都想着创新的艺术家，更像个凡事都要追求精准的科学家。

我想起了化学元素周期表，不管这世界有序还是无序，有些化学元素还有没有被发现，它们都是一种客观存在，都已经存在于某个合适的位置上。感觉泰熙的人生，就是始终在寻找这种存在，在寻找一个最合适的位置。艺术追求有时候就是看合适不合适，合适了就好，不合适就不好，合适了就精确，就精准，艺术就是恰到好处。

泰熙涉足的领域很多，他最大的强项是设计，各种设计，总会有一些很好的想法。他的人生无非是在完成和努力要完成那些设计和想法，因此，如果不去说成功说辉煌，把获得的功名和荣誉扔得远远的，他基本上就是一个苦行者，一个成天愁眉苦脸的人。他天生是一个干活的命，认认真真，不急不慢，实实在在。他是个不折不扣的生产者，一个劳模，一个命中注定得不到休息的人。

4、您对当下艺术界、设计界有什么看法？

叶兆言：没有，我是外行，无话可说。要有的话，以上的文字也都顺带说了。

拿到新房钥匙以后

　　拿新房钥匙之前，我一直不明白，为什么要花那么大力气，装潢自己的新居。不止一个人警告我，说装潢得累坏半条命。我是个禁不起惊吓的人，还没有开始着手准备装潢，已经被即将来临的工程吓得够呛。我安慰自己，家就是家，是身体的延伸，是撒尿拉屎感到最方便的地方，用不着太当回事。装潢所以觉得吃力，是有人把家当作了作品，我不是艺术家，没必要向自我挑战，和自己过不去。人贵有自知之明，不懂不要装懂，好这玩意没有底，怎么都是住人，马马虎虎装潢一下，赶快搬进去拉倒。

　　我有几个搞美术的朋友，拿到新房钥匙以后，首先想到的，是转嫁危机。现在流行找装潢公司，我虽是外行，对装潢公司，有一种天生的不信任。装潢公司的设计，总有些批发商的味道，捧出一大沓图纸，从一开始就打算消灭你的个性。我可不愿意住标准间，既然是我的家，好歹得和别人有些不一样。

　　请搞美术的朋友设计，是杀鸡用牛刀。我事先并没有想到事情会那么复杂，养兵千日，用兵一时，冒冒失失地就抓差，逮住了便不撒手。首先是请两大高手会诊，运筹帷幄，纸上谈兵。"两大高手"是另一位画家朋友的戏语，他听说我找了速泰熙和杨志麟，立刻预测我会有一个很不错的结局，他说："这两位高手出山，怕是再也没有人敢班门弄斧，给你的房子乱出主意了。"

　　读大学的时候，最时髦的一个词是"异化"，我没想到自己那么快就做了装潢的俘虏。我怎么想都觉得这事情并不复杂，让搞美术的朋友设计，花钱找个说得过去的工程队，请个监工，熬上两个月，水到渠成，一切都结束。两位公务私事都很繁忙的画家，一下子就落到了我的陷阱里。速泰熙的年龄稍大一些，不好意思硬逼，能指手画脚出些点子就行。我像领导下任务一样，让杨志麟兄画图纸。杨志麟只比我大一岁，正是干大事的年龄；杨太太金磊是我大学同届不同系的同学，是个对装潢有独到见解和极度热情的女士。我蛮不讲理地利用了他们的热情，很巧妙地就将他们夫妇拖下了水。

我原先的幼稚构想和蓝图，遭到了担当新房主设计的杨志麟迎头痛击。记得他们夫妇第一次来新房，异口同声说了许多不允许和不可以，言之确凿，不容商量。我一下子就被弄懵了，从此不敢轻易开口。装潢的不允许和不可以，有很大的学问，通过这次装潢，还真学到不少东西，大有重读研究生的感受。刚开始，什么都不懂，什么都得问，在杨志麟的严格指导下，名师出高徒，到装潢快结束，我发现自己已经差不多可以拿学位了。

杨志麟在闲谈中，对当前装潢热中的一些常见病痛心疾谈了自己的看法。这症状在其他艺术领域，在我们置身的文学界和美术界，同样泛滥成灾。今天很多装潢都是太过，一过就煞风景。宁愿不足，也千万不要太过分，这是个简单朴素的真理，放之四海而皆准。杨志麟对我提的两点基本要求深表赞同，认为这是他乐意为我所驱使的重要前提。我希望自己的房子，一要简单，二不要太新。杨志麟认为这很有挑战性，因为无论简单，还是不太新，都说说容易，真正做好太难。现在稍稍懂些装潢的人，都知道要简单，简单其实最不简单。至于不太新，更难把握，做旧往往比做新更复杂。

我希望自己的房子，不要让别人产生刚结婚的联想，我已经一把年纪，别让人觉得是在赶二婚的潮头。流行的装潢能不用最好不用，譬如红的或者白的榉木，譬如复合地板，譬如进口或者国产的各种墙纸墙裙，譬如那种不中不洋的多头吊灯，譬如罗马柱。我是个不流行的人，不喜欢西化，也不愿意仿古，无法想象一房雕花的红木家具，放在我新居里，会成什么样子。书成了我新居中的重要元素。一万多册图书，也许是装饰墙壁最好的材料。如果四壁都是书，虽然有些像图书馆，但是的确很符合我的理想。坐拥书城，这感觉非常良好，积财千万，无过读书。"文化大革命"中，造反派来抄家，愤愤地对父亲说："你们家除了书，还有什么东西，老老实实交出来。"父亲事后回忆，颇有感触：百无一用是书生，我们家除了书，真没什么值钱的东西。

许多来我新居参观的人，对我的书橱赞不绝口。书橱是最简单的东西，经过高手处理，和常见的就不一样。我说不出自己的书橱好在哪里，谁要是不相信，欢迎参观，耳听是虚，眼见为实，我犯不着在这里做广告。我的书橱上下都是玻璃门，流行的书橱下半部必有一个小台阶，而且都是半截子玻璃，不是玻璃的部分，究竟藏不藏书，很可疑。我的一个朋友嗜酒如命，一排书橱的下半截放的全是酒瓶。

我的新房，最有特色的是一面青砖墙。杨志麟设计图纸的时候，有一天打电话过来，很沉重地说："不知道你能不能接受，有面墙，要玩些花样，弄一面青砖怎么样。"

这是一着险棋。老实说，我很犹豫，好端端的墙壁，敲了，重砌。墙处于最显眼的位置，如果成功，出奇制胜，一下子能给人很强烈的冲击；如果失败，连最糟糕的退路都没有。

结果还是弄了一面青砖墙，现在，这面独一无二的青砖墙，已经成了最重要的风景，谁来了，都要盯着看半天。施工时，参观者不断，因为当时还看不出效果，许多人表示怀疑，甚至嗤之以鼻。为这面墙，花了大气力。先是寻找青砖，在南京可以找到各种规格的青砖，什么样才合适，得仔细比较。我们夫妇像捡破烂的，专找正拆房子的区域乱窜。我曾见到过民国时期的青砖，是达官贵人家的宅子，规格大小和普通砖不一样，非常细腻，很可能是进口的，最后放弃的原因，是这砖带着富贵的官气，和我的平民身份不般配。

现在的青砖，是我妻子觅来的，那是真正的民间手工老青砖，生产的年代最迟也得是晚清。因为是手工，大小不一，伤痕累累。考虑到节省空间，用切大理石的机器拦腰剖开，每加工一块工钱是五角钱，是买一块砖价钱的七倍。就像说不出书橱好在哪里一样，我仍然不知道该怎么表扬这面青砖墙，反正这墙看上去旧旧的，平和清淡，一下子就让我找到过去年代的那种感觉。用一个朋友的话来说，房子虽新，却和历史接上气了。

就这一道青砖墙，足以证明设计者的不同凡响。

怎么也没想到临了会那么认真，想简单，要花比复杂更大的力气。前后工期并不多七个月，用了近七个立方的木料，从环保的角度看，近乎犯罪，七个立方能装一卡车。工人说装潢过无数人家，没有一家玻璃用这么多。木门和抽屉的小拉手，一共两百多粒，即使比我面积大一倍的人家，通常也超过不了这个数目。整个装潢风格不张扬，毕竟是高手的设计，猛一看，没什么特别的地方，细细品味，到处都见匠心。我现在成天听表扬，都说这房子装潢到位，清新脱俗，应该去参赛。刚开始，我还有些虚荣心，希望别人来欣赏，现在已经有些烦了，私人的空间不是样品房。我和杨志麟开玩笑，说你是画画的，是美术系的教授，一幅画能卖很多钱，装潢设计是偶尔玩玩票，一出手技惊四座，别人参观后都说以后要找杨志麟。我已经谋害了你一次，现在弄不好，还要继续谋害，真不好意思。

杨志麟为我设计房子的同时，正为上海一座高楼的八十七至八十八层出谋划策，担当艺术品布置的总设计。法国艺术总监对他的构思非常震惊，没想到中国竟然有这样的人才。说起这座高楼来头大，叫什么什么大厦，世界第三高楼，上海人今天没有不知道的。

妙在无处可寻

　　读小学时，离学校不远，有个十竹斋。郭沫若题写斋名，那年头经常念叨主席诗词，都知道喜欢唱和的郭老。一直觉得这名字怪，正处于"文革"中，店铺门板一会开，一会关。从外边走过，能看见挂着的字画，有人在裱画，摊大案板上一层层乱抹。

　　那年头，十竹斋与修自行车的车行，与卖旧货的信托商店，与沿街的小饭馆和丧葬用品店，并没太大区别。我们这些孩子不知道何为艺术，书法就是用毛笔写大字报，篆刻就是造反派的印章。几十年后，玩篆刻的孙少斌兄随手给了张名片，上面印着十竹斋字样，我的回忆立刻又回到少年。

　　十竹斋的历史和辉煌，曾经不比北京荣宝斋逊色。多年以来我一直懊恼，恨年少时无所事事，大好春光白白耽误，没有学习书法和篆刻。要是能到十竹斋当个学徒多好，后悔已来不及，少小不努力，老大徒伤悲。我的祖父能写一手不错的毛笔字，也能篆刻，可惜他并不赞成我们学这些。为什么这样，至今想不明白，"五四"一代的老文化人，都这态度，譬如鲁迅也是这么认为。

　　萧娴老人让少斌刻过一方"不食鱼"的闲印，正好他也不喜欢食鱼，老太太很高兴，说自己终于有了传人。生于1948年的少斌，"文革"那年十八岁，他的过去我不太了解，只知道从这时候开始，正经八百学习篆刻，拜师南京博物院的王敦化先生。他的学艺生涯，其实与十竹斋并无瓜

与2010年诺贝尔文学奖获得者略萨一起做活动

葛，他这岁数，生长在红旗下，"文革"中无非当知青，进工厂，能混进了十竹斋，也是后来。

人生一世，说到幸福，莫过于年轻时喜欢，终生可以从事。就像陈丹青当年迷上画画，为了亲近艺术，可以进一家小工厂，在骨灰盒上作画。少斌年纪轻轻便与篆刻较上了劲，下乡当农民，进钢铁厂当工人，这些经历都无法阻拦求艺步伐。追求艺术的最大好处，妙在无处可寻，不仅能够忘情投入，打发无聊之人生，而且与时俱进弥觉其甘，越老辣，越能发扬光大。

"文革"耽误许多年轻人，偏偏成全了少斌。因为篆刻，因为这门手艺，他有了与别人不一样的生活。因为喜欢，因为入了门，即使在文化的大沙漠，也能不被耽误。当然，"文革"那样的灾难，有一次已足够。

少斌的刀下功夫十分了得，从艺四十余年，出神入化，达到很高境界，说称雄一方也不为过。篆刻无数，他的一本印谱，收录为宋文治父子的治印，居然有二百多方。宋氏父子都是著名画家，少斌的印和他们的画天作地合，成为南京艺坛一道风景线。人生得一知己足矣，不由得想到了老上海的篆刻名家陈巨来，他就曾为吴湖帆刻过近一百方印。

后　记

　　关于这本书，有必要说几句。首先是内容，半新半旧，为什么，因为很多年前，出过类似一本书，还是这家出版社，加印过几次，有几个不同版本。此次重新修订，删除一些文字，增加二分之一的篇幅，风格更统一更整齐。其次是书名，出版社希望改一个，想了许久，找不到合适的，仍然沿用旧名，旧瓶兑新酒，应该还是原来那味道。其他无须多说，都是自己的人生故事，真实就好，不装就好。根据责编要求，补充一些照片。我不喜欢被拍，提到相片便头疼，没什么理想的，偶尔有几张，不是别人忘了给，就是自己没保存好，总之找不到了，由此可见出书之必要，记录在案，查找起来会方便许多。当年有过一篇"写在前面"，如今重读，觉得不需要重新写序，该说的都说过，没有新鲜想法，因此写下以上文字当作后记。

2020年1月30日　三汊河